聖家族のランチ

林 真理子

聖家族のランチ

佐伯《さえき》ユリ子の出版記念パーティーは、代官山のイタリア料理店で開かれた。ここのオーナーシェフはイタリア人で、最近はテレビの料理番組にもよく出ている。おまかせ料理の値段を人によって変えるという悪評がややあるものの、今話題の人気の店といってもよい。この流行《はや》りのイタリア料理店で、晴れやかなパーティーをするということに、今のユリ子の立場が表れていた。

ユリ子は料理研究家である。マスコミに取り上げられるスター研究家には少々遠い存在であるが、それでも四冊めの本を世に送り出すことが出来た。

「佐伯ユリ子のおもてなし大好き」

と名づけられたその本は、初版五万という部数を刷っている。名前が知られ始めた料理研究家の本にしては、ちょっとした冒険だと出版社の側は言ったものだ。彼らはこうした恩着せがましいことを口にしながらもユリ子を値踏みし、さまざまな企《たくら》みを持っているのはあきらかだった。

ユリ子は四十四歳になる。この業界において若いということは決して得ではない。登場するのがたいてい三十代以上の女を対象にした女性誌であるから、なるべく似かよった年齢であることが望ましかった。四十代半ばというのは、まだ美しさや若さの残滓《ざんし》が、本人も残滓と思わないまま存在している年齢である。

ユリ子は少女の頃から美人と呼ばれる類《たぐい》の女であるが、若い頃は派手やかな目鼻立ちがきつい印象を人に与えることがあった。それがこの数年の加齢による弛《たる》みによって、顔全体がやわらかみを帯びている。二十代の頃よりずっと綺麗《きれい》になったという者もいるぐらいである。

とはいうものの、笑うたびに口の両端に深く短い、ナイフの先でそっと刻んだような皺《しわ》が寄るようになった。それを大層気にして、ユリ子はあまり表情を変えぬように笑う。そうすると、ほんの一瞬であるが、狡猾《こうかつ》さが彼女の顔を横切るのだ。ごく鋭い人たちがそれを見抜き、この女がやり手だという噂は本当なのだと、心の中で頷《うなず》くのである。

マスコミで売り出そうとする女がたいていそうであるように、ユリ子も自分の経歴を美しく彩っていた。といってもたいしたことをしているわけではない。自分の得にならないことは喋《しゃべ》らず、利用出来そうなことはゴチックで記しているだけだ。

「良家の主婦が、海外体験で得た本当のヨーロッパ料理を教えているうち、やがて料理研究家になった」

というのが、ユリ子の概略となるわけだが、これが雑誌に載る時、彼女は必ず出身大学を消した。伝統もなく、華やかさもなく、常に偏差値五十を切るような女子大だったからである。地方から出てくる少女たちが、とにかく娘を大学出にしたいという無学な親たちの勧めによって、何の感動もなく入学してくる学校である。

しかも二十五年前はもっとひどかった。女子大の名前を口にしようものなら、このあいだまで裁縫学校だったじゃないかと、年配の者にはあからさまに言われたぐらいだ。だからユリ子は、自分の経歴をこういう風に書く。

「女子大を卒業後、銀行員の夫と結婚。ヨーロッパ赴任中に料理を習う」

これで充分ではないか。インタビューで問われればこういう風に答える。

「それまであまり料理などつくったことはなかったのですけれど、パリで食べた家庭料理のおいしさに目覚めて、私もつくってみたいと思うようになりました」

こう答えておけば、編集者も読者も喜ぶのだ。料理研究家というのは、料理がうまく、美しいグラビアをつくればいいというものではなかった。美人は美人なりに、不器量な女は不器量なりに、その容姿とキャラクターが問われ、人気を左右する大きな要素となる。世で言うエリートの妻として、海外生活を体験していることは、ユリ子を売り出そうとする編集者たちが、本人以上に強調するところだ。

ほとんどの人間は知らないことであるが、ユリ子は埼玉県与野《よの》駅前の食堂の娘として生まれた。今でこそ兄が継いで、小綺麗なビルにしているが、ユリ子が生まれた頃は「大衆食堂」と、誇らかに太字で書いた看板を掲げた店であった。四年前に亡くなった父親は、トンカツを揚げるのが得意で、彼の揚げるロースカツは埼玉一うまいと言われたものである。夕方近くなると、このカツにソースをたっぷりかけて肴《さかな》にし、コップ酒をちびちびと飲む常連がいた。近所のおかみさんが夕飯をつくる手間を惜しみ、子どもを連れて親子丼を食べにくる。そんな店であった。

ユリ子は子どもの頃から店を手伝うのが好きで、たったひとりだけいた従業員と一緒に玉ネギの皮をむいたりした。あの頃元気だった祖父母も、この店を継ぐのは兄ではなく、妹の方だろうと予言したぐらいだ。

ところが公立を落ち、東京の私立高校へ通うようになってから、ユリ子は全く家を構わなくなった。思春期に入り、家業を嫌う年齢になったこともあるが、それよりも彼女を魅惑することが次々と現れたからである。友人と喫茶店にたむろするようになり、ディスコに行くことを覚えた。今どきの子と違うから、十四、五で初体験ということはないが、高校を卒業するまでには三人の男性を体験した。当然成績がよいはずもなく、親は高校を卒業すると就職をするようにと言ったものだ。しかしユリ子は、頑強に進学することを主張したのである。この時ユリ子は、女としての自分の価値にかなり気づいていたといってもいい。街に出れば、彼女はどの女友だちよりも丁重に扱われた。同年代の男の子たちからの幼い求愛も彼女の自尊心を満足させたが、それよりも強烈に印象に残ったのは、たまたま知り合った中年男たちが持ちかけてきた交換条件である。ある時は露骨に、ある時は甘いほのめかしで、彼らはユリ子の若い肉体を金品と交換しようと口にしたのだ。

幸いなことに時代は、まだ女子高校生にいくらかの羞《は》じらいと曖昧《あいまい》ではあるが消えることのない潔癖さを残していた頃である。ユリ子は男たちの体臭や、艶《つや》の無くなった手の甲にとても耐えられなかった。十代の傲慢《ごうまん》さで、ユリ子は三十代の男さえ老いて醜いと思ったぐらいだ。

こうしてユリ子の幾つめかの貞操は守られたのであるが、これらの経験は当然のことながら彼女に次のような真実を与えた。自分が女としてかなりの水準にあること、そしてこれに付加価値をつけなければいけないことをユリ子は決心したのである。

そのいちばん実行しやすい形が、女子大生になることであったが、これは確かに正解だったと言える。四年の間に、ユリ子は数々の成果を挙げ、その最たるものが佐伯達也《たつや》であった。大学を卒業する年、小さなパーティーがあり、そこで慶大経済学部卒業の達也と知り合った。中学校から慶應に進んだ彼は、東京の典型的な中流家庭の息子であるが、その割には人生や女を甘くなめてかかるところがなかった。実のことを言うと、四年の間にユリ子は達也に似た男にかなり痛いめに遭ってきたのである。二十年前、日本という国には階級というものがまだはっきりとした形をとっており、人々はそれを何の屈託もなく口にすることがよくあった。つまりユリ子がつき合い、愛をささやき合った一流大学の男たちは、やがて時期が来ると不埒《ふらち》にもこんなことを考え始めるのだ。

人間というのは釣り合いというものが大切なのではないか。難関をかいくぐって有名大学に入学した自分らは、おそらく日本を動かす大企業に入り、おそらく人から羨望《せんぼう》される人生を歩むことであろう。そうした自分には、名門女子校のマークを幼稚園のバッグにつけて育ってきた女こそふさわしいのではないだろうか。あるいは自分と同じように努力ということを知っている、偏差値七十の大学を出た女、後に奥さまの出身校はどちらですかと問われた時、さりげなく答えられるような大学を出た女がいいのではないだろうか……。世の中はまだ右肩上がりによくなっていった時代のことである。大企業は永遠に繁栄していくのだという神話がまだあった頃、当時こうした傲岸さを身につけていた青年たちは驚くほど多かった。

やがてユリ子は彼らの辛い採点に傷つき、劣等感という馴《な》じみのないものさえ抱くようになった。そんな時に現れたのが達也だったのである。彼はすぐユリ子に夢中になり、いつか必ず結婚しようと言ってくれた。この言葉を口にした男は何人かいたが、実行したのは彼が初めてである。

どうして彼だけが、こうした誠実さと善良さとを宿していたのであろうか。それは彼の背の低さによるものではないかと、ユリ子は考えることがあった。頭脳にも家庭にも恵まれ、まずまず好男子の部類に入る達也であるが、百六十三センチでは小男ということになる。彼は高校時代ラグビー部に入り、大学時代はスキー部に籍を置いた。自分でも気づかぬうちに、彼は「スポーツ万能の好青年」という言葉をなぞろうとし、ここでの小さな挫《ざ》折《せっ》は彼に敬虔《けいけん》さを与えた。

ともかく彼はユリ子に求婚し、そして自分のものにした。結婚まで五年かかったのは、達也の親が反対したからである。その子どもたち以上に、親も階級意識を持っていた頃であった。ユリ子は七年前に子宮ガンでこの世を去った姑《しゅうとめ》から、どれほどの屈辱を受けたことであろう。何かにつけて兄嫁と比べられ、結局は「育ちが悪い」という言葉につきあたる遠まわしの表現を口にされた……。

が、それももう遠い日のことである。今夜自分の出版記念パーティーのため、ワンピースをまとったユリ子の前には、多くの褒賞が用意されていた。まずはユリ子自身が多くの褒美を得ている。ワンピースはイタリアンブランドの高価なものだ。黒いてりのある絹で、カッティングのうまさは、女の体を美しく包むようにしているのであるが、それでもこれを着こなすにはぜい肉のない体が必要であった。

ウエストの線は昔と比べるべくもないが、胸の張りは充分にあるので、めりはりのある体形ということになる。これを維持するために、ユリ子はかなりの努力をしていた。職業柄食べ過ぎることが多いが、そういう時はただちにドイツ製の錠剤を呑《の》み、カロリーを胃の中で軽減させた。何も仕事がない時は、ハーブ茶とサラダだけで自分をなだめる。

今日のパーティーに招かれたのは、女性誌の編集者が大半であったが、女たちは狎《な》れ狎れしくユリ子に近寄ってきてこう小さく叫ぶ。

「まあ、なんてそのドレス似合うの。どうしてそんなスタイルを保っていられるのかしら」

彼女が手にしているいちばん大きなものは、もちろん夫の達也である。彼はこの場に欠席しているが、それは価値を高めこそすれ、何ら障害になっていない。ごくたまに、夫のことを尋ねる客がいると、ユリ子はいかにも諦《あきら》めたという風に小さな吐息を漏らした。

「とにかく仕事が忙しくて、忙しくて、私の出版パーティーどころじゃないんですよ」

この言葉ほど、多くを示すものがあるだろうか。達也は部長をしている。海外勤務を経た今のポストは、そう早くたどりついたものではなく、そうかといってそう遅いものでもない。自分の夫が平均値にいることを薄々ユリ子は感じているが、それを外部の人間に告げる必要は全くなかった。三流女子大を出たユリ子はよく知っている。人というのは単に記号に反応して、尊敬したり軽んじたりするのだ。記号の中身など、誰も知りたいとは思わない。とりあえず耳ざわりのいい記号を身につけさえすれば、それで人生の大半は勝利したのと同じことなのである。

ユリ子は受付から少し離れたところに、所在無さげに立っている長男の圭児《けいじ》に目をやった。彼を眺めるたびに、ユリ子は温かいもので胸が充《み》たされていくのを感じる。それは母性本能という素朴な泉からは少しずれているところから湧くものであった。

佐伯圭児は十六歳になったばかりの、背の高い少年である。思春期独特の膿《うみ》がちょうど噴き出す時期で、肌はざらつきニキビも目立つ。口のまわりは、濃い髭《ひげ》がまばらな影をつくっていた。けれども近いうちにすべてが取り払われたら、かなりの容貌《ようぼう》になるのではないかという兆しはあった。母親似で唇は薄く、それが時々神経質に曲げられることがあったが、人々は彼の持つ記号ゆえに好意的に解釈してくれることが多い。さすが秀才だ、頭がよさげだと賞賛するのである。

圭児は今年明光学院に入学した。東大合格者の数を誇るこの学校は、中高一貫教育であるが、彼は高校から受験して合格したのである。これは相当の実力がないと不可能とされていた。今まで息子の通う学校を問われるたびに（マスコミの連中というのは、こうしたプライバシーのことを、茶を飲みながら平気で聞いてくるのである）、区立中学と答えながら、ユリ子はどれほど口惜《くや》しい思いをしただろうか。

「男の子は公立でいいっていうのが、主人の方針なの。自分は下から私立だったので、どこか世間知らずのところがある、男の子は大学まで公立でもまれた方がいいって言うんですよ」

こうした言いわけを口早に言う自分にも嫌悪を感じた。が、それもすべて過去のことだ。おそらく圭児はこれから、父親と同程度の、いや父親以上の良質な道を歩んでいくことであろう。ユリ子はそうした息子を持つ母親の役を、ごくさりげなく演じていけばよいのだ。多くの人が尋ねることであろう。お仕事と子どもの教育とを、どうやって両立させたのですか。いいえ、何もしていません。ただ子どもは、私が一生懸命やっていることを、多少理解してくれていたんじゃないでしょうか……。

近いうちにどこかの雑誌に載るであろう、自分のインタビューのことを考えると、ユリ子は思わず唇がゆるんでくるのである。

パーティーなんか関係ないよ、とそっけなくされていたのであるが、どういう気まぐれか今日になって行ってもいいと言い出した。おそらく母親の晴れ姿を見てやろうという気持ちなのだろう。昔からやさしく素直な子で、あまり手をわずらわされたことがない。息子を持つ母親たちのさまざまな嘆きを聞くたびに、ユリ子は得意な気分になるのである。

——全く自分はなんとうまくやったのだろう——

海外勤務から帰り、地元の公立へ入れた時、多少情緒不安定になったこともある。自宅で料理教室を始めた頃、前よりも子どもに対する姿勢がぞんざいになったと夫に注意されたこともある。けれどもユリ子は、そうした問題をひとつひとつ解決し、前よりもよい状態にもっていったのである。その結果が、圭児の名門高校入学だ。こうした母親の手柄は、本人の口からではなく、まわりが褒賞をもたらしてくれることになっている。自分は人々が口にする賞賛を微笑んで受け止め、時々「いえ、そんなこと……」という合《あい》の手を入れればよいのだ。

が、そうしたユリ子の喜びは、圭児からやや離れたところに立っている美果《みか》のところへ視線がいくと、いくらか薄まるのである。十九歳になる娘が、失敗なのか成功なのかまだ判断はつかない。しかし大学に進学しない娘がいるということは、ユリ子にとってそう自慢出来ることではなかった。

美果は二流のミッションスクールの高等部を卒業した後、進学はしないと宣言したのである。あの頃のユリ子は、娘を説得するためにどれほどの時間を費やしたことだろうか。大学などというところは、行っても行かなくてもいいのだけれども、時間と機会があるのなら行った方が絶対に後悔しないわ。持てるものは何だって持っていた方がいいのだから。どうしても行くのが嫌だというのなら、籍を置いておくだけでも構わないのよと、最後は懇願のようになった。けれども美果は絶対に嫌だと言い張った。

「大人になってまで、嫌いな人たちとつき合うことはないでしょう」

嫌いな人、というのはどうやらエスカレーター式に下からつき合ってきた同級生たちのことらしい。だが仲のいい友人もいたし、一緒にスキーや旅行に出かけたりもしていた。美果は登校拒否をしたこともなければ、いじめを訴えたこともない。

「中学校や高校のうちは、学校っていうのはこんなものだろうなあと我慢してきた。子どものうちは学校へ行くのは仕方ないものね。でも十八歳になってまで、そんなことをする必要はないと思ったの」

娘の口にすることはいつもわからない。いったいいつ頃からかわからないけれども、ユリ子は娘の言動を一種の諦念《ていねん》の気持ちで眺めるようになっていた。非行に走るとか、反抗的だというのならば、まだ歩み寄れるような気がする。けれども美果はそういうわかりやすい道をたどらなかった。まるで暗号のようなことばかり口にし、ユリ子が唖然《あぜん》とする選択をする。美果がする選択というのは、ユリ子からしてみれば、損をすることを楽しんでいるとしか思えない。

あのままいけば、別に苦労なく、美果は女子大生になった。一流企業に勤める父親と、料理研究家の母親というそれなりの家の娘として、どれほど華やかな青春が待っていたことだろう。記号のきらびやかさでは、母親の女子大生時代とは比較にならない。それなのに美果はすべてを放棄してしまった。今はユリ子のアシスタントの真似ごとと、事務の手伝いをしてくれている。といっても、料理の道に進むつもりはまるでないらしい。そもそも美果は食べることにほとんど興味を持たない少女であった。昔から普通の母親よりもずっと手の込んだものをつくり、手づくりの菓子を焼いた。男の圭児でさえ、うまいものに執着するというのに、美果は実に淡泊である。食べ物ばかりでなく、着るものにもさほど興味がないというのは、今どきの若い娘としては本当に希有《けう》な存在であろう。

ユリ子は娘に近づこうとするたび、自分との間に薄い膜が張りめぐらされているのを感じる。それは欲望という名の膜である。人生のさまざまな場面で、この母娘は欲望の濃度が違い過ぎた。あまりにも旺盛《おうせい》で濃い母親の欲望は、娘の濃度とうまく触れ合うことが出来ずにいつもはね返されるのであるが、ユリ子はそのことに気づいていない。ただどうして自分とこれほど似ていない娘なのだろうと思うだけだ。

美果は中肉中背であるが、かなり大きめの顔を持っていた。少々離れた目がますます顔を大きく見せている。どちらも平均以上の容姿を持つ夫婦から、ぐっと下がった娘が生まれるというのはよくあることであるが、美果もまさしくそのひとりだ。ユリ子の美点は登場せず、そのかわり本人が気にしている幾つかの欠点が、奇妙に誇張されて美果の顔の上に現れていた。といっても醜女《しこめ》というレベルにはいかない。離れた目が愛らしいといってもいいのだが、母親と並ぶと多くの人はたいていかすかな同情のために眉《まゆ》を動かす。うまくバランスが取れ、配置がよい母親の目鼻と比べてしまうのだ。

これで美果が母親に対してコンプレックスを持っている、というのならすべてのことに説明がつくのであるが、そんなことはまるでないと断言が出来る。美果は容姿というものを、絶対的なものとは見ていなかった。そこにかけてある上着をたまたま着てきたという風に、自分の顔やスタイルとつき合っている。これは若い娘として、まことに珍しいことであった。

——この娘《こ》は本当に変わっている——

ユリ子は娘の観察を続ける。まだ招待客は誰も来ておらず、白い制服のギャルソンたちが料理を並べ始めているところだ。ユリ子は各出版社から送られた花輪を確かめるように、娘を見続ける。あれほどおしゃれをしてこいと言ったのに、今夜着ているのはどうしようもなく野暮ったいグレイのスーツだ。長めのスカートが体形にあまり似合っていない。

ユリ子は舌打ちしたいような気分になった。今夜の主役の娘は、多くの人から注目を浴びるはずであった。器量は母親と同程度かそれ以上で、しかも知性や経歴というのははるかにきらびやか、というのがユリ子の理想とする姿である。娘というのは、母親の美意識がストレートに出る生き物であるから、ユリ子もまたおおいに採点されることになるのだ。

職がないことは、留学準備中とか、やりたいことがどうやら別にあるらしい、などと誤《ご》魔化《まか》すことが出来るが、この地味で洗練されない雰囲気はどうしようもならぬと、ユリ子はかなり口惜しい。それは最近売り出し中の料理研究家（容貌といい、経歴といい、ユリ子によく似ていた）の娘が大層美人で、しかも一流大学に在学中だということを知ったばかりだからだ……。

いや、自分は少し強欲過ぎるかもしれぬと、ユリ子は少々反省した。

それは向こうでギャルソンに何やら指示をしている緑川の姿がちらりと見えたからだ。女性誌の編集長をしている彼は、今夜のパーティーの発起人である。そして五年来のユリ子の恋人でもある。自宅で料理教室を始めたユリ子のところに、ある日一本の電話がかかってきた。それは緑川ではなく、部下の女性編集者である。とても料理が上手な方がいるというので、ぜひ取材したいと言うのだ。最初はモノクロの小さな記事であった。扱いも料理好きの一主婦というものだ。けれども「パリのお料理お惣菜《そうざい》風に」という企画と写真は読者に好評だったという。今度は編集長が会いたいということで何人かで食事をした。そして連載を持たないかと持ちかけられたのだ。

料理研究家といってもいろんな人がいる。肉じゃがが得意なおっかさん風な人もいるし、上流のにおいをぷんぷんさせることで成功した人もいる。けれども佐伯さんはそのどちらでもなく、本当に素敵なおうちの奥さんということで、うちの読者の憧《あこが》れの対象になれる人ではないだろうか。うちの雑誌は、ファッションと共に料理もメインになっている。ぜひうちから看板になる人を育てたいんですよ。

ちょっと待ってください、とユリ子は言った。私はまだシロウトで、レシピもそんなに持っていないんですよ。連載なんてとても無理だと思います。

いや、大丈夫ですよと彼はこともなげに言った。レシピなんていうものは、やっているうちにどんどん湧いてくるものですよ。それにもし困ったら、誰かをつけますよ。そして彼はこんな話をした。この頃大人気の料理研究家は、あのとおり美人だし、人柄もいい。

本を出せば五十万、六十万も売れますけれども、あの人は料理があんまりうまくない。それこそ家庭料理の延長で、写真に撮ってもちゃんと写るもんじゃありませんよ。だからね、ちゃんと影武者がいるんです。何人かが手分けして、おいしいものをつくってくれますからね、彼女はその前に立てばいいんですよ……。

そんな話をしてくれる緑川は、マスコミ人種の図々《ずうずう》しさと魅力に溢《あふ》れていて、ユリ子は次第に息苦しくなってきたものだ。緑川はその時四十七歳であったが、クルーカットにし、アイビー調のネクタイをつけていた。やや白髪が交じったクルーカットは彼によく似合っていて、「少年の趣」を持つという形容をつけられることに成功していた。

今の時代、中年になってもアイビーを取り入れるということは、よほど自分の青春を愛しているということである。小学校から立教で、大学時代はラグビーをやっていたという緑川は、典型的な東京の中流の男だ。たっぷりの自信と傲慢《ごうまん》さは、愛嬌《あいきょう》がカバーしているという男である。育ちのよさからくる臆面《おくめん》の無さも、編集という仕事ではおおいに役立っているようだ。

夫の達也も似たような人生を送っていたはずなのに、彼の方はもう少し重たげなもの、陰影といってよいものが見え隠れしている。緑川はクルーカットやアイビーがよく似合う、いわゆる猿顔をしている。が、日本猿ではなく、モンキーというものだろう。都会でしか見られないコカコーラやピザで育った第一世代だ。彼は愛敬のある顔のせいでずっと若く見えた。笑うと白い歯が光り、多くの人はたやすく心を許してしまう。さまざまな会社の広報と通じていることでも有名で、タイアップ広告や、商品提供、航空会社のチケット提供などといったことに関して、右に出るものはいないと言われている。彼が編集長を務める「ジンジャー」は発行部数こそそう多くはないが、比較的裕福な女性が読者ということがあり、贅沢《ぜいたく》な広告が入ることで知られていた。グラビアには、毎号宝石や何十万円もする洋服の広告が並んでいる。料理ページも美しいカラーで、ここに登場することは、料理研究家のステータスと言われている。ユリ子は、この「ジンジャー」が力を入れて売り出そうとしているのだ。

緑川とのことは、薄々何人かが気づいているはずであった。あるいはユリ子の知らないところで、公然とささやかれていることかもしれない。けれども気にすることは何もなかった。ユリ子の家族のいる場所と、マスコミの世界とは大きな隔りがある。もし何かの拍子で耳に入ったとしたら、こう言っておけばいいのだ。

あの業界の人たちって、どうして平気で下品な噂をたてるのかしらね。ちょっとでも抜てきされたり親切にされたりしたら、すぐにそんな風なことを言うらしいのね。

自分は確かによくやってきたとユリ子は思う。きちんと家庭を営みながら、愛人と仕事を手に入れるという、普通の女にはなかなか出来ないことをやり遂げてきたのだ。しかも愛人の存在を、全く家族に気づかせることもなかった。完璧《かんぺき》に自分はやってきたのである。誰にも言えないことであるが（もしかすると、後に緑川に告げるかもしれないが）、今夜のパーティーでユリ子がいちばん誇りたいのはこのことなのである。

ユリ子の視線に気づいてか、緑川がこちらを見る。そして大股《おおまた》で近づいてくる。彼の笑顔がユリ子は好きだった。この年で、これほど顔をくしゃくしゃにさせて笑える男がいるだろうか。緑川にはこの他にも幾つかの美点がある。それはいつも二人が使う、ホテルの寝室で知り得た美点である。

「いやあ、花がすごいよ」

彼は言った。

「うちのがもちろんいちばん大きいけど、昭文化社や大和書籍といった一流どころからもずらり来てるよ。たいしたもんさ」

「本当に嬉《うれ》しいわ」

ユリ子は娘や息子に聞かれることも充分配慮して無難な言葉を選ぶ。

「こんなに盛大なパーティーになったのも、緑川編集長のおかげですよ。私は本当に幸福者だと思いますよ」

その時ドアが開いて、花束を抱えた早めの客が二人連れ立って入ってきた。

やはり来るんじゃなかったと、圭児はさっきから右手を、何度もポケットの中に出したり入れたりしている。

＊

すごくおいしいイタリアンのお店だから、さっと好きなものを食べてくればいいのよと母は言ったものだ。そんなことよりも、今日はママの大切なパーティーだから、絶対に圭ちゃんに見てもらいたいの。うんと苦労してつくった本がやっと出るのよ。ママ、嬉しくって嬉しくって、すごく素敵なドレスを着るつもりなの。だから圭ちゃんに、ママの晴れ姿見てもらいたいのよ。

そんな母の言葉に釣られて来たのだけれども、場違いの気まずい気持ちのまま、圭児は帰るに帰れなくなってしまっている。それは母のユリ子が、息子をやたら人に紹介したがるからだ。

「長男ですの」

ユリ子は語尾に〃の〃をつけるのが最近とても気に入っているようだ。〃の〃と発音しながら小首をかしげるようにする。最初にそれをやり始めた頃、大層わざとらしく見えたものだけれども今はとても自然だ。母がそれをすると、とても上品で愛らしく見えると圭児は思った。

そしてユリ子の〝の〟は、あきらかに自慢が込められているので、紹介する人はかなりの確率で高校生ですか、とかお幾つですかと尋ねることになる。

「今年、明光学院に入ったんですの」

今度の〝の〟はかなり早めに切る。かぶせるようにして相手の「そりゃあ、そりゃあ」という感嘆の声が入るからである。

明光へ入るなんてたいしたものじゃありませんか。頭がよろしいのね、たいしたもんだわ。するとユリ子は必ず同じことを口にする。

「私がこんな仕事をしているものでしょう。もう忙しくって忙しくって、ろくに構ってやる暇もなかったんです。ですけれども『親はなくても子は育つ』っていう言葉は本当だったんですね。わりあい頑張る子なんで助かっているんですよ」

この一連の言葉は、もう何十回となく繰り返しているらしく、歌うような調子でユリ子は喋《しゃべ》り始める。この時の目があまりにも晴れやかで嬉しそうだったので、圭児は憮然《ぶぜん》とすることも出来ない。いちばん素直な、無表情という顔になる。

ユリ子の言葉にはかなり嘘が混じっている。「何も構ってやれない」と母はよく口にするが、その分金をかけたのは事実だ。中学校二年生から圭児は、東大生だけを集める家庭教師の協会から、理学部の学生を派遣してもらっていた。いかにも今どきの東大生らしく、茶髪にユニクロのジーンズをはいた彼は、若いなりに磊落《らいらく》さを装おうとして、よくこんな風に言ったものだ。

「やっぱりさー、男は東大へ入らなきゃ駄目だよ。女なんてさ、何のかんの言いながらやっぱりエリートの男つかまえなきゃって必死だもん。モテるよ。オレぐらいでも女、困らないもの。圭児君も今を頑張ればさー、後で楽しいことがいっぱい待ってんだよな。今サボればさ、ずうっと二流、三流の人生だよ。そういうのって、すごくつまらなくて損だと思わないかい」

家庭教師の喋る響きが、母のユリ子とそっくり同じだということに圭児は気づいた。

とにかく頑張るのよ、とユリ子は言う。パパやママのためじゃないの。圭ちゃんのために言っているのよ。圭ちゃんのこれからの人生を、ママくらい考えている人はいないの。今、圭ちゃんに出来る限りの勉強をしてもらうのが、ママの義務だし、ママのプレゼントだと思っているの。ねえ、わかるわよね。わかるでしょう。

ついこのあいだまで、よくわからないまでも、何となくわかると考えていたのは錯覚だったのだろうか。中学生になった時からユリ子は明光学院のことをよく口にするようになった。そこの教師がいかに素晴らしいか、生徒たちがどれほど優秀で自由闊達《かったつ》に過ごしているかなどを、ユリ子はことあるごとに口にした。あの学校に入りさえすれば、多くのことは約束されているのと同じことなのだ。自分の言うとおりにしさえすれば、これからの輝かしい人生の第一ページを開くことが出来るのだとユリ子は言ったものだ。

けれどもそんなことはありはしなかった。圭児は今、どうしようもないほどの孤独の中にいる。その孤独というのは、どうやら大層子どもじみているとわかったので、圭児は困感しているのである。

明光学院は中高一貫の学校のため、高校から入学してくる生徒たちはひとクラスにまとめられている。ここで一年間特別のカリキュラムで後れを取り戻すのだ。彼らはみんな各中学でトップクラスの立場にいた。境遇も似かよっている。けれども「外来者」として結束を固め、少年らしい友情を結んでいるかというと、そういうこともなかった。みなそれなりの社交もし、休み時間には楽し気に会話をかわしている。けれども適当に距離をおき、相手には深く立ち入ろうとはしない。その姿は「受験」という大イベントに向けて、余分なエネルギーは使うまいとしているかのようでもあった。

圭児が前にいた区立の中学では、いじめも幾つかあった代わりに、濃密な少年たちの交わりもあった。ところがここはどうだろう、同級生たちはみな大人びた口調で、人気の歌手のことを口にしながら、お互いの健康や覇気をうかがっているようなところがあった。

圭児はやがて心の隅に、小さな飢《かつ》えたものを感じるようになったのであるが、あたりを見渡すとそれがいかに幼いものかわかってくる。同級生の多くは近い将来手にするだろう勝利を基に、具体的な設計図を描いているのだ。

「官僚はもう駄目だ、駄目だって言っているけれど、そういうことを言う国家っていうのは必ず滅びるんだぜ」

そう圭児に言ったのは、久保田という背の高いクラスメイトである。彼の父は経産省官僚であるが、その祖父は高名な駐米大使だった。

「親父は言ってるけど、今の日本っていうのは、東大の法学部を出た人間と、早稲田の政経学部を出た人間との戦いだって。早稲田を出たマスコミの奴らが、やたらと官僚を叩《たた》く構図だ。もちろん嫉妬《しっと》心からだよね。彼らは一度は東大をめざして頑張った連中だ。今、早稲田を出た奴らが、テレビや雑誌で勝手なことをして官僚を批判ばかりしている。あいつらは金に汚くて、保身のことばかり考えているって……その結果が見ろよ、日本は悪くなるばっかりじゃないか。いつかみんなこのことに気づくさ。そうしたらやっぱり官僚たちが日本を動かしていかなきゃいけないんだ」

弁護士になるしかないだろうなあ、と言うのは入江だ。

「人権派っていうのも、もうつまらない時代になっていくと思うね。日本が早晩、アメリカみたいな訴訟社会になるのは目に見えているんだよ。日本の土壌はそういうことに慣れていないっていう人がいるけど、僕は違うと思う。弁護士が引っ張っていって、日本を変えていかなきゃいけないんだ。正しいことは勝ち取っていく世の中にね」

僕はいったい何になりたいんだろうかと圭児は考える。医者になるのもいいんじゃないかとユリ子は言ったことがある。が、次の日は確かエコノミストだった。まるで自分の息子には、すべての才能と可能性とが与えられているかのようだ。こういう時のユリ子はひどくはしゃいだ声をたて、頰が娘のように上気する。すると圭児はもう何も言えなくなってしまうのだ。

子どもの時からずっとそうだ。母親が沈んでいたり、悲し気な表情を見せるととてもつらかった。そんな時はおどけたことを言い、母に笑ってもらおうと苦心した。そんな気持ちが伝わらないはずはなく、ユリ子はよく息子をぎゅっと抱き締めたものだ。

「ああ、圭ちゃんはなんていい子なんでしょう。圭ちゃんはママの大切な宝物よ、ずうっとずうっとそうよ。ねえ、わかるでしょう」

まだ圭児が幼かった頃、一家は平凡というぬくもりの中にいた。時々ユリ子は思いついたようにいろんなことを考え、家族に強制したぐらいだ。食後みんなで歯磨きすること。朝、腕立て伏せをすること。みんなで毎日同じことをすることに意義があるのだとよく言っていたものだ。ところがパリで暮らし始めたとたん、ユリ子はかなり躁《そう》うつが激しくなった。ひどく機嫌がいい状態が続いたかと思うと、しばらく黙りこくっていたりする。語学が出来ないユリ子は、買物さえもしばらく夫に頼んでいたぐらいだ。そんなユリ子が少しずつ変わっていったのは、同じ駐在員の妻に誘われて近くに住む老婦人のところへ料理を習いに行った頃からであった。最初は子どもたちのためにケーキをなどと言っていたのであるが、やがて欲が出て本格的なものに挑戦するようになった。家で時々パーティーをし、日本人仲間から誉めそやされる。するとそんな夜、ワインに酔ったユリ子は娘ではなく息子を相手にワルツを踊る真似をした。

「ああ、圭ちゃんはなんていい子なのかしら。圭ちゃんがいるから、ママはこんなに幸せでいられるのよ」

ユリ子は出鱈目《でたらめ》にワルツの一節を歌い、圭児の手をひいて踊り出す。ターンを何度もするから部屋はぐるぐるとまわり、圭児は声をたてて笑う。そして母は大げさに両手をひろげて、圭児を抱き締める。世界はまわるけれども、このユリ子の胸の中は不変で温かかった。今、圭児が求めているのはあんな感触なのである。けれどもそれがどこにあり、どうやれば得られるのかわからない。

——女の子を見つけることだろうか——

クラスの何人かはガールフレンドがいて、中にはセックスの体験をしている者もいるようだ。昔から明光の生徒は、近くのお嬢さま学校といわれるところの生徒とつき合うことになっている。

「でも適当にすべきだね」

と久保田は言った。

「彼女たちっていうのは、ちょうど恋をしたがる年齢なんだ。そして勘違いをしていてね、恋っていうのは男にいろんなことを要求するものだと思っている。どうして毎日電話をくれないの、どうして日曜日に知らん顔をしてるのって、すぐに文句ばっかり言う。そういうのが楽しい時期もあるけれどね、後はすぐ飽きるね。こっちはこっちの時間があるから、うまく配分しなきゃならないんだよね」

圭児は区立中学時代、何度かデイトを重ねた女の子のことを思い出した。ユリ子は最初のうち、この可愛らしい恋を面白がっていたのであるが、やがてねっとりとした口調でこう諭すようになった。

「圭ちゃん、わかるでしょう。今がいちばん大切な時なのよ。圭ちゃんの一生が決まってしまう時なの。好きな女の子と遊ぶのって、そりゃあ楽しいと思うわ。ママだって経験があるわ。だけどね、このままずるずるとおつき合いをしていたら、圭ちゃんはずうっと我慢が出来ない人間になると思うの。この世の中で最低の人間っていうのは、目先の楽しみにとらわれて、将来を失ってしまう人よ。ママは圭ちゃんに、そんな人になってもらいたくないの」

ユリ子に目を覗《のぞ》き込まれ、圭児はこのあいだその女の子にキスをしたこと、そして彼女の手を導いて、自分の股間《こかん》に持っていったことを母に見られたのではないかと一瞬怯《おび》えた。

「圭ちゃん、この一年間の労力で、圭ちゃんの一生が変わってしまうのよ」

本当にそうだったんだろうか、自分はたった十六歳で、その一生、決められた一生をもう歩み始めているのだろうか……。

圭児はゆっくりと母親に近づいていった。ユリ子は背の高い、モンキーそっくりの男と何やら話している最中だ。男の声が聞き取りにくいのか、ユリ子のむき出しになった首は、彼の方に斜めに伸びている。喉仏《のどぼとけ》のダイヤのクロスがかすかに揺れている。

「母さん、僕、もう帰るよ」

あらっと、ユリ子は大げさに目を見開いた。

「パーティーはこれからなのよ。まだお客様が来たばかりよ」

「だいたいのことがわかったからもういいよ。ちょっと友だちのところに寄りたいし」

「だったら、お料理だけ食べていらっしゃいよ。ここのはすごくおいしいのよ。ちょっとここで待っていて頂戴《ちょうだい》。大急ぎでお皿に盛ってきてあげるわ」

「いいよ、いいよ、そんなことしなくても」

圭児は手を振り、母親の傍らをすり抜けようとした。その時に男と目が合った。この頃わが家によくやってくる編集者という人種だということはすぐにわかった。年よりもずっと若い恰好《かっこう》をして、肌も艶々《つやつや》としている。楽し気でだらしないけれども、神経質さも同居している人間たちだ。男の目の中で好奇心があらわに光っているから、圭児は会釈することもしなかった。

クロークに寄り、コートを受け取る。圭児のコートは紺色のダッフルコートだ。昨年ユリ子が買ってくれたものである。これを着ると、急に子どもっぽくなるので圭児は不満だった。他のものでもそうだが、ユリ子が買ってくれるものには、必ず〝少年〟という要素が必要なのだ。

圭児は駅に向かう途中で、前ボタンをすべてはずした。きっちりと留めるよりもこちらのほうが大人びて見えると判断したからである。渋谷《しぶや》に出て乗り換え、東横線に乗る。師《し》走《わす》の電車は、いつもより人々が華やぎを見せている。クリスマスの飾りを抱えたサラリーマンもいるし、コートの下からパーティードレスを見え隠れさせる若い女性もいる。電車に乗り込んだとたん圭児はもう迷わなかった。もうここまで来たら仕方ないとひとり頷《うなず》いた。

——イヤだな、と思ったらいつでも引き返せばいいんだ——

丸山直己に初めて会ったのは、今年の四月明光学院に入学した時である。入学といってもそれは圭児からの見方で、明光の高等部に入学式はない。ほとんどの生徒が中等部から進んでくるため、始業式があるだけである。

圭児たちは担任の教師から、ぜひどこかのクラブへ入部するようにと言われた。日本でも有数の受験校と言われる明光であるが、実はクラブ活動がとても盛んである。スポーツもそれなりに頑張ってはいるが、何といっても実績があるのが文化系のクラブだ。中等部から高等部卒業まで六年間、厳密に言うと高校三年になるとクラブ活動はしないことになっているから五年間であるが、じっくりといろんなことが出来る。明光学院文学部の同人誌は専門家からも高い評価を得ているし、発明部の研究発表が雑誌で取り上げられたこともある。上級生たちも高等部から入ってくる生徒にとても期待しているから、ぜひどこかの門を叩いてもらいたいと教師は言った。そんなわけで圭児は放課後、通称「部室長屋」を訪れたのである。

もともと明光学院は関連会社の子弟を教育するために、ある財閥が七十年前に創設したものだ。戦前は官立をどこも落ちた子どもたちのための、収容所と言われていたらしい。戦後の高度成長の折、何代めかの校長が思いきった改革をしたのが今の興隆をつくっている。ほとんどの建物は戦争のために消滅したが、たったひとつ残っているのが木造のホールだ。明光は将来、このホールを何かの記念館にするつもりらしく大切に保存しているのである。〝長屋〟はこのホールに隣接しているやはり木造の建物だ。昭和四十年代に急ごしらえでつくったらしく、あちこち傷みがひどいのであるが、学校側としてはたかが生徒がたむろする場所にそう金はかけたくない方針らしい。暖房も入っておらず、廊下を歩いていると、足の裏からしんしんと寒さがしみてくる。あたりは思春期独特の少年たちのにおいで満ちていた。革靴の中を振った時のような、腋臭《わきが》の男たちが百人集まり、そしてかなり遠ざかった草原に立っているような、圭児はこのにおいが大層苦手であった。自分はこうしたにおいを発していないと思う。意識して、嫌悪している人間は無臭であるに違いなかった。

圭児は「新聞部」と表札が出ているドアの前に立ち、しばらく中の様子をうかがっていた。区立の中学校時代、彼は新聞部員としてかなり活躍していたのである。部室には三人の人間がいるらしく、教師の噂話をしていた。村田という化学の教師が、どうやら離婚したらしいというのだ。

「道理でこの頃、元気なかったよなあ。あいつさ、もともと手を抜く時があるじゃん。このあいだも、ここは入試に出ないってやたらページを飛ばそうとしたから冗談じゃないって思ったぜ。はずれたら、いったいどうやって責任をとってくれんだよな」

仕方ないよと、別の少年の声がする。

「ほら、あいつ東大じゃなくて学芸大だからさ、何ていうのかなあ、勘がにぶいっていうか説得力がないんだよなあ」

　変声期をとうに終えた彼らの声は全くの男のもので、その辛らつさもあいまって圭児はノックする勇気が出ない。前に進むふりをして踵《きびす》を返した。体育会系の部室長屋と文化系部室の長屋の間には小さな空間があるが、どうやらここが喫煙所となっているようだ。学校側も黙認しているのか、大きな缶が三つ、灰皿代わりに置かれている。

　そこに一人の少年が立っていた。力を込めるようにして、外国煙草を吸っている最中であった。衿章《えりしよう》で二年生ということがわかる。

「新しい人だね」

　と彼は言った。明光では高等部から入ってきた少人数の生徒はひと目でわかり、「新しい人」と呼ばれているのだ。

「もう入る部は決まってるわけ」

　彼の声は、かすかに変声期の終わりの部分をひきずっていて、それが圭児に安堵《あんど》を与えた。まだ何も決まっていないと圭児は答えた。

「うちってさ、みんな中等部からつるんでいるからイヤらしいだろ。新しい人はやりづらいよね」

「あなたはどこの部なんですか」

「僕はさ、未来研究会っていうところの部長なんだけど、まだ三人しかいないよ。誰も部だなんて認めてくれないけれど、とにかくつくったことは確かなんだ」

「未来研究会」という名前がいかにも嘘っぽくて、圭児はこの少年が自分のことをからかっているのだと思った。

「『未来研究会』って、どんなことをするんですか」

「名前どおり、未来のことを考える会だよ」

煙草を吸い終わった少年は、吸い殻を地面にいったん落とし、丁寧に靴底で踏みしめた。それから缶の中に投げ入れる。缶の底の方に茶色の水が見えるが、彼はそれを信用していないかのようであった。

彼がかなり綺麗《きれい》な顔立ちの少年だということに圭児はすぐに気づいた。自分のように過剰なあまり、内から外へ噴出するものがなく、皮膚もすっきりとしている。下品に見えない程度の二重瞼《まぶた》で、アイドル風のセミロングにしているのもとてもよく似合っている。

「〝新しい人〟は、あんまり元気がないみたいだね」

彼ははっきりと圭児を見た。彼の〝新しい人〟という口調には、本来持っている揶揄《やゆ》や意地悪なところがまるで無かった。

「どれ、僕が君の健康と幸福を祈ってあげるよ」

彼が一歩踏み出した時、圭児は「あっ」と叫んだ。この少年の謎が解けたと思った。

「やめてくださいよ。あなたは宗教やっているんですね」

よく駅前にこういう人たちがいる。あなたの健康を祈らせてください。神を信じますか。可哀想な子どものために署名を。気づきませんか、世界はもう滅亡に向かっているんですよ……。けれども驚きだ、明光の生徒の中に、ああした連中のひとりがいるなんて。

「そんなに怖がらなくてもいいよ」

少年は白い歯を見せて笑った。彼はああしたみすぼらしい連中と全く違っていた。圭児はもう動かなかった。

「イヤなら何もしないよ。ただ僕は君のために祈りたくなっただけなんだ」

祈るという響きの優しさが、ふっと圭児をなごませた。少年はゆっくりと圭児の前に進み、ゆっくりと右手を上げた。掌《てのひら》をやや丸めて圭児の顔に近づける。こういう動作をする人間の前では、誰でも自然に目を閉じてうなだれるものなのだろうか。気がつくと圭児の瞼の裏は、オレンジ色の薄闇に包まれた。校庭で野球をする少年たちの声が、信じられないほど明瞭《めいりよう》に聞こえる。

「こーい、こい、こい、こいこい」

ボールを迎える声だ。冬の空のように透きとおった声だ。それがまっすぐに伝わってくる。

どのくらいたっただろうか、気配を感じて圭児は目を開けた。少年は手をかざしたまま静かに頷いた。

「どうだった?」

「どうだったたって言われても……」

気持ちがよかったような気がするが、それを口にするのははばかられた。

「お光を受けている時の君は、とても静かでいい顔をしていたよ。これは受け入れられたってことなんだよ」

少年は丸山と名乗り、今度の土曜日の午後、未来研究会の集まりに参加しないかと言った。やっぱり勧誘だったのかと圭児は思う。そうした罠《わな》にはまる若者のことを、よくマスコミが取り上げている。そんなものに近づくものか。何が悲しくって、おかしな仲間に入らなきゃいけないんだ。

そしてずっと圭児は丸山のことを無視し続けた。小さな学校なので彼と会う機会は多い。実習室や体育館での行き帰りにすれ違うことがある。そんな時も必ず丸山から温かい視線がおくられているのを感じた。

三日前のこと、あれ以来初めて丸山は圭児に声をかけた。

「今度の土曜日、空いているかい」

「どうしてそんなこと聞くの」

「なぜって、君が教えてほしそうにしているから」

「そんなことはないよ」

「でも来たかったら来ればいいよ。六時から日吉《ひよし》駅前の喫茶店にいるよ。名前は『クローバー』っていうのさ」

圭児はすぐさま忘れようとした。それなのにその名前は浮き出て、躍って、圭児をずうっと刺激してきた。

あの日のことをよく思い出す。圭児はドアを開けた。奥のテーブルに四人の少年が座っているのがすぐわかった。彼らは圭児が来るのをわかっていたように笑顔をむける。

「やあ、来たね」

初めての少年の言葉は、圭児の胸にしみていく。なんて優しい声なんだろう。

他の三人の少年たちは、「さあ、ここへおいで」と立ち上がった。

布のソファには今まで人が座っていた窪《くぼ》みがあり、それはあたかも彼を待っていたかのようだ。

「きっと来てくれると思っていた。君を信じていたんだもの」

信じるという言葉がこんなに美しいとは、今まで圭児は知らなかった。

＊

あの男がママの愛人なんだと、美果は視線を泳がす。決して不自然に見えないようにゆっくりとだ。

母親が恋をしている、ということは驚きではなかった。ずうっと以前から、そんなことがあっても不思議でないような気がしていた。あれはいつのことだったろうか。中学校二年生の運動会の時だ。以前からわかっていたことなのに、母親は急な仕事が入りどうしても出かけなければならなくなった。それでもユリ子は、早朝から起きて準備した手の込んだ弁当を、娘に手渡しながらこう言ったものだ。

「いい、レイコちゃんのママにちゃんと頼んでありますからね。これを皆で食べて頂戴《ちょうだい》ね。ママはね、ミカちゃんのことをすごく大切に思ってるのよ。でもね、お仕事も大切なの。そしてこのお仕事って、すごく気まぐれで、時々とんでもないことを起こすのよ。だからミカちゃんに迷惑をかけたり、嫌な思いをさせたりするかもしれないけれど、我慢してね」

この〝お仕事〟というのを、〝男の人〟に置き換えても何の不思議もない。専業主婦の時と違って、母の心はふわふわと浮遊するようになっている。いったん家族という地面から離れたそれが、仕事にたどりつこうと、恋にたどりつこうとそう大差ないような気がする。

ところが、母親に相手の男の人がいるというのは、どうにも信じられないことであった。もちろん恋というのは一人では出来ない。男の人がいるものだということは、美果は充分に知っている。けれどもその〝男の人〟のイメージが、どんなことをしても湧いてこなかったのだ。

——プレイボーイの男に、ママは騙《だま》されているんじゃないかしら——

——すごくつまらない男だったら、どうしよう——

あれは二年前のことになる。家の近くの坂を歩いていると、向こうから女が二人下りてくるところであった。たぶん家に来た編集者か記者だろうとすぐにわかった。マスコミの女たちというのは、しゃれた服装をしていることもあるが、このあたりの住宅地から必ず浮くような騒々しさを持っている。黙って歩いていても、あたりには喧噪《けんそう》が起こる。たぶんそれは、彼女たちがいつも呼吸しているテンションの高い空気のせいに違いない。

おまけにその時の彼女たちは、何やら熱心に喋《しゃべ》り合っていた。冬の住宅地は空気が澄み切っていて、それは道路の反対側を歩いていた美果の耳にはっきりと届いた。

「駄目よ、そんなの。緑川さんが一緒に行きたがるに決まってるじゃないのォ」

「だけど、京都まで行ったら、佐伯先生とのことはミエミエよ」

「それでもいいんじゃない。二人とももう居直ってんでしょ」

二人とも傍らを歩く、制服のコートを着た高校生が、佐伯ユリ子の娘だとは全く気づいていないどころか、目にも入っていないようである。美果はあくまでも路傍の人間を装うために ゆっくりと歩く。まさか母親がそんなことをしているはずはないという衝撃よりも、家の近所でこんな噂話を声高にされる母親というのは、何と不運なのだろうかということをまず思った。

「ミエミエ」「居直る」という二つの言葉が胸を鋭く刺したのはその夜のことだ。とはいっても、まだ美果にはどこかすがろうとする気持ちが残されていた。

——あの人たちは「佐伯先生」って言っていたけれど、もしかすると近くの佐伯医院の先生のことを言っていたのかもしれない——

——でもあの先生は七十近いわ——

——じゃ、ミエミエってどういうことなんだろう——

けれども謎の答えは、すぐにユリ子が出してくれた。その二日後、ユリ子は一泊で京都へ取材旅行に出かけると告げたのだ。

「京都に何しに行くの」

「一流の懐石のお店へ行って、そこでおいしいものをいただいて、感想を書くっていう仕事なのよ」

誰と行くの、と聞こうとして、何人ぐらいで行くの、と言い直した。核心をついた質問をして、母親が狼狽《ろうばい》するのを見るのが怖かった。

「カメラマンと編集者の人二人ぐらいが従《つ》いてくるの。残念だけど、美果ちゃんを連れてくわけにはいかないわね」

母親は美果の質問を、全く違うように解釈してにっこりと笑った。その笑顔のあでやかさに美果は不安になる。自分の母親がまだ若く美しいということが、これほど不吉なものだったとは、美果は息を呑《の》む。

そして二ヶ月後にユリ子の載った雑誌は発売された。ユリ子にとって初めての、本格的グラビア取材である。

「佐伯ユリ子さんと行く、春の京都美味の旅」

とある。有名な料亭で、カウンター割烹《かっぽう》の店で、箸《はし》をとる、あるいは椀《わん》を持つユリ子がいた。わずか一泊の旅行なのに、ユリ子は五着も服を持っていったらしい。美果の見たことのない、ピンク色のスーツを着て、薄暗い座敷に浮かびあがるようにして座っている写真がいちばん綺麗《きれい》だった。念入りにした化粧のためか、まるで女優のようである。

「五ページのカラーグラビアだったから、撮影がとっても大変だったのよ」

説明するユリ子は、なんと幸福そうだっただろうか。

「でもね、厨房《ちゅうぼう》の方まで見せてもらえたし、いろんなことを教えてもらってよかったわ。特にこの店で食べた蟹《かに》は、もう最高だったわよ」

生きている蟹を、目の前でポキポキ折って炭で焼いてくれるのよ。ちょっと可哀想だけれどもね、そのおいしいことといったらないのよと、ユリ子はページを指さす。それは美果がいちばん綺麗だと感じた写真である。じっと見つめる。歯を見せずに静かに笑っている母の、こちら側にいる人間は誰なのだろうか。もちろんカメラマンはいるだろう。そしてもう一人、もしかすると二人、母を見つめている人がいる。その中の一人が、ミドリカワという名前なのだろうか。美果は本を閉じた。そのとたん、まるで悪意のように「緑川」という名前が飛び込んできた。裏ページのいちばん左、本当に小さな文字なのに、どうしてこれほどはっきりと読み取ることが出来るのかわからない。「編集人」というところに、緑川という文字があったのだ。

緑川というその珍しい苗字《みょうじ》は、その時から美果の胸の中に棲《す》みついた。まるで鳩の卵をあたためているように、美果はその名前を大切に注意深く奥の方に匿《かくま》った。そしてその卵は、いつのまにか胸の中でコトコト動くようになった。今年、高校を卒業してユリ子の仕事を手伝うようになってからなおさらだ。

「先生、緑川さんからお電話ですよ」

アシスタントが呼ぶ。あるいはユリ子のスケジュール帳に、「緑川他二名」などと書かれた会食のメモ。あまりにもさりげなく、そして数多く現れるので、全く目立たない名前だ。けれども、美果の中の卵はそれに反応してコトコトと音をたてる。そして今日、その卵は孵化《ふか》したといってもいい。美果は初めて実物の緑川を見たのだ。

想像していたよりも、ずっと感じのよい男であった。そして彼が長身であることに美果は驚く。子どもの頃から背の低い父親を見慣れた結果、母親の好みは小柄な男なのだと美果は思い込んでいたからだ。

　彼が店にやってくるなり、ユリ子は美果を手招きした。

「ミカちゃん、こっち、こっち」

　母がどうしてこれほどはしゃいでいるのか美果にはわからない。自分の愛人を娘に紹介するのが、それほど嬉《うれ》しいのだろうか。それとも絶対に露見しないという自信の下、冒険している自分が好きなのだろうか。

「こちら『ジンジャー』の編集長の緑川さん、ママが昔からお世話になっている方」

「やあ、うちの斉藤がいつもお世話になっています」

　彼は意外と思えるほどの謙虚さで、自分の会社の担当者の名前を口にした。斉藤というのは、あの坂の途中ですれ違った女たちとは違う、大柄な三十女である。最初会った時から、「ミカちゃん、ミカちゃん」と狎《な》れ狎れしく呼ぶのが気に喰《く》わないが、親しくなれば、そう嫌な女ではない。

「美果さんは今、お母さんの仕事を手伝っているんですよね」

　緑川は美果の目をのぞき込む。決して探りを入れているわけでもない。たとえ愛人の娘だとしても、自分の男としての魅力をひょいと試さずにはいられない、そんな瞳《ひとみ》のこらし方だ。

「そうなんですよ。モラトリアムっていうのかしら、大学へ行きたくもないけど、働きたくもないっていう困った人なのよ。仕方なくうちに置いているけど、来年は本当にどうにかしたいなって、思ってるんですけどもね……」

母親が子どものことを説明する時はいつも早口になると美果は思う。つじつまを合わせようと、気が焦ってしまうからだ。弟の圭児の時もそうだった。どちらの学校へ行っているのと問われると、区立と答えた後、ものすごい早口になったものだ。

「うちの主人はほら、下から私立だったでしょう。自分でもそれが嫌だったらしくて、男の子は公立で育てたいって方針なんですよ」

その圭児が名門私立に合格したとたん、母親は急にゆったりとした口調になった。

「私は仕事が忙しくって、何も構ってやれなかったでしょう。学校の先生にも呆《あき》れられたぐらいなんですよ。でもこんな母親でも、よくやってくれましたよ」

母親は幸福なのだろうかとふと思う。この二年来、ずっと頭を悩ませていた息子が第一志望の学校に合格を果たした。進学問題でもめていた娘も、どうにかやっと落ち着いた。仕事も成功しつつあり、そして自分自身もなかなか男前の愛人を手に入れている。そうだ、母親はおそらく幸福なのだろうと、美果は冷ややかに母親を眺める。なぜならこの人の望むものはとてもわかりやすく単純なのだ。

今日のパーティーにしても見るがいい。たくさんの花束、たくさんの招待客、しゃれた料理、テレビで見たことがある有名な料理評論家やソムリエの姿がちらほら見える。これがこの人の願ったもの、手にしたものなのだ……。

「この子ったら」

唐突にユリ子が声をはなった。

「まるっきり今の娘っぽくないでしょう。本当にこの人ったら変わっているのよ」

野暮ったい娘《こ》について、これまた早口で言いわけしようとしているのだ。

「見てのとおり、おしゃれにも興味がないし、男の子にも、遊ぶことにも興味がないのよ。わが家の変わり者なのよ」

「あら、男の人に興味がないわけじゃないわよ」

美果にしては珍しく反撃に出たのは、目の前に立っている母の愛人に対して、やはり嫌悪を感じ始めたからに違いない。

「ちゃんとそういう人はいますからご心配なく」

「やあね、あなたの言ってるのは福島君のことでしょう。あなたたちって、恋人っていうよりも、ガールフレンド、ボーイフレンドっていう感じよね」

おそらく緑川の前でなかったら、でも私たち、ちゃんとセックスしていますから余計なことを言わないでと、美果は口走ってしまったに違いない。

「さあ、さあ、親子喧嘩《げんか》はそのくらいにした方がいいかもしれませんね」

緑川が如才なく取りなす。

「こんな素敵なお嬢さんに、彼がいないなんて誰も思いませんよ」

この男はなんて自信家なんだろうと美果は思った。たいていの女は、自分に対して愛情は持たないまでも好意は持つに違いない。そう信じて疑わないところがある。きっとそんな風に生きてきたんだろう。うまく言えないが、本当に奇妙な感想であるが、母によく似ているところがある。この男と母のユリ子とは、子どもの頃から、願ったもの、夢みたものが同じもののような気がする。

ギャルソンが近づいてきて飲み物を勧めたのを汐《しお》に、美果はその場を離れた。そしてテーブルのまわりにたむろしている人々の群れにもどった時、美果はこちらに微妙に向けられている視線に気づいた。みんないきいきとした好奇にみちた目をしている。今まで美果たち三人を見ていたに違いない。

ユリ子がどのようにして、娘を愛人に紹介するのか。そして彼がどのようにふるまうのか見ていたに違いない。おそらく美果が想像している以上に、ユリ子と緑川とのことは公然のものになっているのだろう。美果は不思議でたまらない。若い娘でも気づくことを、どうして母親たちはわからないのか。どうしてこれほど、人々の視線に鈍感でいられるのか。

——それとも私が考え過ぎなのだろうか——

幼い頃から、ユリ子はよく美果に言っていたものだ。ミカちゃんはどうして、そんなに敏感になるの。人の心をそんなに読み取ろうとしてはいけないわ。聞こえないものが聞こえてくるし、見えないものが見えてくるわよ。ミカちゃんのような性格だと、きっとつらいことが多くなるわよ。

あれは、同級生の誰それが自分のことを嫌っているらしい、それは先週こんなことを自分が言ったからではないかと、美果が訴えた時だ。ため息を何回かついて、ユリ子はこう言ったものだ。

「よっぽどひどいことを言わない限り、人っていうのは、他人の言ったことなど憶《おぼ》えていないものよ。私が言ったことはいけなかったかしら、あの態度はいけなかったかしら、なんて毎日いじいじ考えていたら、人間は臆病《おくびょう》になるばっかりよ。もっと普通に、ゆったりとしていればいいの。そうしていれば嫌なことは起こらなくなるのよ」

けれども少女の美果は、あの夏、親友とも呼べる少女を失くしてしまった。それ以来、美果はもう母親に、深い悩みを打ち明けるのをやめてしまった。時々、儀礼的にどうということのない相談事をすることがあるが、ユリ子はそれで充分に満足しているようだ。

美果は振り返り、入り口近くに立っている母と緑川を眺めた。パーティーの主役と、客のひとりと見えるだろうか。

二人はそれでも一応警戒はしているらしく、適当な距離をおいて立っている。どちらかがどちらかに触れているわけではない。けれども答えを知っているものから見ると、ひどく濃密な空気がそこに漂っていた。ユリ子が何か言い、緑川が笑う。男が愛情を持たない女の言葉に、これほど嬉し気に反応するはずはなかった。

母はやはりとても幸せなのだと美果は思った。

帰りの電車の中で、携帯のメッセージボタンを押した。伝言はひとつも入っていなかった。福島政志《まさし》と話をしたのは、昨夜のことだ。彼と連絡を取り合うのは、最近一日おきとなっている。特に決めたというわけではないけれど、とにかく一日おきだ。つき合い始めた頃はこうではなかった。恋人というのは、これほど相手を束縛するものだろうかと、美果は少々閉口したくらいだ。

ちょうどiモードが出まわり始めた頃だったので、それこそ数時間おきに政志からのメールが入った。

「いま何してる？　TELくれ」

「駅に着いたところ。すぐ来てくれ」

政志と知り合ったのは、高校二年生の時だった。男の子との合コンなど、どれほど誘われても行ったことがなかったのに、その時に限って嫌と言わなかったのは、おそらく政志の学校が他の女の子たちに全く人気がないところだったからだ。他の誰も行ってくれない、お願いだから私の顔を立ててくれとクラスメイトが、まるで中年女のようなしぐさで手を合わせた時も、それほど滑稽《こっけい》だとは思わなかった。

政志はそこに来ていた男の子のグループの中で、いちばん目立つ少年であった。三枚目を演じたり、二枚目ぶったりするわけではない。一重の涼やかな目と、きりっと引き締まった唇が知的な印象を与えたが、高校三年生の彼はこのまま入試をせず、推薦で附属の大学へ行くと語った。

「ふつうさ、ちょっとやる気のある子は、ちゃんと入試をして外に出ていくらしいよ。あそこの学校ならそのくらいやらなきゃね」

と一緒に行ったクラスメイトはささやいたけれども、美果はそんなことは全く気にならなかった。政志はやがて立ち上がり、ステージにのぼった。歩き始めると、彼が座っていた時の印象とかなり違うことがわかった。政志は今どきの少年にしては、かなり足が短く、バランスの悪い体型をしていた。本人もそのことを気にしているらしく、長めのジャケットと太めのパンツで調整している。それがなかなか可愛いと言えないこともなかった。

政志は昨年の流行《はや》りの曲を歌ったが、リズムがきちんとしていてうまかった。後で他の子が言うには、彼の母親はピアノ教師をしていて、彼も子どもの頃からずっと習っていたという。

やがて帰り際に携帯の番号を問われ、その夜のうちに政志からの電話があってとお決まりのコースがあり、そしてつき合いが始まった。高校一年生の時に美果は同い齢《どし》の男の子とつき合ったことがある。この時はキスまでだったけれども、政志とはすぐにセックスまでいった。三回めのデイトの時に、ラブホテルに誘われたのだ。

同級生の話を聞いても、好きだったからその男の子と初体験を済ませたわけではない。皆が知っていることを、自分が知らない焦りと好奇心がほとんどなのだ。彼女たちがまるで東京ディズニーランドに出かけるように、男たちとホテルに行くのを美果は内心軽蔑《けいべつ》していたのであるが、結局は同じようなものだったかもしれない。痛みの代わりに安堵《あんど》が、羞恥《しゅうち》の代わりに小さな勝利感があった。

これで皆と同じになったという思いはありきたりで、美果は驚いたものだ。まさか自分が、初体験を済ませた後、これほどありきたりのことを考えるとは思っていなかったからだ。そしてありきたりの感想を持つ自分にも安堵している自分がいた。これは不思議だった。他のことに関して、人と同じことはいつも嫌だと思うのに、性に関してどうしてこれほど凡庸になるのだろうか。

政志ともいつしか平凡な恋人同士になった。週末ごとに会い、二時間ごとに伝言を入れ、そして毎日のようにメールを打った。セックスは月に二回ぐらいだろうか。本当はもっとしたいのだけれども、それをする場所がないのだと政志は言った。同級生の中には自分の部屋でするという子が何人もいるけれども、広い家に住んでいるか、日中は家の者が誰もいないという家に限られる。美果の家は母親の仕事場があり、人の出入りが多い。政志の家には祖母がいる。そんなわけで二人は小遣いを出し合ってラブホテルへ出かけた。最初はかなり抵抗があったけれども、慣れてしまえばどうということもない。どう見ても中学生としか思えないカップルが堂々と腕を組んで入ってくるのだ。

そしてベッドの上で政志と戯れれば、もう少しで快感というものに成長しそうな、気持ちよさが生まれてくる。

——そうか、こういうものなのか——

世の中の謎の七割がたが解けたような気がした。だから世の中の少年や少女たちは、早くセックスをしたがるのだ。

政志も大層やさしいことを口にしてくれる。服を脱がせる時などは、美果をまるで女王さまのように扱ったものだ。けれどもそれは少しずつ変わりつつある。おそらくその変化は、政志自身も気づいていないことだろう。

——もしかしたら——

美果は思う。

——彼はお嬢さま学校に通っている私とつき合いたかったんじゃないだろうか——

大学へ行かないと告げた時の、政志の憮然《ぶぜん》とした表情を忘れることが出来ない。そんなことがこの世の中にあり得るのだろうかという顔をしていたのだ。

「そんなのおかしいよ」

彼は言った。

「今どき大学へ行かない子なんかいないぜ」

「そうかなあ、高校に行かない子だって結構いると思うけどな」

「そういう子はそういう子だよ。ミカみたいにちゃんとしてる子が、あそこの大学へ行かないなんておかしいよ、カッコ悪いよ」

「行きたくもないのに、大学へ行く方がずっとカッコ悪いと思うけどな」

その後も政志は、信じられない、こういうのを落ちこぼれっていうんじゃないのか、などという言葉をつぶやいたものだ。そして、これは美果はあまり認めたくないことなのだけれど、高等部を卒業し、社会人となった美果に以前ほど政志からの電話はかからなくなった。美果が忙しそうだというのがその理由だけれども本当だろうか。

――もう政志は、私のことを好きじゃないんだろうか――

美果自身はまるで変わっていない。学校というところへ行かなくなった、ただそれだけのことだ。しかし政志にとって、そのことは重大なことだったらしい。世の中にはそういう人間が何人かいる。相手が持つ記号によって、こちらの気持ちが揺れる人間だ。母のユリ子などその典型だろう。が、仕方ない。それは人間の癖というものなのだから。生まれつきどうしようもないことなのだ。

美果はメールを打ち始めた。

「今日はとても寒かったですね。まだ十二月だというのにこんなに寒いんじゃ、一月や二月に耐えられるかしらと、かなり心配になります。

今日代官山でママの出版記念パーティーがありました。料理はとってもおいしくて、あの、よくテレビに出るソムリエの丸山文高も来ました。いろいろ忙しかったわ。二次会には行かず、死ぬほどたくさんのお花と一緒にうちに帰ってきました。あー、しんど。じゃ、またね。

まあちゃんへ　　　　　　　　　　　　　　　　みか」

ママの愛人も来たと本当は書きたいところであるが、そこまで秘密を打ち明けるほど、美果は政志を信用していなかった。そのことに気づき、美果は暗い気分になる。

――セックスをした相手を、どうして信用出来ないんだろう――

答えはすぐそこにある。

——だって、彼が本当に私のことを愛してくれているのか、よくわからないからだ——
こんな答えを見つけなければよかったと、美果は心から思った。

パソコンが古い型であるため、メールを読むまで時間がかかる。

会社が左前になってからというもの、パソコンの最新機種への交換の間が、次第に空くようになった。社内規準によると、パソコンは二年に一度半数を更新、ということになっている。つまり四年に一度新しい機種が支給される。これでは古くなって使えないと、若い行員たちの中には自前で買う者もいるくらいだ。

それどころか、最近では管理職は、出来るだけパソコンを長く保《も》つようにという指示があった。中高年はそう使うことはあるまいという考えなのだろうか。

*

なかなかパソコンが立ち上がらないのはいつものことで、佐伯達也はこの間コーヒーを飲む。小さな砂時計のマークを見ながら、オフィスメーカーの粉っぽいコーヒーを飲んでいる最中、達也は嫌な胸騒ぎを感じた。何がどう、と問われると困るのであるが、長いサラリーマン人生、その日の吉凶を占う自分なりの勘のようなものは生まれていた。何かいいことがありそうな時は、自動のメーカーで淹《い》れる、ぬるいコーヒーがやけにうまいと感じられたりするものだ。

直角の位置に座っている前原みどりが、「保留」の光るボタンを前にこう告げる。

「部長、お電話です。ヒムラさん、としかおっしゃらないんですけども……」

銀行にはさまざまな人間から電話がかかってくる。が、所属する場所を告げない人間、あるいは告げられない人間は、用心してかかった。こういう人間は金を持っていないか、あるいは胡散《うさん》くさい人間と決まっているのだ。どちらも銀行がいちばん嫌う相手であった。

「あ、繋《つな》いでくれ」

そのヒムラという人間は、胡散くさい人間の方に入る。達也が広報の副部長をしていた時、特別のコネをつけていた男だ。幾つかの週刊誌でフリーの記者をしている。ブラックジャーナリズムというほど悪どくはないが、そう胸を張れるようなことばかりしているわけではない。いわばグレイジャーナリストというべき立場か、いろいろな情報をつかみやすく、つかず、離れずの仲がこの何年か続いているのだ。

「さっき印刷所の方から電話がありましたけどね」

ヒムラは樋村と書く。フリーのライターといっても、サングラスをしているわけでも、トレンチを着ているわけでもない。安っぽい地味なスーツを着た、ごく普通のサラリーマンといった風情の男だが、受話器をとおすと、声は妙にどすのきいたものになるのだ。

「あさって発売の『週刊未来』ですけどね。おたくの記事をどかんとやりますよ」

「何だって」

「タイトルはですね、『ついに都市銀行破綻《はたん》　東西銀行三月危機』ですね」

「馬鹿言っちゃ困るよ」

達也はつい大声を出した。

「そうならないように、我々は必死で頑張ってるんだ。いったい何の根拠を持って、そんなことを書くんだ」

「佐伯さん、今のマスコミっていうのは、溺《おぼ》れかかっている子犬は徹底的に叩《たた》くんです。総理大臣だってそうだし、芸能人だってそうだ。ましてや危ない銀行が潰《つぶ》れる、なんて聞くと大喜びですよ。週刊誌の連中だって、それを知っているからおたくの記事をしょっちゅう書くんじゃないの」

達也はすばやく、四ヶ月前の出来ごとを思い出した。やはり同じ週刊誌が「今、この銀行が危ない」という特集を組み、真っ先に東西銀行の名を挙げた。こちらが必死で隠し続けていた、バブル時につくった不良債権の数字もよく把握していた。おかげで株価は急降下していき、銀行上部も慌てふためいたものだ。確か広報部長やその上の取締役が何人かで、弁護士と一緒に出版社を訪ね、厳重抗議したと聞いている。けれどもその時の対応がまずかったのであろう、またしても同じ雑誌に、さらにどぎついことを書かれたのである。

「でも、正直言って、おたくは本当に危ないんじゃないですかね」

樋村は今度は質問する側にまわる。これもバーターというものかもしれない。

「マリオネット銀行と業務提携するって、さんざん打ち上げておきながら、急に駄目になったのも、相手がおたくの本当の数字を知ったからだって、さんざん言われてますけどもね」

「あのことは本当に知らないんだ。上の方が本当に秘密裡《ひみつり》に進めたからね」

「これはかなり信じられる話ですけどね、おたくのロサンゼルスのリゾート地をめぐって、代議士がひとり捕まるって聞いてますよ」

痛いところを突かれた。この時中心になっていた重役が二人とうに辞めているため、銀行側はトカゲのしっぽ切りは済ませていると思っているらしい。けれどもじわじわと、当時の金にまつわる黒い所業は、世間の表面に滲《にじ》み出ているのである。

「とにかく、後で電話するよ。今日はありがとう……」

まわりに部下がいるところで、これ以上話せないという意味を語尾に含ませた。それではまたと、樋村は電話を切る。こういう情報に関して、彼は金をせびったりしない。その代わり、こちらの事情を教えてくれという。あたりさわりなく話しているつもりであるが、もしかするとその話しぶりから、相手はさまざまなことを嗅《か》ぎとっているのかもしれない。これもひとつの背任というものだろうかとふと思い、何を馬鹿なことを考えているのだ、それどころではないだろうと自分を叱った。

これから広報部へ行き、部長の志村にこのことを話すつもりだ。東大の経済を出、企業留学でシカゴ大大学院へと進んだ彼は、根っからの銀行員だ。父親もエリート銀行員だったといい、知と情とのバランスが実にうまく取れている。ずっと企画畑を歩いてきた彼は、今の広報部長という地位が不満らしいが、ひと昔前と違い今はどこの銀行もこの部門に大層力を入れている。彼のこのポジションは、近いうちに中枢へと入っていくための肩ならしと言われている。

そこへいくと融資部長の達也は、かなり微妙な立場だ。縁の下の力持ち的なこの部門は、〝はずれた〟者を上手に誘導していくための場所とも言われている。部下も地味な性格の者が多い。

が、そんな行内のヒエラルキーも、倒産という名の下ではみんな同じものになってしまうではないかと、達也はふと唇の端で笑った。東西銀行の危機というのは、株価が二百円を切ってから世間で取り沙汰《ざた》されるようになったが、確かにそういうことが起きても不思議ではないと、行員のひとりとして思うようになってきた。若い連中の中には、呑気《のんき》なことを言っている者もいるが、バブルの狂乱の時を目撃した者としては、あんなことをしてよく保ったな、と感心することさえある。

財閥系ではない東西銀行には、一流半といったイメージがついてまわり、これは長いこと行員たちのコンプレックスになっていたといってもよい。バブルは、東西が一大飛躍し、三菱《みつびし》や住友と肩を並べるチャンスだと、ほとんどの者が信じていたところである。先に辞めた二人の重役以外にも、何人もの行員が海外からの儲《もう》け話を持ち込んできた。何十億、何百億という金が、得体の知れない連中や土地、建物のために使われたのである。その数字はあの最中に見れば、冒険と可能性に充《み》ちたものに思えたが、今は常識ある人々を戦慄《せんりつ》させるものになっている。それはマスコミの好餌《こうじ》になるのに充分過ぎるものだったのだ。

記事を差し止めてくれるよう、志村をはじめとする者たちは努力したらしい。最後には

大物政治家にも口添えしてもらった。けれどもその間にも、巨大な印刷会社の輪転機では、

「東西銀行三月危機」

という文字が数十万回刷られていたのである。

発売日の朝、達也は六時に家を出た。毎朝乗る駅のキオスクはまだ開いていなかったが、ターミナル駅のスタンドには、まるで摘み立ての果物のように、今日発売の週刊誌が積まれていた。いちばん右側の「週刊未来」を買う。女優らしい女の、にっこり微笑む顔が表紙になっている。この女はどのくらい人気があるのだろうかと達也は思う。自分が知らないだけで、世の中の人たちはみんなよく知っているのだろうか。水着のような服を着て乳房が半分あらわになっている。真っ白いやわらかそうな乳房だ。この胸に惹《ひ》かれて、この週刊誌を買う男はいるのだろうか。それはどのくらいの人数なのだろうか。広報部の調査によると、「週刊未来」は、実売四十五万から五十万ということだ。読者の大半は、都市部に住むサラリーマンだという。彼らが記事を読んで、どのような行動に出るか、広報も企画もつかめていない。四ヶ月前の「この銀行が危ない」という記事の時は、そう目立った動きはなかったという。銀行内部は不安がる声と、楽観視する声とが半分ずつというところだろうか。もちろん達也は前者の方だ。このあいだ樋村から電話があった時と同じような嫌な予感が、胸の奥にわき起こってくるのをどうしようも出来ない。

週刊誌を小脇に抱えて電車に乗る。早朝の山手線はまだ空《す》いていたので、ゆっくりと雑誌をめくることが出来た。記事の内容は、達也の知っていることもあったし、知らないこ

ともあった。バブル時の失敗の責任をとり辞職した、二人の重役の退職金の額は本当なのだろうか。億に近い金額である。

「この期に及んでも、こうした愚かなことをし続けた銀行の責任は重い。さすがに東西に関しては、公的資金投入、などという声は全く聞こえない」

と記事は結んである。達也はあたりを見渡した。同じ車輛《しゃりょう》で「週刊未来」を手にしている男がいた。達也は動悸《どうき》が速くなる。せめて男が、目の前でこの記事を読むのだけは見たくないと思った。幸いなことに、男はグラビアをぱらぱらめくっただけで、次の駅で降りていった。達也は安堵《あんど》のため息をつく。が、この日本で五十万の人々がこの記事を読むことになるのだ。

九時近くになると、内線が幾つか入った。「見たか」「おう」で話が始まる。

「五年前のうちだったら、完全に記事を止められたよ」

ある者は言う。

「協立だって、丸橋だって、うちとどっこいどっこいだよ。だけどうちが書かれたり、叩かれたりするのは、もう落ちめで何も歯向かってこないってのがわかってるんだよ」

彼はまわりに人がいないのか、何人かの政治家の名を挙げた。

「あいつら、うちのおかげでさんざんいい思いした時もあったじゃないか。あの出版社なんか、自民党の連中としょっちゅうゴルフしている。社長をつつけば、どうにでもなるっていう噂だ。こういう時こそ、うちのために何かしてくれるはずなんだよ」

電話を切ったとたん、松下が走るようにやってきた。経理を長くやってきた彼は、調査という仕事もたんねんにこなしていく。三十代半ばだというのに、かなり老けて見える。銀行員という者の宿命なのであるが、金というのは少しずつ若さを吸い取っていくようだ。現金に触れるのではなく、単にパソコンの画面で追っているだけでも、やはり男たちは同年代よりも年をとっていくのである。

「今、総務から連絡がありまして、各支店に客が詰めかけてきているそうです。本店で手の空いている者は、すぐに近くの支店の応援に行ってくれと言われました」

顔色が青ざめている。あたりを見わたすと、ざわめいているのがわかる。立ったまま電話をかけているのは、日頃おっとりしているはずの若い女子行員である。

「わかった。手の空いている者はすぐに行ってくれ。オレも行くから」

「えっ、部長もですか」

「こういう時は人数の多い方がいい」

松下は電話をかけに行ったが、すぐに戻ってきた。

「丸の内支店は、さすがに大きな動きはないから、神田の方へ行ってくれということでした」

松下や何人かと一緒にタクシーで行こうかと思い、すぐに思い直した。預金を解約するために押しかけている人々の前に、車で現れたら、さらに怒りを買うことになるはずだった。

電車の中でも、四人の男は押し黙ったままだ。達也は地下鉄の窓に流れる闇を見ていた。駅に向かう道での、松下が発した、

「こういうのって、取りつけ騒ぎっていうんでしょうか」

という言葉を思い出していた。以前テレビで見た画像が何度も何度も浮かび上がる。戦前の大恐慌の際、銀行に押しかけた人々を撮ったものだ。昔のことだから、男たちはみんな洋服や着物に帽子といういでたちである。中折れ帽や鳥打帽がうごめき波打っていた。その波はどこまでも続き、道路にはみ出し、銀行の建物を取り囲んでいた。それはまるでアメーバーのようだ。銀行を呑《の》み込み、やがて中にいる行員たちも呑み込んでいく。私刑《リンチ》という名の下にだ。今の世に、まさかあのような騒ぎがあるとは思えないものの、次第に手の先がこわばっていくのがわかる。電話では詳しいことはよくわからぬが、神田支店ではたくさんの客が解約を求めてやってきているという。彼らはどんな表情をしているのだろうか。怒りに燃えているのか、罵声《ばせい》を浴びせられるのだろうか。達也はもちろん、同行している四人の男たちも、おそらく多くの人々の憎悪を買ったことはないはずだった。

神田支店は、駅前のビルの一階という一等地にある。隣りにマクドナルドもあり、人通りの多いところだ。道路に並んでいる人々を想像したが誰もいなかった。裏口からまわり、支店長を呼んでくれるように頼んだ。応接間など使えるはずもないだろうから、みんな廊下に立ったままだ。血相を変えた女子行員が、五人の傍を横切った。

「いやぁ、佐伯さんまですいません」

支店長の柳原《やなぎはら》は、一年後輩になる。一橋《ひとつばし》のラグビー部出身で、百キロ近い巨漢だ。かなり演技的なのんびりした風貌《ふうぼう》から「漫才師のような」と表現される柳原だが、今日は目に険がある。何か火がついたら、とんでもないところへ行きそうな激しいものが燻《くすぶ》っている。

佐伯は励ますつもりでこう言った。

「心配していたんだけど、大丈夫じゃないか。行列でも出来ているかと思ったよ」

「とにかく客を外に並ばせるな、って朝からそのことばかり怒鳴ってました。一人でも並んだらお終《しま》いですからね。二階の外為のホールもいっぱいです」

柳原に誘導され、扉を幾つか開け、廊下を曲がった。佐伯の目に飛び込んできたのは、カウンターの前でひしめいている何十人という人間である。ソファなど足りるはずもなく、電車を待つラッシュ時のホームのようだった。

「朝からずっとこんななのか」

「開店三十分前には二十人ほどが並んでいましたから、十五分早めて中に入れました。だけど次から次へと押しかけてきて……」

「オレたちは何をすればいい」

「腕章をお渡ししますので、とにかくロビーに立っていただけますか。ここはサラリーマンがほとんどですけれども、時々荒っぽい客もいますので注意……」

と柳原は最後まで言わず、顔の向きを変える。その視線の先に、初老の男がいた。ジャンパー姿であるが、きちんとした身なりに見えるのは、床屋に行ってきたばかりのような髪と、小脇に抱えた上質の革鞄《かわかばん》のせいだろう。おそらく近くの商店主に違いない。

「村田さん、どうなさったんですか。ずっとお並びでしたか」

「それがさー、今日の新聞に週刊誌の見出しが出てただろう。どうしても行け、行けって母ちゃんが言うもんだからさあ……」

男は照れ隠しのような笑いを浮かべた。おそらく鞄の中には、解約するための何冊かの預金通帳が入っているに違いない。

「そうですか。うちもあんな記事が出て、本当に迷惑しているんですけれども、いずれこの騒ぎが収まって、村田さんの誤解もとけましたら、またいつでも、何なりとおっしゃってください」

「いやあ、東西さんとは長いつき合いなのにさあ、何か申しわけないなあ。なんせ女っていうのは、やたら心配するからねぇ……」

「そうですとも。本当にこんなご心配をかけて申しわけございません。奥さまにもよろしくお伝えください」

達也も経験があるからわかる。長いことかけて信頼関係を築き上げてきたと思っていた得意先から、いきなり解約されることぐらい、銀行員にとってつらいことはない。おそらく今朝から、柳原は何度も歯ぎしりするような思いをしていたことであろう。

とにかく佐伯は腕章を巻き、現金自動支払機の横に立った。ここも長蛇の列である。長蛇というよりも、大腸の形に、人々は四角くロビーに列をつくり辛抱強く立っている。殺気立っている、という感じはまだしないが、もう一、二時間すればどうなるかわからない。とにかく客の心をやわらげることだ。

達也は出来るだけ大きな、しかしゆっくりと穏やかな声を出した。

「ただいま、自動機が混み合っておりまして、大変にご迷惑をおかけしております。どうぞ順序よくお並びください」

佐伯の見たところ、並んでいるのは若いサラリーマンや学生が多い。大口の客は窓口に並んでいる。どうやら週刊誌の記事を読むか、新聞の見出しを見た彼らが、財布替わりに使っていた小口の預金を全部払い戻そうとしているようだ。おそらく一人、三十万円足らずだろうと達也は見当をつけた。サラリーマンの平均残高だ。

自動支払機には、ふつう現金を三千万円入れておく。三千万円割る三十万円は百人という数字となる。百人が並ぶと、一台の自動支払機はパンクすることになるのだ。今なら客たちは、荒い声をあげることなく列に並んでいるが、パンクしたらどうなるかわからない。パニックというのは、たいていささいなことから火がつき、それがすごい勢いで拡がっていくものだ。きっかけは何でもいい。誰かひとりが怒声をあげれば、他の百人も瞬間同じような心になり、同じような声をあげたくなるものなのだ。

佐伯は隙を見て、柳原に近づいていった。彼はちょうど顔見知りらしき客を、最敬礼で見送るところであった。

「何とか頼み込んで、大口の定期だけは勘弁してもらいました」

「それはよかった。だけどATMは大丈夫なのか。本店には通じてるのか」

「連絡があり次第、現金を搬送してくれることになっていますけれども、他の支店がどうなっているのか……。どこもうちのような状況だったら、足りるかどうかわかりませんね」

「とにかくATMをパンクさせないことだな。これだけ並んでると、客はどんな風に怒り出すかわからない」

柳原は頷《うなず》いた。達也が元の場所に戻ると、たった五分の間に、あたりの空気はかなり変わっていた。正午近くになり、並ぶことに痺《しび》れを切らした客たちが、誰かにからみたいと思い始めていた頃であった。

「支払機、なんでもっと増やさないんだよォーー」

声を出したのは、髪をおとなし目に染めた若い男であった。

「今日なんかさー、客が来るのがわかってんだからさー、こんだけばっかで足りるわけがないじゃん」

そうだ、そうだと声を出す者がいた。まずい、ここで火をつけては絶対にいけないと、達也は一歩前に出る。

「まことに申しわけございません。急なことでしたので、皆さまにご迷惑をおかけしております。もしそれほどお急ぎでなかったら、明日も自動支払機は動いておりますので……」

「冗談じゃねえよォ」

男はいっそう声を張り上げた。

「明日になれば、お前のとこなんか倒産してるかもしれないじゃないか」

そうだ、そうだという声が再び起こり、それはさっきよりも大きくなった。声を発しない、さらに何十倍もの、そうだ、そうだ、という声を聞いたような気がした。

「そんなことはございません。私どもは倒産などということはありませんし、皆さま方からお預かりしましたお金は、ご要望があればいつでもお返しいたします」

「そんなの、信用できるかよ」

男の声に、女の声がかぶさった。

「ちょっとォ、いつまで待たせんのよ。いい加減にしてよ。あんた、そんなとこでガタガタ言ってるヒマがあったらさ、あんたが窓口業務やって支払ってくれればいいじゃないの」

そうだ、そうだ、という声がさらに高まる。後ずさりしたい気持ちを達也はぐっと抑《おさ》える。今、自分が感じているものを恐怖とは認めたくなかった。

「おっしゃるとおりでございますが、窓口業務の能力には限りがございますので、皆さま方にはご辛抱いただきますように……」

こうしている間にも、閉まる間もない自動ドアから、次々と人が流れてくる。この客を神田支店の行員が誘導し、二階の階段へ並ばせた。外に並ばせてはいけないという命令を必死で守ろうとしているのであるが、あちこちから怒声がとんでいる。

「こんなところで待たせんのかよ」

「時間稼ぎするつもりじゃないの」

十二月の終わりだというのに、すべての人がコートを脱ぎ始めた。怒りや焦り、不安といった感情が、気体となりゆらゆらと揺れている。二階で誰かが騒ぎ始めた。気分が悪くなった女性客が出たというのだ。

「救急車なんか呼ぶんじゃないぞ」

佐伯は近くにいた行員の腕をつかんだ。

「支店長室のソファにそっと寝かせて、こっそり医者を呼ぶんだ。ここにいる人たちに、サイレンの音なんか絶対に聞かせるな」

午後、本店から現金と一緒に数人のガードマンが到着した。その日テレビのクルーが三社やってきて、二人の行員が客から殴られた。

「今夜は残念だったわ」

妻のユリ子が言った。夜の十二時半、やっと帰宅した佐伯はしばらく椅子から立ち上がることが出来なかった。体が椅子のカバーに貼りついたようになるのを無理やり剝《は》がし、シャワーを浴びようと立ち上がったとたん、ドアが開き、花束を山のように抱えた妻が入ってきた。酒をしこたま飲んでいるらしく、頬がバラ色に染まり、口紅がすっかり落ちている。喜びと興奮とで、妻は大層美しかった。何かいいことがあったのだろうと、達也は見知らぬ女を見るように思う。

「ものすごくいいパーティーだったのよ。村上俊二《しゅんじ》さんも来てくれたし、伊藤玲奈《れな》さんもいらして、お祝いのスピーチをしてくれたの」

妻の口調から、それらが有名人と呼ばれる人たちだということがわかる。

「二次会はね、出版社の人たちが予約してくれて、西麻布《にしあざぶ》のカラオケに行ったんだけど、最近は大人向けのところがあるのよね。シックなサロンみたいになってて、すごくよかったわよ。あなたも今度行ってみるといいわ」

やっと思い出した。今日確か妻の出版記念パーティーが開かれることになっていたのだ。

「本当にあなたも来られればよかったのにね。お料理もよかったし、とにかくたくさんの人たちが来てくれたのよ。ご主人はどうなさったのって、皆から聞かれて困ったわ。仕事が忙しいからって言うと、仕方ないわねっていうことになるけど、あなたもちょっとでも顔を出してくれたら嬉《うれ》しかったのに」

それは悪かった、申しわけなかったと達也は言った。今日、いったい自分は何回この言葉を発したことだろう。

「申しわけございません」

「ご迷惑をおかけしております」

何百回も言ったおかげで、もはや何の感情も込めることなく発音することが出来る。

「君の大切な日なのに、何もしてやれなくて申しわけなかったね……」

ここにいる自分は現実でないような気がする。目の前にいる着飾った女は、いったい誰なのだろうか。どうしてこんな言葉がすらすらと出てくるのだろうか。

「いやね、そんなに謝らないでよ」

妻は声を立てて笑った。ひどく不自然な笑い声だった。

「こんな風に好きなことをさせてもらっているんですもの。私、あなたにとても感謝しているのよ。だから今日の私を、あなたに見てもらいたかったのよ」

それはどうもと達也は言い、それがとても間が抜けて聞こえるのを感じた。ここにいるのはいったい誰なのだろうか。オレが今立っている場所は、いったいどこなのだろうか。

その時、彼は妻の抱いている花束の強い香りにむせそうになった。どぎついそれだけが、現実のものとなった。

＊

ユリ子の書いた本の売れ行きは好調だった。またたく間に版を重ね、幾つかの雑誌の書評でも取り上げられた。寄せられる読者カードも多い。

担当の女性編集者は、これで佐伯先生の人気は本物になりましたねと、力を込めて言った。

「今、料理研究家っていうのは、世代交替の時なんですよ。スターって言われてた人たちが大御所になり過ぎた。だから佐伯先生のように綺麗《きれい》で、仕事の出来る方が、ひっぱりだこになるんでしょうね」

その担当編集者から、興奮した電話が入ってきたのは先週のことだ。

「ついに、テレビ局から来ましたよ」

人気のある料理番組のプロデューサーから、佐伯ユリ子さんに連絡をつけたいという電話があったという。

「あの番組から、スターが何人も出ていますからね。大貫香織《おおぬきかおり》先生も、石川祐子《ゆうこ》先生も、あの番組に出るようになって、人気がぐんとはね上がったんですもの」

大貫香織と聞いて、ユリ子は次の言葉がうまく出てこない。悪口めいたことを言って、編集者にあれこれ探られるのは癪《しゃく》だった。香織はユリ子よりひとつ年上で、最近の料理研究家ブームをつくったひとりだ。フィレンツェの大学で美術史を学んだ際、イタリア料理にめざめたという経歴が知的で華やかで、またたく間に売れっ子になった。料理の本が売れに売れ、彼女が出すものは、必ず三十万、四十万というベストセラーになると言われている。それだけではない。香織は大手の食品会社と契約して、「カオリシリーズ」というパスタのソースを売り出した。自らCMに出演したため、彼女の知名度は全国的なものになった。

そう美人というほどではないけれども、聡明《そうめい》そうなやわらかな表情は、主婦層から決して反感を持たれない。けれどもユリ子の目から見て、香織のつくるものは大雑把なしろうと料理である。缶詰のソースもよく使うし、レシピもいい加減なところがある。あれで人気料理家になれるのならば、そこいらの主婦でもすぐに本を出せるのではないだろうかと内心ユリ子は思っているのだが、もちろんこんなことは人に言ったりはしない。何冊か本を出してみて、マスコミというところがいかに噂の伝わりやすいところか、悪意がすぐに見破られるところか、わかってきたからである。

とはいうものの、担当編集者のこの言い方は本当に面白くなかった。いかにも大貫香織を目標にしろと言っているようなものではないか。

「私はあの方のように、派手になるつもりはないのよ」

ユリ子は静かに告げた。そうすると自分がものごとをわきまえた人格者のような気がしてくる。

「本を出してそれが喜んでもらえれば、本当に嬉しいの。料理やる人間なんて、元々その程度のものじゃないかしら」

「でもテレビに出ないって手はありませんよ」

若い編集者は叫ぶように言った。

「佐伯先生は本当に人気があるんですもの。返ってくる読者カードだって、すごく反応がいいんですよ。レシピがわかりやすくて、しかも盛りつけが素敵だって。佐伯先生のセンスが大好きだって、みんな書いてきているんですよ。それに何たって、佐伯先生は若くてお綺麗なんですから、テレビにお出にならなきゃいけません。そうすれば先生の元々のファンだって大喜びですよ」

編集者というのは、なんと誉めるのがうまい人種なのであろうか。心を込めて喋《しゃべ》っているうちに、自分の言葉に酔ってしまうという感じだ。けれども彼女らの言葉は、甘くユリ子の耳朶《じだ》にしみていく。彼女の人生でこれほどの賞賛を与えられたこともなかったし、今まで自分がこれほど賞賛を欲している人間だと思ってみたこともなかった。

編集者の言葉ですっかり機嫌を直したユリ子は、その夜手間をかけてビーフシチューをつくった。撮影のためではなく、純粋に家族のためだけにこれをつくったのは本当に久しぶりだ。これは家族の喜ぶ得意料理である。牛肉に前もって下味をつけておくのが、ユリ子独特のやり方だ。こうすると調理時間が早くなるばかりでなく、いい風味がつく。

彩りのために最後に茹《ゆ》でたブロッコリーを入れる。息子の圭児は、これをボソボソすると嫌がったので、ずっと長いこと避けてきた。けれどもユリ子の指は自然に動いて、野菜室の中からブロッコリーを選び出している。皿はハンガリーで買った民芸風のものにしようか、唐津の大鉢を使ってみるのも面白いかもしれないと、あれこれ思案する。ユリ子の食器づかいというのも、人気の原因のひとつだ。撮影はたいていの場合、スタイリストがついて、食器をあちこちから持ってきてくれるのであるが、気に入らないことが多く、最近は自分のものを使うことが増えている。食器集めは、海外で暮らしていた頃からのユリ子の趣味だ。高価なブランド品ばかりでなく、地方色の強いものも好きでかなりの数揃っている。最近は雑誌の仕事で、有田や瀬戸へも行く機会があり、日本の食器も集まり始めた。

たいていの女がそうであるように、キッチンの棚に、さまざまな食器が埋まっていくのを見ると、ユリ子は満ち足りた思いでいっぱいになる。自分の家庭が、自分の人生が、とても幸福で完璧《かんぺき》なものに向かって進んでいくような気がするのだ。

この完璧というものが、どういうものか彼女は知らない。知らないけれども、世の中にそれが確かに存在していると、ユリ子は信じているのである。

ユリ子は芋を切り、ニンジンを面取りしていく。わずかであるが以前より時間がかかるようになった。なぜならば、こうした下作業は、最近アシスタントがしてくれるようになっていたからである。とはいうものの、ハンガリー製の厚手の鉢に盛られたビーフシチューは実にうまそうであった。菜箸《さいばし》を使い、埋もれていたブロッコリーを表面にすくい上げる。ニンジンの位置も変えた。この頃すっかり撮影癖がついているわと、ユリ子は笑った。とてもおかしかった。しかしこれをジョークにして、共に笑ってくれる人はいなかった。夫の帰りが遅いのはいつものことだとして、長男の圭児もどこへ寄っているのかまだ帰ってこない。美果ときたら、こうした冗談がまるで通じない娘なのだ。

ガーリックトーストを焼き、紙ナプキンで包んで食卓に置いた。テレビのこともあって赤ワインでも抜きたいところだが、娘相手ではつまらない。

テーブルの右側に美果は座った。おととしこの家に越してきた時、ユリ子はずっと欲しくてたまらなかったオーク材の大きなテーブルを買った。外国人向けの貸家であるこの家は天井が高く、ダイニングルームは撮影に使える広さだ。四人家族にしては少し大き過ぎやしないかと達也は言ったものだが、こういうものは大きい方がいいのだとユリ子は譲らなかった。そしてそれは確かにそのとおりになった。料理教室をしている時、このテーブルは作業台になったし、今はテーブルクロスを敷いて撮影に使われる。終わった後は、カメラマンや編集者たちとつくった料理を食べることもある。本来ならば、家族以外の者が座ることのないダイニングテーブルであるが、今はさまざまな人がやってきては座る。現に美果の席も、六時間前には若い女性編集者が座っていた。が、彼女の方が娘よりもはるかに美しくおしゃれだった。今夜の美果は、白いセーターに黒いスカートという普段着だ。ずっと家にいたらしく化粧気もない。自分の娘から、何の華やぎも伝わってこないことに、ユリ子は時々呆然《ぼうぜん》とすることがある。友人たちの多くは中年になり、白雪姫の継母《ままはは》のような気分を味わうことがあるというのにだ。年頃になった娘の美しさに、同性としての嫉妬《しっと》や焦りを感じることがあるという友人の告白は、ユリ子を驚かせた。なんという幸福な悩みなのだろうか。

自分の娘が野暮ったく、女の向上心をほとんど持たない種類の人間だと認めるのはつらかった。

酒を口にしない美果は、冷たい水をごくりとまず飲んで、サラダに手を伸ばした。

「ねえ、ママ」

彼女は言った。その流し目ともいえない目の動きが、亡くなった父親にそっくりだとユリ子は思った。駅前食堂の、気のいい親父として生涯を終えたあの父だ。

「パパの会社、大変みたいね。今日、新聞に出ていたわ。不良債権の後始末が大変で、株が大きく下がったって……」

「え、そうなの」

今朝も忙しくて朝刊を読まなかった。手にしたとしても、ユリ子がじっくり読むのは、三面記事と雑誌と書籍の広告ぐらいである。ここでライバルたちの名前を見つけていくのだ。

「ねえ、あんな風に新聞に出るって大変なことなんじゃないかしら。ものすごく会社が悪いってことでしょう」

「どうなのかしらねぇ……」

そんなこと私に言われてもわからないと口に出しかけたのだが、妻としてあまりにも素っけないような気がしてきた。

「パパは何も言わないし、聞いたとしても多分本当のことなんか言わないと思うわ」

そうだ、夫は無口なのだ。会社であったことなど何も喋りはしない。だから夫について無知であっても、ユリ子にそれほどの責任はない。この論理はユリ子をたちまち快活にした。

「だけど大丈夫よ。あれだけの銀行が、めったなことで潰《つぶ》れるはずがないじゃないの。あの銀行が潰れる時は、きっと日本が潰れる時よ」

この最後のフレーズは、テレビで評論家か誰かが言っていたものだが、ユリ子はすっかり気に入った。そうだ、夫の会社が潰れるはずがないではないか。あれは何という銀行だったろうか、確か倒産させないために、政府が税金を使うとか言って騒いでいたっけ。夫の銀行はそれ以上の親切を受けても当然であろう。ここの駅前にも支店がある。よく見る雑誌に広告もうっている。これほどの銀行がどうして潰れることがあるだろう。

「景気だって少し落ち着いてきたって言ってるじゃないの。大変なのはどこも同じだけどもうちょっとたてば、きっといい方に向かってくわよ」

「ママって呑気《のんき》なのね……」

ため息ともつかない声を出して、美果はこちらを見る。その目の中に軽蔑《けいべつ》に似た頑《かたく》ななものが走る。

「パパのことが心配じゃないの。今さ、大企業だってバタバタ倒産していく世の中なのよ。そんな呑気なことを言ってる奥さんって、ママくらいのもんじゃないかしらね」

これが不当な非難でなくて何だろう。夫は何も言ってくれないし、自分は忙しい。放っておくことも最良の方法だということを、この娘はわからないのだろうか。が、仕方ない。まだ若くて世の中のことを何も知らないのだ。

「呑気でも何でもいいから早く食べなさいよ。冷めてしまうわ」

ユリ子は母親の威厳をもって言った。

食事を済ませてきたと言ったら母のユリ子は大げさに目を見開いた。

「圭ちゃんたら、もういっちょ前にそんなことをするのね。でも食べてきたって言っても、どうせそこらのバーガーかピザでしょう。ああいうものは、一時的にお腹が膨れても栄養のバランスがすっごく悪いのよ。ちょっとでもいいから食べなきゃ駄目よ」

何か言う間もなくテーブルの前に座らされ、白い鉢をあてがわれた。

「今夜は圭ちゃんの大好きなビーフシチューよ」

今夜のユリ子は、まるで芝居のセリフを口にしているようだ。うきうきと幸福な自分をめいっぱい演じようとしていると圭児は思った。きっと何かいいことがあったのだろう。お母さんというのは、本当にわかりやすい人だ。嬉《うれ》しいことがあると、こちらが気恥ずかしくなるほどはしゃぐし、そうでなかったら不機嫌に黙り込む。子どもの頃から、圭児は楽しげな母親を見るのが好きだった。母親が自分を抱いてぐるぐるとまわったり、鼻歌を口にしているのを見ると、たまらなく幸福な気分になったものだ。今でもその思いは、ずっと続いているのかもしれない。

明光学院に合格した時、目をうるませているユリ子を見て、自分が望んでいたことはこれだったのだと思った。

「圭ちゃんの幸せはママの幸せ」

という言葉は、いったいいつ聞いたのだろうか。子守唄替わりに、ずっとずっと昔から聞いてきたような気がする。ユリ子は時々突発的に圭児を抱いて頬ずりする。

「ああ、圭ちゃんは何て可愛いのかしら」

その後、この言葉が続くのだ。

「圭ちゃんの幸せはママの幸せ」

心の中に浮かび上がらせようとすると、必ずメロディがついた。やはり自分がごく幼い時から、母はこの言葉をずっと歌うようにして繰り返してきたに違いない。

「ママの幸せは僕の幸せなんだろうか」

ママが嬉しそうだと、これほど心が満たされていくのだから、その反対の言葉もあたっているのだろうと圭児は思う。

スプーンをとる。実のところ腹はいっぱいだった。今日、教団に行ったら、グループリーダーの広瀬さんがいた。広瀬さんはもうじき三十歳になる。広瀬さんは東大の大学院を出た後、日本人なら誰でも知っている大企業に勤めていた。けれどもある日、神さまによって大切なことを教えられた広瀬さんは会社をやめた。そして専任のグループリーダーとして教団に勤めているのだ。

東大も出ているし、広瀬さんはおそらく近いうちに幹部になるだろうと皆は言っている。もうじき口もきけなくなるくらい尊い人になるのだ。その広瀬さんは、圭児をとても可愛がってくれる。おそらく圭児が明光学院に通っていることが原因だろう。

「佐伯君に、早く本当のことを気づいて欲しいと思うよ」

広瀬さんは中肉中背で眼鏡をかけている。どこにでもいそうな普通の男の人だ。紹介されても五分後に忘れてしまうタイプだろう。けれども、広瀬さんの声は低くてとてもやさしい。じくじくと吸い込まれそうな声だ。

今日、教団へ行って、皆といろんなことを話した。たいていが圭児と同じ高校生だ。グループごとに車座になり、自分が考える平和とは、人生とは、といったテーマでいろんなことを話すのだ。

「平和ってさ、よく人の心の中につくるもんだっていうけど、違うような気がするなあ。どんなにいい人たちが暮らしていても、隣りの国から攻めてこられるっていうことがあるんでしょう。あれって、運、不運なんじゃないかな」

「平和に運、不運なんておかしいよ。戦争する、しないは政治家がやることかもしれないけれど、その政治家を選ぶのは国民だろ。だからやっぱり人の心が、平和や戦争をつくるんだよ」

「でもさ、今、国のシステムがそんなに単純になってないじゃん。わけのわからない大きな力が働いて戦争が起こるんだよ」

「だからこのあいだ、竹原先生が言ってたじゃないか。神さまっていうのは地球を見ている。ここは戦争を起こして諫《いさ》めた方がいいっていうところを選んでらっしゃるって。それは人類への警告のためだって」

広瀬はにこにこしながら、高校生たちの話を聞いている。彼が怒ったのはただの一度しかない。それはグループの誰かが煙草を吸いながら、ディスカッションに加わった時だ。

「煙草を吸うなんて……」

広瀬の声は怒りのために震えていたが、それは相手が未成年者だからではない。

「神さまの話をしながら煙草を吸うなんて、いったいどういう根性してるんだ！」

そんなことをしない限り、広瀬はとてもやさしい。七時を過ぎたので帰ろうとしたら、後ろから呼びとめられた。

「よかったら夕飯を食べていかないか。ご馳走《ちそう》するよ」

圭児の他に仲間二人も一緒に誘われた。行ったところは、教団の裏手にある中華料理屋だ。

「僕はお金を持っていないから、こういうところで我慢してくれよ」

そう言って笑うと、広瀬さんは目が細く下がる。まだ若いのに、小皺《こじわ》が放射状に出来る。

なんていい人なんだろうと圭児は思った。広瀬さんばかりではない。教団に来ている大人はみんなそうだ。高校生だからといって鼻であしらったり、押しつけがましい言い方はしない。いつでも微笑みかけてくれ、そしてじっとこちらの話に耳を傾けてくれる。他のグループには七十五歳の老人もいたし、親に連れられてくる子どもも多い。けれどもこの教団では、誰もが楽し気で仲よく喋《しゃべ》っているのだ。

「そりゃそうだよ。神さまっていうのは、怒ったり争ったりする声が大嫌いだからね。ここにくれば、自然に笑い顔になるように仕向けてくださるのさ」

誰かがそんなことを言っていたっけ。確か教団にいるリーダーのひとりだ。広瀬さんは皆の好みを聞いて、ラーメン、タンメンとそれぞれ注文し、それ以外に皆でつっこうと言って、ギョーザを二皿とレバニラ炒《いた》めを頼んでくれた。

「ねえ、前から聞きたかったんだけど」

ラーメンが運ばれる間、手持ちぶさたに割り箸《ばし》をいじりながら飯島が言った。

「どうして広瀬さんは、この教団に入ったんですか」

「別に。皆と同じだよ。渋谷を歩いていた時に呼びとめられたんだ。あなたの健康を祈らせてくれってね。それが榊《さかき》さんだったんだ」

へえーと、三人は声をあげる。榊というのは別のグループのリーダーで、まだ二十代になったばかりだ。けれどもその若さでグループリーダーになったのは、街頭での布教に成功し、多くの人を救い出したからだという。

「最初から広瀬さんは信じたんですか」

「もちろん信じなかったさ。僕はそれまで宗教なんか大嫌いだったからね。ましてや街で、なんだかんだ言ってくる人間なんかみんなインチキだと思ってた。だけど榊さんはどこか違ってたんだ。身なりもきちんとしていたし、顔だってふつうの、ちょっと可愛い女の子じゃないか」

〝ふつうの〟という表現に、三人の少年たちはくすっと笑った。

「だけど真剣で、すごくいい目をしていたんだ。僕がすげなく断わったのに、しつこく喰《く》い下がってきた。

『何で見も知らない他人のあなたが、僕の健康と幸福を祈ってくれるんですか』

僕がこう言うと、彼女はにこっと笑って言ったんだ。

『だって私はそうしなきゃいけないんですもの』

その笑顔に惹《ひ》かれて、ふっと応じてみる気になった」

「それでどうなったんですか」

飯島が尋ねる。

「僕はここにいるんじゃないか。それが答えだよ」

さあ、ラーメンを食べようと広瀬は言った。油と醬油《しょうゆ》のにおいがぷんと鼻にくる。圭児は麵《めん》をすすった。実は広瀬のこの話を聞くのは初めてではない。別の組み合わせで二度聞いたことがある。けれども何回聞いても素敵だと思った。理知の固まりのような、東大大学院卒業の男が、ここの教えを心から信じるというのだ。これほどの保証があるだろうか。

入会しようかどうしようかと迷っている人間に、広瀬はよく会う。体験談を話す。自分でも役割がよくわかっているようであるが、決して企《たく》みめいたものはない。

「佐伯君は、やっぱり東大を目ざしているのかい」

不意に広瀬は問うてきた。

「まだわかりません。だけど明光に入ったら、そういう連中ばっかりで驚きました。当然東大に入れると思っている人たちです。自分は特別、特別、超スペシャルだと思い込んでいる人たちが何百人もいるんですよ。そういうところって、ちょっと異常だと思いませんか」

「そうかなあ」

意外にも広瀬は首をひねった。

「高校生の時から、自分は特別だと思っている人たちにもまれていたら、まだ救われるかもしれない。僕は旭川《あさひかわ》の高校で、ただひとり特別だと思っていたからね。鼻持ちならない、本当に嫌な男の子だった。だから東大入ったらぎゃふんってやられて、劣等感のかたまりさ。友だちもつくれなかったし、自分が嫌で嫌でたまらなくなった。渋谷で榊さんと出会わなかったら、たぶん僕は自殺でもしたんじゃないだろうか……」

最後の言葉も、このあいだ聞いた時と同じだ。けれどもみんなここで感動して息を吞《の》む。飯島などはギョーザをちぎる箸の手を止めたほどだ。

しかし、やっぱり何度聞いてもいい話だと圭児は思った。聞くたびに同じような快感が胸を走る。広瀬さんってなんてすごい人なんだろうか。

巨大ホテルの一室に二人はいる。緑川に言わせると、このホテルのいいところは、一流半の雑多さだという。ショッピングアーケードやレストランも充実しているし、隣りにはオフィスタワーがある。姿を見られたとしても誰にも咎《とが》められない。大きな街のようなものだから、食事や買物に来たのだろうと人は思うだけだ。しかし本物の一流ホテルだとこうはいかない。あそこの端整さは、きちんとした利用者以外、ひどく目立つようになっているのだ。

夕方のあわただしい情事だった。以前は二人でゆっくり食事をし、その後部屋に入るというコースだったのだが、最近はユリ子の仕事がとても忙しくなっている。二人の手帳を照らし合わせた結果、部屋で四時ということになった。

しかし、こういう会い方もそう悪くないと、ユリ子は思った。時間がない分、緑川の抱き方には切実さがあった。不倫も五年近く続くと、夫婦の惰性のようなものが出てくる。手順を省いたり、さまざまな回数を少なくすることがある。それはそのまま、ユリ子の不安に繋《つな》がる。緑川がどう否定しようとも、自分はもはや若くない。四十代といえば、迫りくる老いと、そろそろうまく折り合いをつける年頃だ。直線に近くなるウエストや、張りを失くして、ただやわらかくなった肉を女同士のジョークの種にするしかない。けれどもユリ子は、それをすべて夫以外の男にさらし、評価されることになる。これはなかなかつらいことだった。

だからさっきのベッドの上での、真摯《しんし》ともいえる行為は、ユリ子を大層好ましい気分にさせている。

バスルームで軽く化粧を直した後、ユリ子は冷蔵庫の中からウーロン茶をとり出した。ことが終わった後、すぐに冷たいものを飲むのは卑猥《ひわい》な感じがするが仕方ない。ルームサービスを頼むのは、どうにも好きになれなかった。

「下で何か、軽いものでも食べていかないか」

既に身じたくを終えた緑川は、いつもながらのうきうきした調子だ。おそらく年齢に似合わない、自分の先ほどの力強さに彼も満足しているに違いない。

「そうもいかないのよ。この頃ね、娘がへんなお目付役みたいになっちゃって、なんでこんなに遅いのとか、どこへ行ってたの、とかねちねち聞くのよ。まるで姑《しゅうとめ》と一緒に暮らしているみたいで嫌になっちゃう」

「そういえば」

彼はやや躊躇《ちゅうちょ》しながら口を開いた。

「お宅のご主人の会社、大変そうみたいじゃないか。今日の日経にも大きく出ていた」

「そう、知らないわ」

ユリ子はすげなく言うことが、男に対する誠実さとでも思っているかのようだ。

「私、日経なんて見ないもの。それに主人は、会社のこと、何も話さないもの」

「このあいだは預金を引き出す人で、機械が壊れそうになったそうだ。こちらは週刊誌に出ていたよ」

「そう……。もしそれであの銀行が潰《つぶ》れるんなら仕方ないわね」

随分冷たい人だねと緑川は言ったが、あまり実感が籠《こも》っていないと、すぐに見破ることのできる口ぶりであった。

「関係ない、なんて言う気はないけれど、私は仕事持っていてよかったなあ、って、今つくづく思ってるの。だってそうでしょう。ふつうの奥さんなら、旦那《だんな》の会社が危ないっていうんで、うろたえると思うの。自分でもどうしていいのかわからないくらいあせるはずよ。でもね、私は幸い仕事があって、経済力もあるわ。だからあわてずに済むし、夫に、ねえ、どうしたらいいの、って泣きつかずに済む。女だってちゃんと自活すれば、夫の人生、自分の人生って区別することが出来るんだわ。夫の倒産にだってびくりともしない。こういうのが、女の本当の自立っていうんじゃないかしら」

「そうかな……」

彼は言った。

「オレは、単に冷たいだけだと思うけどな。男としちゃ、やっぱり女房におたおたしてもらいたいよ。それだからこそ、運命共同体っていう気持ちにもなるんじゃないか」

「そうかしら、私、見苦しいことはしたくないのよ」

「見苦しくたっていいよ。夫婦なんてそういうものだろ。夫の会社が潰れたら、女房には困って泣いて欲しいよ。それが男の正直な気持ちだよ。平然としている金持ちの女房なんか、夫はやっぱり淋《さび》しいぜ」

そして二人は沈黙した。不倫の床の傍らで、夫婦のあり方をめぐって議論していることが、いかにも滑稽《こっけい》に思えたからである。

*

東京支部だけでも、信者は二千人いる。学生を中心に、信者の数は驚異的に増えていて、時々マスコミに取り上げられるほどだ。

「よその宗教とはまるで違うよ。〇〇や××といったところは」

広瀬さんは有名な新興宗教の名を挙げた。

「よれよれの年寄りばかりに集中して、入会させようとするんだ。もう判断力のなくなった人間にうまいこと言って、年金でもかすめとろうっていう腹さ。だけどうちは違う。若いこれからの人たちに真実を知ってもらいたいっていうのが教祖さまのお考えだからね」

「教祖さま」という言葉を発音する時、広瀬さんの表情はあきらかに変わる。目がとたんに輝き、唇にはうっすらと微笑さえ浮かぶのだ。

兵庫の山奥にいる教祖さまは、めったに人に会うことはない。ごく限られた側近だけが、近づくことを許されるのだ。しかし今から四年前、総会が開かれた際、広瀬さんは教祖さまとの陪食を許された。これからの教団を担うエリートということで選ばれたのだ。その時、緊張のあまり、広瀬さんはスープをすくう匙《さじ》がガタガタと震えたそうだ。

「あまりにも素晴らしい方なんで、同じ場所で同じ空気を吸っていることさえすごいと思ったんだ」

教祖さまのことを聞き勉強すればするほど、圭児も誇らしさで胸がいっぱいになった。教祖さまはその昔、ずうっと医者として働いていらしたのだ。けれどもある日、手術がうまくいかず患者を死なせてしまった。どうしようもない苦悩の中で、教祖さまは突然、神の声を聞くのだ。それも御茶の水の、聖橋《ひじりばし》の上だったという。

お前の魂を救ってやろう。そうしたらお前自身が、多くの人々の魂を救うことが出来るはずだ。その瞬間、はるか天上から一筋の光が走って、教祖さまの体を射貫《いぬ》いた。そして教祖さまは、多くの超能力を身につけるようになったのだ。

「キリストにしても、マホメットにしても、釈迦《しゃか》にしても、あの人たちは神の取次者なんだ。神の言葉を人々にわかりやすく説明しているだけなんだ。だけど教祖さまは違う。神の一部が乗り移られている。これはね、人類滅亡を救うため、神さまが二十一世紀に用意されたことなんだ」

広瀬さんの目が熱を持ってくるため、眼鏡のガラスがキラキラと光ってくる。それを圭児はいいな、と思う。人がこんな風な表情になるのをあまり見たことがなかった。

「教祖さまは元、医学者だからね、宗教も科学的にアプローチすることが出来た。そこがすごいところなんだよ。勧誘だって、インターネットを使ってやったのも、うちが初めてだと思う。だから学会の入会もこんなに伸びてきた。だけどね、手かざしと訪問こそが、うちの教団の基本だっていうことを、いつも教祖さまはおっしゃっている。わかるね」

圭児たちはいっせいに頷《うなず》いた。今日、圭児たちのグループは、初めて駅の街頭に立つことになっているのだ。

「前から話しているように、僕も榊さんの手かざしによって救われたんだ。たぶん、駅に立てばいろんな人がいるだろう。嫌なことだって言われるかもしれない。だけどね、そこでひるんじゃ駄目なんだ。そういう人たちはただ無知なだけなんだ。魂というものが科学でちゃんと証明されていることも、人類滅亡の日が近いことも何も知らないんだ。それを正しい方向に導いてやれるのは、君たちの若いひたむきさだけなんだ。わかるね」

圭児たちは再び頷いた。「若いひたむきさ」と広瀬さんが口にした時、思わず泣きそうになった。そうだ、教祖さまのお書きになられた本の中にある。

「もう時間はない。一人でも多くの魂を救わなくてはならないのだ。そのことを考えると夜も眠れなくなる。どうか信者たちは、私の手や足の一部となってほしい。そして私と一緒に、この苦難の道を歩んでほしいのだ」

圭児たち五人のグループは、御茶ノ水駅前に立った。ここは教祖さまが神のお告げを聞いた場所として、教団の中では聖地として見られている。新人の信者たちは、ここで勧誘のスタートを切るのがならわしになっているのだ。

「学生が多いところだから、君たちにとってやりやすいところだと思うよ。どんなことがあっても、丁寧に心を込めて。断わられたりしても、きちんと『ありがとうございました』って言えば心は通じるよ」

という広瀬さんのアドバイスを、圭児は何度も心の中で繰り返した。今まで駅前や盛り場で、何人となくそういう人々を見てきた。

「カンボジア難民を救うための、署名と寄付をお願いします」

「あなたの健康と幸福を祈らせてください」

そういう人たちは気味の悪い、自分とは全く違う世界に住む輩《やから》だと思っていた。けれども自分も、今あの人たちと同じようなことをしようとしているのだと言ったら、おそらく広瀬さんや幹部の人たちは怒るだろう。

「なに言ってるんだ。うちとああいうインチキなところと一緒にするなんて」

圭児の目の前を、痩《や》せた青年が通り過ぎるところであった。今どき珍しいほどニキビが顔をおおっている。眼鏡の度の強さが、彼の弱さを表しているようで、圭児は心を決めた。歩調を合わせて近づいていく。

「あの……」

「何」

外見とは似合わないず太い声であった。

「あなたの健康と幸福を祈らせてくれませんか」

「あれだな……」

青年は実に意地悪気に笑った。

「新興宗教だろ。お前、いったい幾つだよ。見たところせいぜい中坊か、高一っていったとこだよな。そんなのがこんなことしていていいと思ってるのかよ」

「そういう考え方っていうのは、すごい偏見だと思いますよ。僕たちは、あなたが考えているような決しておかしな宗教じゃありません。少し宗教について、お話させてくれませんか」

広瀬さんはよく言っている。突っかかってくる相手こそ脈がある。興味があるからこそ反発が起こるのだと。

「じゃ、おたく、何ていう宗教なんだよ」

「慈愛の塔という会です」

圭児は胸を張った。この年頃の人間なら知らないはずはないだろう。最近マスコミを賑《にぎ》わせている。神道を基に科学的にも神の存在を明確にした「新しい宗教」だと、幾つかの雑誌にも載ったことがある。何しろ教祖が元医師だったのだ。人よりも知識と教養を持った人が、ある日〝天啓〟を受けて教団をつくった。そこいらの新興宗教とはまるで別ものなのだ。

「慈愛の塔っていったら、週刊誌によく出てくるインチキ宗教じゃん」

青年の声のトーンが急に高くなった。通りすがりの人たちが面白そうにこちらを見ている。

「おたくの教祖って、医師っていってもさ、美容整形医なんだって。ボロ儲《もう》けしているうちに、おかしな宗教やり始めたってこのあいだ週刊誌に出てたけどさー」

その記事は圭児も読んだことがある。教団の先輩たちは、まさしく低級霊のしわざだとみなに説いたものだ。一部の霊だけが浄《きよ》められていくのを妬《ねた》んで、低級の霊たちが集まり、悪企《わるだく》みをするのだという。

「こういうことは、とうに予想されたことなんだ」

広瀬さんは言った。

「僕たちに力がついていくにつれ、きっとマスコミが何か書き立てるだろう。低級霊を使って何かやるだろうと、教祖さまは何年も前から予言されていた。けれどもこれはひとつの試練で、きっと僕たちは乗り越えられることになっているんだよ」

圭児は青年の顔を見つめる。本当に可哀想なほどのニキビだ。きっと悪いもの、低級霊がついているのだと圭児は直感した。

「あの、そういうことをあなたが言えば言うほど、魂が汚染されていくんですよ」

そうなのだ。マスコミの記事などを信じて教団から遠ざかっていく人間。本当はいちばん教団に救いを求めなくてはいけない人間が、いけない霊のしわざによって、助からなくなるかもしれないのだ。

「あなたは本当に幸せなんですか。満ち足りた日をおくっているんですか。そうじゃないでしょう。きっと何かを探していると思います。僕にはわかるんです。僕だって宗教なんか馬鹿にしてました。そんなもん、インチキばっかりだと思ってました。だけど一歩進まないことには何も始まらないんですよ。どうか一瞬だけ僕を信じて、三分間だけ時間をください。あなたの健康と幸福を祈らせてください」

　ふざけんなと、いきなり脚を蹴《け》られた。怒るという風でもなく、男はさりげなく爪先で蹴ってきたのだ。呆然《ぼうぜん》と立ちすくむ圭児に、飯島が声をかけた。

「気にするなよ。可哀想な人だと思えばいいんだよ」

「それはわかってるけど……」

　なんて淋《さび》しそうな表情をした青年だろうかと圭児は思った。恋人はおろかおそらく友人もいないだろう。心を寄せる者が誰もいないというつらさやせつなさは、自分がよく知っている。そんなことを少しでもいいから話したかった。そして今、自分が仲間に囲まれてとても幸せだということを教えてやりたかった。が、淋しい人間を完全に逃がしてしまったのだ。

「僕がいたらなかったんだよ」

　〝いたらなかった〟なんていう言葉を使ったのは、おそらく僕の人生で初めてのことなんじゃないかと圭児は少し動悸《どうき》が速くなった。


　イタリアとフランスに行こうと思うの、とユリ子は打ち明けた。

「ムックを一冊つくろうって前々から言われてたんだけど、圭ちゃんの受験もあったからずうっと断わってきたの。だけど今年はもういいかな、って思って」

　先日ユリ子の出した本はとても評判がよく、早くも四刷になっている。出版社側ではユリ子をどうやら次世代のスターにするつもりらしい。最近は料理以外の分野でのインタビューも多くなった。エリート銀行員の妻で、海外生活の経験もある主婦が、いかに料理という生き方に出合ったかというテーマだ。今日の女性誌にも、カラーグラビア二ページにわたって、ユリ子が紹介されている。こげ茶色のスーツを着たユリ子は、大層若々しく美しい。やや濃い目のメイクが洗練された印象だが、おそらくプロのヘアメイク・アーティストがついているのだろう。

「家族の笑顔が、私の源なんです。料理するっていう仕事も、すべてそこからスタートしているんですもの」

美果はふと、雑誌の中のユリ子の言葉を反すうした。空々しいと非難する気などまるでない。これも確かに母親の真実なのだと思う。つい最近まで、ユリ子は家族のためによく料理をつくってくれたものである。こまめにケーキを焼き、少しでも時間があるとピクルスや梅干しといった貯蔵品づくりに手を伸ばした。料理をしている時のユリ子は楽しそうでいきいきしていた。子どもの頃から、とにかくキッチンに立つのが好きなのだとユリ子は言っていたものだ。

家族だから感謝という気持ちは格別持ったことはないが、料理自慢の母が得意であった。ユリ子のつくる弁当は色どりも綺麗《きれい》で、毎日覗《のぞ》きに来る友人もいたぐらいだ。

けれどもユリ子が料理研究家になるにつれ、

「なんだ、そういうことだったのか」

という心情が、日増しに強くなっていくのは本当だ。それはこのあいだも、ある女性誌

で、

「これがお勧め、わが家のお弁当づくりの秘訣《ひけつ》」

という記事を見た時に決定的なものになったといってもいい。その中でユリ子は、わが家のお弁当にかかせない、牛肉のつくだ煮を披露《ひろう》しているのである。市販のものでは甘すぎるというので、ユリ子はごく上質の牛肉のうす切りを、ことことショウガ味をきかして煮込んでくれた。父も圭児も好物のあのつくだ煮は、わが家だけの秘密のようなものではなかったろうか。家族の歴史も何もかもひっくるめて、ユリ子は料理で売り出そうとしている。それを眺めるうち、

「私たちはずっと練習台として使われてきたみたいだ」

という考えが美果の心の中をよぎる。女性誌の編集長とユリ子との絆《きずな》が、ますます強くなっていくのを見るとなおさらだ。

料理というものは、母に何と多くのものを与えたのだろうか。経理を手伝っているからよくわかる。毎月ユリ子の口座には、普通の主婦からは到底信じられないような額が振り込まれているのだ。名誉も友人関係も、パーティーに招《よ》ばれる楽しい日々も、そして愛人まで母は料理をすることにより貰《もら》ったのである。そしてその特技は、長年にわたって家族を相手に習練を積んできたものである。家族から出発したものが、やがて愛人を手に入れるまでの「成功」をみているのだと、美果は皮肉なことを考える。

「ねえ、ミカちゃん聞いてるの」

ユリ子が苛立《いらだ》たし気な声を出した。

「ムックだから、かなり時間がかかると思うのよ。今までみたいに特集で外国へ行くのとはわけが違うわ」

美果も最近知ったのであるが、ムックというのは単行本と雑誌との中間のようなものらしい。雑誌のように週単位や月単位で書店から消えることはないが、カラー版の軽い体裁は雑誌のものだ。料理や旅の本などに、このムックという様式が使われることが多い。

「三週間は取材とロケをしたいって言われてるのよ」

私は構わないけどど、美果は答えた。

「圭ちゃんのお弁当と、パパのごはんをどうするのかだわね」

「圭ちゃんは、パンも好きだから学校の売店のもので我慢してもらうわ。パパだって、家で食べることがほとんどないんだから、三週間くらい、大丈夫でしょう」

母親の心は、既にもうイタリアとフランスに飛んでいるのだと美果は思った。

「出版社はどこなの」

「ミセス・マガジン社よ。『ジンジャー』の別冊っていうことでつくるの」

ああ、やっぱりと美果は喉《のど》の奥がごくりと鳴る。「ジンジャー」は緑川が編集長をしているところだ。おそらく彼も何日間か同行するのだろう。

「圭ちゃんはOKだと思うけど、パパが何て言うかしらね」

「あら、そうかしら」

ユリ子の眉《まゆ》がぴくりと動いた。娘が発した言葉の意味を、必死で別のものだと思い込もうと努力しているのがわかる。

「パパは私の仕事について何にもうるさいこと言わない人よ。理解があるっていうわけでもないけど、寛大っていおうか、無関心っていおうか。今度もきっと行っておいで、って言ってくれるはずよ」

「でもね、パパの銀行、今すごく大変なんでしょう。そんな時に帰ってきてもママがいないっていうのは、つらいんじゃないかな」

「そんなこと、ありっこないってば」

どうやら娘の美果から、もう危険はないと察したユリ子は明るく笑い出す。

「パパはそんなにやわな人じゃないってば。ゴーイング・マイウェイっていうのが、あの人のいいところなのよ。自分のつらい時、奥さんに慰めてもらおうなんて、そんなドラマみたいなことをあの人は考えてないわよ」

「だけどさ、パパの会社がヤバそうな時に、三週間も海外に行ってるっていうのは、ちょっとまずいんじゃないかなあ」

「ミカちゃんも古くさいことを言うわね」

ユリ子は苛立たしさのあまり唇をゆがめる。この口紅は最近替えたもので、流行のローズ色だ。

「あなたも将来家庭持つんだったら、そんな古くさい考えを持たない方がいいわよ」

自分に言いきかせるように、ユリ子は語り始めた。

「私がここまでこられたのは、パパのおかげだと思ってるのよ。パリで料理を習いたいって言ったときも快く行かせてくれたし、うちで料理教室を開きたいっていう時もOKしてくれたわ。パパはね、何ていうのかしら、女の人が職業を持って自立していくことを、さりげなく応援してくれる人なの。今の若い男じゃないから、積極的にどうのこうのっていうことはないけどもね、私のしたことをずっと見守ってくれていたわ。私、そのことをすごく感謝してるし、そのためにはもっと大きくならなきゃいけないと思ってるの。だから今度のヨーロッパ行きを引き受けたのよ。パパはミカちゃんが考えているよりもずっと大きな人なの。ママがこれから仕事を一生懸命やるのは、パパへの恩返しだと思うのよ」

美果は母親を見つめる。なんて自分勝手な理屈だろうか。けれども勢いのある人間の口から聞くと、不思議な正当性があるのも事実である。

「ミカちゃんにも迷惑かけるのはわかってるわ。留守中は田代さんにももっと来てもらうつもりだし、あなたも協力して頂戴《ちょうだい》」

田代というのは、ユリ子よりも二つ年下の離婚した女である。ユリ子の熱狂的なファンで最初はアシスタントをしていたのであるが、次第に家事にも手を出すようになった。料理の撮影にも立ち会うが、それ以外にも週に何度かやってきて掃除や庭の手入れもしてくれるようになった。ユリ子はまだ家族の下着を洗わせるところまではいっていないが、そうなるのは時間の問題であろう。

ユリ子はやがて、ホテルの密室で愛人に告げたことと同じことを娘にも話し出す。

「こういうことを言うと冷たく聞こえるかもしれないけど、パパの銀行が悪くなって、マスコミにいろいろ出ても、ママがおたおたしないのは、やっぱり仕事を持っているからだと思うの。ふつうの奥さんだったら、一家の主人の会社が倒産しそうになったら、不安でたまらないと思うの。旦那《だんな》さんに泣きごとを言っているかもしれない。でもね、私はちゃんと普通にしてられるでしょう。本当に働いていてよかったと思った。ねぇ、ミカちゃん、女が働くっていうのは、夫の困難にもびくともしないことなのよ。ちゃんとひとりで立っていられるってこういうことなのよ。ママはね、ミカちゃんにもこういう生き方をして欲しいと思うのよ」

おそらくインタビューなどで、何回も繰り返しているのだろう。

「女が働くっていうのは、夫の困難にもびくともしないことなのよ」

というくだりは、実になめらかに出た。それならば、それならばと美果は思う。

――いったい何のために家族はあるのだろうか――

家族のひとりがつらさに泣いているとする。慰めることもせず、その泣き声に耐えられるのが自立だというのならば、どうして結婚し、子どもなどを産んだりするのだろうか。とにかく今のユリ子は、家族とは全く別の時間を生きているのは確かなのだ。イタリアとフランスの旅。冬のヨーロッパはさぞかし美しいことだろう。ユリ子は好物のワインを抜き、愛人と乾杯をするはずだ。誰がユリ子のその時間を止められるだろう。娘だって止められない。なにしろユリ子は完全に「自立している」のだから。

美果は多くの言葉を母親にぶつけてみたい思いにかられる。けれどもうまく言葉が出てこない。昔から美果は人と争ったり、論争することが苦手であるが、特に母親にはなすすべがなかった。ユリ子には真夏の花のようなところがある。あっという間に芽を出し、みるみるうちに養分を吸い取って伸びていく。太陽の光に何ら疑いも持たず、それをひたすら求めて大きくなっていくものに、どうして口出しが出来るだろうか。

「ママは忙し過ぎるんじゃないの」

やっと美果は言った。

「今のままじゃ、プライベートも何もかも、しっちゃかめっちゃかになっちゃうんじゃないかって心配してるんだけど」

「ママのことだったら大丈夫」

娘がやっとのことでしぼり出したかすかな毒にも気づかず、ユリ子はにっこりと笑った。

「この頃、元気がやたら出て仕方ないのよ。レシピだってどんどん湧いて出てくるし、原稿書きもはかどるわ。本当に四十代になってから、こんなに楽しくって充実した日がこようとは思わなかったわ」

それはよかったじゃないと、美果はつぶやく。私はいつもこうしてママに負けてしまうのだと思った。

そうかといって、ユリ子が夫を全く気にしていないというわけではない。やはり今度は長期の出張となるのだ。一応機嫌と了解をとっておかなくてはならないだろう。

その夜ユリ子は早めに帰り、家族のために炊き込みご飯と若鶏《わかどり》のクリームシチューをつくった。一見合わないような取り合わせであるが、醬油《しょうゆ》味の炊き込みご飯に、余ったホワイトソースをかけて食べるのを圭児がとても好むのだ。

最近出した本の中でも、ユリ子はそのことを書いている。

「ちょっとお行儀が悪いのですが、うちの息子は途中から、この炊き込みご飯にシチューをかけて食べるのが大好き。しめじのお醬油味とホワイトソースとが、意外なほど合うんですね」

夫の達也は、この炊き込みご飯に漬けものが大好物であった。そのためにユリ子は、長いこと糠《ぬか》漬《づ》けにどれほど心をくだいてきたことであろう。夫の帰宅時間に合わせて茄子《なす》や胡瓜《きゅうり》がうまく漬かるようにしてきた。茄子は美しいるり色になるように、胡瓜はあるべき緑色になるように。そうだ、自分はとても長いこと、家族に尽くしてきたのである。今どき家に帰ってくると、温かい料理がすぐに箸《はし》を取れるようにしている家など何軒あるだろうか。最近こそ外に出ることが多くなったが、子どもの小さい時など、どんなことがあっても夕食時間に帰ってきたものだ。

今、自分が多少家族から羽ばたこうとしても、いったい誰が咎《とが》めることが出来るだろうか。自分は長いこと、家族のために頑張ってきたのである。だから見返りがあるのは当然なのだとユリ子は思う。

けれども今夜も、炊き込みご飯と若鶏のシチューが大好物の夫と息子の帰りは遅い。夫が遅いのは仕方ないとしても、圭児のことが気がかりだ。

「なんだかサークルが楽しくて仕方ないみたいね」

美果が庇《かば》うように言う。

「すごくいい先輩がいて、その人と一緒にいるのがとってもためになるんですって」

美果にはそんなことまで喋《しゃべ》っているのかと、ユリ子は一瞬不機嫌になる。

「明光はサークルも盛んなところらしいけど、二年後には受験があるんだから、あんまり気をゆるめるのも困るわよね」

そんな会話をしたにもかかわらず、圭児は十時近くなって帰ってきた。とても疲れているうえに、陽に灼《や》けているのがユリ子には気にかかる。息子の入ったのは確か映画研究会であった。それまで映画などそれほど観ることはなかったのに、どうして入会したのか不思議だった。もしかしたら外で八ミリでも撮っているのだろうか。

圭児は夕食には手をつけず、

「ラーメンを食べてきたから」

とすぐに自分の部屋に入っていった。テーブルの上には、電子レンジに入れるだけにしてある炊き込みご飯と、鍋《なべ》に入ったままのシチューが残された。ユリ子は不満で仕方がない。こうして手つかずの料理が残ると、自分の多くのものを否定されたような気分になるのだ。

十一時になっても達也は帰ってこなかった。ユリ子はもう一度思い出そうと努力しているフランス語会話集の本を持って寝室へ入っていった。化粧を落とし、ベッドに横たわってぱらぱらめくっているうち、いつのまにか寝入ってしまったらしい。ユリ子は小説は好きだが、論理的に書かれた文章は苦手である。学生時代から記憶することがどれほど苦手だったことか。いくら個人教師についたといっても、パリ時代に言葉を身につけたのは奇跡といってもいいぐらいだ。やがてテレビの音で目が覚めた。時計を見る。午前一時を少しまわった頃であった。ガウンを羽織って下りていく。先週から入れておいた床暖房は十二時で切れていて、あたりはぞっとするような寒さと薄闇が拡がっていた。

「今日は寒いわね、すっかり冬が来ているみたいだわ」

ユリ子は声に出してみる。そうすることによって、今まで起きて夫を待っていた妻を演じようとする自分に気づいた。

——どうして私は、こんなに夫に気を遣うんだろう。たかだか三週間の出張ではないか——

夫はダイニングテーブルの前に座り、ウイスキーを飲んでいた。テレビからは若いタレントたちの嬌声《きょうせい》が響いていた。深夜放送独特の、意味もないお喋りが延々と続く時間だ。夫は上着も脱がず、放心したようにウイスキーのグラスを手にしていた。達也がまるで絵に描いたような「仕事に疲れた男」の姿をしていることにユリ子はカッとする。

──どうしてこんなに、みじめったらしい恰好《かっこう》をするんだろう──

ウイスキーを飲みたかったら外で飲めばよいのだ。うちで酒を飲むのだったら、家族と一緒に楽しくワインでも飲めばよい。このように家のダイニングルームで、どす黒いものを排出されるのはたまらない。おかえりなさいと、ユリ子は不機嫌さを込めて発音する。

「夕飯はどうするの」

「いや、もう外で済ませてきたからいいよ」

夫が律儀に返事をしたので、ユリ子は少し心をなだめる。その見返りとして茶を淹《い》れてやることにする。

真夜中の若いタレントの声は、この殺伐とした茶の間の空気に、なんと似合っていることであろう。

「だからア、いつもカレにはバレないようにしてるから大丈夫なの」

「大丈夫っていったって、今、テレビで話したらバレバレやないか」

「だってぇ、こんな番組、誰も見てないじゃん」

どっとわき上がる哄笑《こうしょう》。こんな時間、テレビ局にはいったい何人の若者がいるんだろうか。玉露を茶づつから取り出しながらユリ子は思う。一日でもいいからこの辛気くささから逃げ出したい。おとといも緑川から電話があった。今度のヨーロッパへは、一週間くらい一緒に行けるということだ。

「ローマの特集ってことにして、タイアップもくっつけたよ。二人でうんとうまいものを食べようぜ。冬のイタリアもいいだろうなぁ」

背の高い緑川は、夫と違って外国でとても見栄えがする。トレンチコートを着た彼と、フィレンツェの街頭を歩くことになるのだ。本当に四十過ぎてこんな青春がこようとは思ってもみなかった。こんなに幸せでいいのだろうか。たとえすぐ傍らで、夫が元気を失くしぐったりと座っていようと、自分はこれほどはつらつとしている。希望さえ持っている。けれどもそのことを押し隠し、むっつりと調和させながら茶を淹れなくてはいけないのだ。それは家族だから。

本当に家族というのは、なんと理不尽なものだろう。ユリ子はしみじみと考える。

＊

「政府が一部の銀行に公的資金投入」

このニュースが流れた時、ユリ子は勝ち誇ったように言ったものだ。

「ほら、ごらんなさいよ。パパの銀行は何も心配することはないのよ」

国が銀行をみすみす潰《つぶ》すはずがないじゃないの。そうよ、いくら不景気だっていっても、銀行は普通の会社とは違うわよ。もし潰したりすると外国に対してもみっともないことになるわ。

「とにかく、銀行っていうのは国の要《かなめ》なのよ。そういうのに税金を使うのはあたり前の話なの」

これでもう嫌な話はお終《しま》い、とでもいうようにユリ子はチャンネルをまわした。NHKアナウンサーの重厚な声の代わりに、若いタレントたちの華やいだ声が響く。ユリ子はもうこれで、イヤなことはやめてといわんばかりに立ち上がった。

「ああ、もう忙しくて頭がおかしくなりそうよ」

自分に得意がっているような甘えた声だ。

「連載を書きだめしなくっちゃいけないことが、こんなに大変だって思わなかった。向こうからファックスを送ろうとしたら、イタリアの田舎の通信事情なんかあてにならないって言われたのよ。ひどいわね」

　ユリ子は最近、愚痴とも自慢ともとれる話を長々と娘にすることがある。美果が返事をしようとしまいと平気だ。おそらく他の人間を用心するということを憶《おぼ》えたに違いない。このところ急激に売れてきたユリ子をめぐって、あれこれと噂がとんでいるのを美果は聞いたことがある。そのひとつは、普通の主婦のふりをしてしっかりと稼いでいるのではないかという意見である。これは女性誌の小さなコラムで美果が目にしたものだ。

「私がミセス・マガジン社からムックを出すから、他の出版社は快く思っていないところがあるのよ。そりゃあ、今、私のムックを出せば売れるのはわかっているものね。だけどね、私もそんなにいろんなところにいい顔を出来るはずがないじゃないの。だから、昔から馴《な》じみのところから出すことに決めたのに、それにあれこれ言う人がいるから、本当に嫌になっちゃうわ」

　編集長の緑川のことを言っているのだろうか。彼についておかしな噂がたったとしても気にすることはないと、娘に釘《くぎ》をさすつもりなのだろうか。いずれにしても来週から、ユリ子は三週間のイタリアとフランスの旅に出るのだ。今、彼女の頭の中がそのことで占められているのはあきらかだった。今日も夜の八時から、スタイリストのところで打ち合わせがあるという。

　芸能人ではないので、スタイリストやヘアメイクを同行出来るわけはない。ただ髪と化粧に関しては、イタリア在住の若い日本人のプロがつくことになった。出版社側が手配し

てくれたという。スタイリストの分は、あらかじめ日本で揃えたものを、何着か持っていくことになっているのだが、

「せっかくだから、イタリアで買ったものを着てみたい」

などとユリ子が言い出し、ややこしいことになっているようだ。とにかくこれからスタイリストの事務所へ行き、芸能人のようにあれこれ試着することになるらしい。

本人がいちばんわかっていることであろうが、最近のユリ子は日増しに綺麗《きれい》になっている。グラビア用の写真に撮られ、時々はテレビにも出る。そのつど本職のヘアメイクがつき、二時間近く化粧を施していくのだ。ユリ子の肌はきめ細かくなり、眉《まゆ》の形は整えられていった。あかぬけるとはよく言ったもので、ユリ子の体から何かが剝《は》がれ落ち、そぎ落とされていき、その下からきらりと光るものが見える。ユリ子はどれほど忙しくても、週に一度のエステを欠かさないようになっている。

それじゃあ行ってくるわとユリ子は出ていき、美果は食器を食器洗い機の中に並べ始める。外国暮らしの際に、一家は食器洗い機の習慣を身につけている。といっても、デリケートで高価な食器を機械の中に入れるわけにはいかない。美果は漬け物を入れておいた三島の皿を手早く洗い、布巾《ふきん》でぬぐう。電話が鳴った。

「もし、もし、佐伯さんのおたくですか」

ここにかかってくるのは女の編集者がほとんどであるが、低い男の声であった。

「はい、佐伯でございます」

「ミカちゃん？　もしかするとミカちゃんかな？」

しかも男は、突然狎《な》れ狎れしい口調になった。

「ミカちゃん、久しぶりだね。憶えてないかな。ニューヨークで一緒だった高槻《たかつき》だよ」

「ああ、高槻さん」

パリの後、一年半だけいたニューヨークでの知人であった。

日本人が多いアパートの中でも、高槻の一家と特に仲がよかったのは、似かよった年齢の姉と弟がいたせいだろう。

「アカネちゃんはお元気ですか」

美果は自分よりひとつ年上の、大層気が強かった娘の名前を口にした。

「ああ、今はニューヨーク市立大にいる。子どもの時の古巣がよくって、ひとりだけアメリカへ行ったんだ。親の方は、あの後ずうっと日本にいるけれども」

高槻は新聞社の、ニューヨーク特派員をしていたのだと思い出した。

「ところでミカちゃん、お父さんいるかな」

「父はこのところ、ずうっと帰りが遅いんですよ。私も本当に顔を見ていないぐらいなんですよ」

そりゃそうだろうな、という言葉の奥に、舌なめずりの音が聞こえたようで、美果はちょっと嫌な感じがした。マスコミの人間が、銀行員の父親にいったいどんな用事だというのだろうか。

「たぶん今日も帰りが遅いと思うんですよ。ご用事があるんだったら、明日でも銀行の方にかけていただけますか」

と美果が言うと、相手は言葉を濁した。どうやらそれは気が進まないらしいとすぐにわかる。

「それだったら、父の方からかけさせましょうか」

「そうしてくれると助かるなあ……」

高槻はただちに会社のダイヤルインと、携帯の番号を伝えた。そうしている間にも、美果は少しずつ記憶が戻ってきた。ハローウィンのパーティーの時に、高槻家へ行ったことがある。夫人の焼いたパイを皆で食べた。しきりに写真を撮っていた高槻は、目の細い痩《や》せた男だったが、あれから少しは太ったのだろうか。

「それでさ、ミカちゃんは元気にしてる?」

自分の電話番号を告げた後、彼はとってつけたように質問を始めた。

「アカネよりひとつ下だから、今年から大学生だよね」

「いいえ、大学には進まなかったんですよ」

へえー、そう、と聞いてはいけなかったことを口にしたように、高槻は少し狼狽《ろうばい》した。

「今は母の仕事を手伝ってるんですよ。秘書というほどでもなく、ほんの半端仕事なんですけどね」

「そうだよね、ユリ子さんすごいね、活躍いろいろ目にしてるよ。うちの料理ページにも出てもらったことあるんだよね。ニューヨークにいた時も、ユリ子さんの料理は評判だったけど、いやあ、さすがだよ、たいしたもんだよ」

急に多弁になり、その後急に何かを思い出したように話を終わらせ電話を切った。昔の高槻よりも、はるかにマスコミ人間らしくなっていると美果は思った。

そしてやりかけの皿を拭《ぬぐ》う。ひととおりのものは片づけ、紅茶でも淹《い》れようかとヤカンに手をおいた時、ふと気配を感じて振り返った。カウンターの向こうに、ドアを開けて入ってくる達也の姿が目に入った。電話で高槻に言ったとおり、父親の顔を見るのは久しぶりだ。夜は遅いし、最近は土日も出社することが多い。父のスーツの肩のあたりに、隠しおおすことの出来ないほどの疲労が溜《た》まっているのを見た。

「パパ、お帰りなさい。今日は早かったのね」

「ああ、たまには早く帰してもらうさ」

とにかく一歩も歩きたくないのだとでも言うように、達也はどさりといっきに腰をおろした。

「パパ、お食事は」

「ああ、もらうよ。でも何かあるのかな」

父親の言葉にかすかな皮肉が込められていることに美果は驚いた。おそらく父親は何度か失望したことがあるに違いなかった。

「すぐに仕度するわ。ちょっと待っていてね」

圭児も遅くなるということで、女二人だけの夕食をすませたばかりだ。冷蔵庫に入っていた肉で小さなステーキを焼き、あり合わせのものでサラダをつくった。電気釜《がま》で炊いた一合も、二人で綺麗に食べてしまっていたが、疲れて帰ってきた父親にどうしてそんなことが言えるだろうか。

美果はすばやく算段を始めた。ご飯は冷凍したものがかなりあるが、チャーハンではくどいから、醤油《しょうゆ》と帆立の水煮缶で味付けし、炊き込みご飯風にしてみよう。冷蔵庫の中には、昨日の撮影でつくったポトフもかなり残っている。あれを温め、さっと牛肉をバター焼きにすればいいだろう。今まで自分のことをそう料理好きとも思ったことはなかったが、母親の仕事を手伝ううちに包丁を握ることが億劫《おっくう》ではなくなっている。こんな風に余りものので、あれこれ献立を考えるのは楽しかった。

「そういえば、さっき高槻さんから電話があったわ」

「高槻さんって誰だい」

案の定、達也もすぐには思い出せなかった。

「ほら、ニューヨークで仲よくしていただいた高槻さんよ。アカネちゃんのパパ」

「ああ、セイケイ新聞の高槻さんか」

達也は一瞬懐かしそうに目を細めたが、すぐに厳しい表情になった。

「こんな時に電話をかけてくるなんて、目的はすぐにわかるな。まあ、オレだったら、昔のよしみで喋《しゃべ》るかもしれないと思っているんだろ」

「いったい何のこと」

冷蔵庫をいったん閉めた。

「決まってるじゃないか。うちの銀行に公的資金を投入するかもしれない。国民の税金を使ってでも銀行は助けなきゃいけないって政府が言ったとたんだな、世の中の人たちはみんな、冗談じゃないって怒り出しているんだ。そのことについて、銀行の中の人間はどう考えているか、オレに話を聞きたいっていうことなんだろう」

「えっ、まさか」

「そうとしか考えられないよ。あの高槻さんが、五年ぶりにわざわざゴルフの誘いでもないだろう」

「だったらパパなんかじゃなくて、もっと別の人がいるでしょう。若手で元気よくって、ばんばん発言するような人」

「多分、あちらが欲しいのは、オレのような中年の中間管理職の意見っていうやつじゃないだろうか」

「そうかしら……」

父と娘は同時に電話機を見つめた。グレイのありふれた電話機は、何ひとつまがまがしいものが無さそうである。

「それで、パパ、電話するの」

「しないわけにはいかないだろう。高槻さんとは昔親しくしてもらってたんだ。断わるにしてもちゃんと電話はかける。このまま知らん顔は出来ないさ」

「かけなくてもいいわよ」

思わず鋭い声が出た。自分が取り次いだ電話が、父親に憂うつや不快さをもたらすのはあきらかだった。これ以上父親を疲れさすものをつくりたくはない。今から自分のつくる温かい食事の箸《はし》を持つ。今夜の仕事はそれだけで充分ではないか。

「そんな電話、かけるのやめちゃいなさい。親しくしてもらってたっていっても、ずうっと前のことなのよ。今つき合いがないんだったら、そんな電話をかけて、嫌な思いをすることはないじゃないの」

「そういうわけにはいかないさ」

達也は微笑みながら、首を静かに横に振った。

「いっときでも人との繫《つな》がりが出来たんだったら、それをこちらの都合で断ち切るわけにはいかないさ。終わりにするとしても、それなりのルールと礼儀っていうものがあるのさ」

達也は立ち上がり受話器に手をかけた。メモを片手に慎重にボタンを押す。

「もし、もし、佐伯と申しますけれども……。いやあ、高槻さん、本当に久しぶりですねえ。お元気ですか。確かあれからすぐ東京に戻られたんですよね……。こちらもご無沙汰《ぶさた》ばかりで申しわけありません」

達也の声は低いけれども明瞭《めいりょう》で、いかにもビジネスの第一線にいる男のそれであった。

さまざまな多くの人の心を説得し、なだめ、静ませてきた男の声である。美果は自分の若い恋人のことを思った。この頃言いわけばかりしている声である。語尾が上がったり下がったりする。あの声と、今耳に入ってくる声とはまるで違っている。

「ええ、確かにそういう話は聞いています。国際金融局が積極的だといいますがどうでしょうか……えっ、私個人の感想ですか。高槻さん、あなたも組織の中の人間だったらおわかりでしょう。私自身はもちろんいろいろ思うところがありますけれども、それを公にするということは絶対してはいけないことですからね、匿名でももちろんいけません……。はい、そうですね。いや、いや、他の者を紹介といわれても、いまうちの連中は、マスコミの方に対してとても神経質になっていますからね……。ええ、そんなわけで申しわけありませんけれども」

達也が電話をしている間、美果はその場所を離れることが出来なかった。父親の背中を見ていた。それは全くみじろぎもしなかった。淡々と声が発せられ、背筋はその間伸びていた。

「パパ……」

達也が受話器を置くやいなや、美果は近づいていった。そうしなければならない気持ちになった。

「嫌な気分になったんじゃないの。高槻さんって最低よね。昔、ちょっと仲よくしていただけで、パパからいろんなことを聞き出そうとするなんて」

「いや、そんなことはないさ。今うちの銀行は世間の注目の的だからね。何兆円っていうお金がうちのために遣われるかもしれない。怒る人がいても無理はないし、マスコミっていうのは、そういう人の声を掬《すく》うのが仕事だからね。高槻さんはあたり前のことをしているだけさ」

ちょっと着替えてくるよ、といって達也は部屋を出ていった。また電話がなる。高槻があきらめず執拗《しつよう》にかけてくるのかと思ったら、今度は見知らぬ女からであった。

「もし、もし、佐伯先生のおたくでいらっしゃいますか」

この歯切れよい口調というのも、マスコミで働く女性独特のものだ。

「わたくし、スタイリストの岡部と申しますけれども、先ほど佐伯先生がうちの事務所にいらした時、お忘れ物をなさいましたの」

「そうですか、どうもすいません」

「試着なすった時にイヤリングをはずされたんです。見たところ高価なものだったので、早いところお知らせしておこうと思いまして……。私のところでお預りしておりますけれども、どういたしましょうか。明日にでもうちのアシスタントに届けさせますけれどもよろしいですか」

「申しわけありません。お手数をおかけします」

「佐伯先生、緑川編集長とご一緒で、これから打ち合わせにお出かけになるっていうことだったんで、おうちにお帰りになるのは遅いんじゃないかって……。それでこんな時間におかけして申しわけありませんでした」

いいえ、とんでもない、本当にありがとうございましたと答えながら、母は緑川と一緒なのだと思った。グラビア撮影のため、という名目はあるものの、好きな男に服を選ばせ、一緒に出かける旅行の算段をしていたのだ。怒りというにはそう強くはない、不快さと疲労が美果の中にわいてくる。母は、自分たちとは全く別の空間と時間を歩み始めているのだとつくづく思う。もうそれを止めることは出来ないだろう。母が日に日に、美しく幸福そうになっているのは、誰の目にもあきらかであった。家族というのは、こうした母の幸せを喜んでやらなくてはいけないものかもしれない。たとえその幸せが、家族以外の誰かによってもたらされたものとしてもだ。

やがて階段を降りる音がして、達也が居間に戻ってきた。

「ねえ、ビールでも飲む」

美果は明るく問うた。

「お、いいね。ちょっと貰《もら》おうかな」

「じゃ、ビール飲んでて。私、その間にお料理を温めるわ」

ポトフを火にかける間につくだ煮や漬け物といったものを皿に盛りわけ、達也の前に運んだ。達也は夕刊をひろげ、「ニュース・ステーション」に見入っていた。父親がいかにも寛《くつろ》いだ様子を見せ始めたことが美果には嬉《うれ》しい。野菜を刻み、鍋《なべ》に入れた。ガスの火のぬくもりが、こちらに伝わってくる。料理というのはこういうぬくもりを、生の野菜や肉に移し変えるものではないだろうか。いまの父を癒《いや》すためならば、どんなこともしてやりたいと美果は思った。

「お肉のバタ焼き、すっごくおいしいわよ。三田牛《さんだぎゅう》のいいのを送ってもらったの、霜ふりがそんなにしつこくなくって、パパもきっと気に入ると思うの」

いつのまにか美果は、饒舌《じょうぜつ》に食べ物の話をしているのであった。


圭児は再び御茶ノ水の駅前に立っている。自分に暴言を吐いた、あのニキビだらけの学生のことを、どうしても忘れることが出来ない。広瀬にそう告げたところ、彼はこう言ったものだ。

「佐伯君がそれだけ気になっているとしたら、それはきっと何かがあるっていうことなんだ。彼の魂は、彼の言動とは全く別のところで、君に救ってもらいたいと思っているのかもしれない。だからこうして、君にいろんな信号を送ってくるのかもしれない」

広瀬さんはこう続ける。教祖さまがこうおっしゃった。現代人の空しいところは、言葉でしか通じることが出来ないと思っていることだと。魂が呼び合う、という言葉があるけれども、あれは現実のことなのだよとおっしゃった。私たちの魂が浄化されるにつれ、救いを求めているひよわな魂を呼び寄せることが出来るのだと。

佐伯君はまだ教えを受けるようになって間もないけれども、君の熱意というのはすごいものがあると思う。君はいずれ、学生支部のリーダーとして、バッジをつける人だと僕は信じているよ。そういう君だからこそ、その男のことが気にかかるのだよ。やれるだけやってごらん。低級霊にとりつかれてもがき苦しんでいるその男を捜し出して、君の手ですくい上げてやるのだよ。

圭児がこの御茶ノ水駅に立つようになり、今日で五日目になる。土日も来るつもりだ。おそらくあの男は、近くの大学か専門学校に通う学生だろうけれども、それでも週末にここにやってくるような気がして仕方ない。そしてあの学生を捜すことも大切であるが、圭児たちに課せられているのは、出来るだけ多くの人たちに布教するという地道な活動だ。東京本部の教会に通う学生たちは、全部で十二のグループに分かれている。

教会の入り口のところには大きな紙が貼られ、グラフがつくられている。どのグループが一ヶ月で何人を入会させたか、ひと目でわかるようになっているのだ。今のところ早稲田の学生を中心にした蓮華《れんげ》グループが第一位を誇っているが、圭児たちのいるさざんかグループも頑張っている。先月は五位だったが、今月は四位と順調に数字を伸ばしている。年間の一位になったグループリーダーには、教祖さま直筆のお言葉が書かれた聖紙というものをいただけるのだ。これが自分のものになるならどんなことでもすると、蓮華チームのリーダーは語っているということだ。

「あなたの健康と幸福のために、私に祈らせてくれませんか」

「あなたは今、幸せですか。僕の話をちょっと聞いてくれませんか」

そんな風に近づいていくと、若い女たちはくっくっと笑い出し、男たちは露骨に眉《まゆ》をしかめる。

「しつこい奴らだな。まだこんなのがいるんだな。お前ら、オウムの残党かよ」

最初は口惜《くや》しさと恥ずかしさで、体が震えたものだけれども、広瀬さんの言葉でどれほど救われただろうか。

「これだけは憶《おぼ》えておいて欲しい。僕は布教によって救われたんだよ。あの時、駅前で声をかけられなかったら、僕はここにいなかったんだよ」

改札口からたくさんの人が吐き出され、そしてまた多くの人たちが改札口に向かって吸い込まれていく。この人たちはまだ何も知らないのだ。圭児の動悸《どうき》が速くなる。

いずれ人類が滅亡する時がやってくる。人々が考えているよりもずっと早くにだ。その時に僕たちは死んで、霊界に行くことになる。そこが本当の僕たちの居場所なのだ。それなのに人間界で何も学ばず、修行もしてこなかった人たちは、霊界で苦しむことになる。非道な行ないをした人は、低いところに落とされ、鎖をつけられ永遠の苦しみを背負うことになるのだ。

そんな来世のことなどどうでもいい、と思うのは大きな間違いであり、現世をどう生きるかということが、結局は日々の幸福にもなるのだと教祖さまのお書きになった本にも書いてある。ああ、そのことをどうしてみんな知ろうとはしないのだろうか。

その時、信号の向こう側に立っている人の群れの中に、あのニキビ顔の男を見つけた。さりげなく信号が変わるのを見ているふりをしているけれども、何度となく圭児の方に視線を走らせるのがわかる。信号が青になるのを待って、圭児は小走りで近づいていった。

「待ってました。また来てくれたんですね」

「何言ってんだよ。勘違いすんなよな。ここはオレの通学路なんだよ。毎日通ってんだよ。おい、邪魔だよ、どけってば」

「あの、じゃ、ひとつだけ、あなたの名前を教えてください」

「志村だよ。志村けんのシ、ム、ラ」

「志村さん」

すべての思いを込めて圭児は呼びかけた。

「志村さん、あなたの健康と幸せを願って、僕に祈らせてくれませんか」

志村という名の男の足が止まった。彼は圭児を見つめ、そしてあわてて目をそらす。怯《おび》えていると同時に、眼鏡の奥の目は好奇心で何度もしばたたいている。

「ほんの三分間でいいです。僕に時間をください。お願いします」

「勝手にしろよ」

志村は不貞腐《ふてくさ》れたように横を向いたが、足はもう動き出そうとはしていなかった。

「志村さん、じゃ、いいですか。ほんの少しの間ですから目を閉じていてください。少し頭を垂れて」

驚いたことに志村はそれに従ったのである。圭児は右手で首から下がっているお守りに触れた。入会した証《あかし》にいただくそれは、神と人間とを繋《つな》ぐ、アンテナの役割をしているのだ。そのアンテナを中継させて、神の力を圭児たちは人に伝えることが出来る。どうかうまくいきますようにと、圭児は祈った。そして右の拳《こぶし》を持ち上げ、中心から伸びた腕を志村の眉間《みけん》にあたる位置にあてる。これは「手かざし」といい、圭児たちの教団において最も重要な行為である。年配のグループのリーダーからの報告によると、この手かざしによって、癌が十日間で消えてしまった例もあるそうだ。さまざまな奇跡がこの手かざしによって起こっているのである。

圭児も目を閉じた。教えられたとおり、ただひたすら志村のことを思う。今どき珍しいほどニキビが顔をおおっている若者。口のきき方も乱暴で、おそらく友だちなどいないだろう。けれども志村がどうぞ救われますように。生まれ変わり、真実を知る人間になれますように。

御茶の水の雑踏が、次第に遠のいていくのがわかる。とてもいい気持ちだ。瞼《まぶた》の裏が黄金色になったり、橙《だいだい》色になったりする。これは神の色だ。天上にいる神が今、何かを伝えようとしている。まるで雷のように自分の体を貫き、お守りを通り、右手を通り、掌《てのひら》から放出されようとしているのがわかる。ああ、なんていい気持ちなんだ。

目を開けた。志村と目が合う。彼の目が穏やかになっているのがわかった。

「見えたよ」

志村が照れくさそうに告げた。

「何かさ、赤いもんが見えたよ。不思議だな、やたら気持ちよかったよ」

「そうですか」

圭児は思わず志村の手を握った。神の力が通ったばかりであるから、圭児の右手は火照ったままだ。

「時間があったら、このまま僕と一緒に教会の方へ行ってくれませんか。いや、絶対に一緒に来てください。あなたはそうしなきゃいけないんです」

「その教会って、遠いのかよ」

「そんなことはありません。中央線に乗ればすぐです。僕、今から電話をしますよ。教会のみんな、きっと志村さんを待っていてくれると思いますよ。僕なんかじゃなくて、いろんな人の話を聞いてください。素晴らしい人がいっぱいいるんですから」

志村と圭児は、中央線の中でいろいろな話をした。志村はおととし高校を卒業し、今は御茶の水にあるコンピューターの専門学校へ通っているという。将来はコンピューター・グラフィックの仕事をしたいのだそうだ。

「へえー、すごいじゃないですか。僕はパソコンいじっても、インターネットやるのがやっとですよ。今は時間がないから、あんまり触ることもないけど」

「オレはパソコンが出たばっかりの頃から、欲しくって欲しくってたまらなかったんだ。だけどあの頃はまだ高くて、買ってもらったのは高二の時だったな。それからはもう夢中になって、バイトしては買い替えてる。今ので四台めだよ」

やがて教会に入ると、圭児は待ち構えていた広瀬たちに志村を紹介した。これから大人たちによって、彼はじっくりと説得されるのだ。圭児はその間、信者たちがたむろする大広間で待っていた。ここは学校や職場からやってきた人たちが、布教の成果を話したり、またとりとめもないお喋《しゃべ》りをする部屋である。

「佐伯君、ちょっと」

広瀬から手招きされた。

「あの志村君っていう子、さっき入会を決めたよ」

「えっ、本当ですか」

「ああ、最後に僕が手かざしをしたら、心がこんなに安らいだのは初めてですって、ポロポロ涙を流してた。ああいう頑《かたく》なな子ほど、根は純真で素直なんだ。でも佐伯君、やったな」

背中を強く叩《たた》かれた。広瀬さんの目がうるんでいる。

「君は今日、ひとり人を救ったんだよ。神の心に添ったことをしたんだよ。佐伯君、君はすごいよ……」

圭児の目から涙が噴き出した。これほど熱い心地よい涙を流したのは初めての経験であった。

＊

美果は自分ひとりでチョコレートケーキを焼いた。

今まで母親の手を借りて焼いたことはあるけれど、最初から最後までひとりというのは初めてである。

荒く削ったビタースイート・チョコを湯せんにかけるのがむずかしかったが、後はうまくいった。かなり緊張してオーブンを開けたのだが、型からふんわりと盛り上がっていた。母の料理研究家としての腕をたいしたものだとあらためて思った。今日のレシピは、「佐伯ユリ子の絶対に失敗しないケーキ」のひとつだ。初心者にも簡単にケーキが焼けるようにと、分量と手順を工夫している。これはユリ子の二冊目の本であるが、発売してから版を重ね、もう二十万部近く売れているのだ。

美果はそろそろと型からはずし、ホワイトチョコを絞って文字を描いた。

「ハッピー・バースデイ！　まさし」

それにしても母が、ヨーロッパ出張中で本当によかった。ユリ子のいる限り、この広いキッチンは彼女のものだったから、美果は自由に使えなかった。

明日は福島政志の二十歳の誕生日である。女の子にとって二十歳の誕生日が特別であるように、男にとってもそうであるに違いない。

「関係ないよ。ちょっとうざったるいことになりそうだな、と思うけれど、仕方ないじゃんっていう感じかな」

と政志は言うけれども、やはり十代に終わりを告げる日に、人はたくさんのことを思うはずだ。美果は今までそうしてきたように、二人で誕生日を祝うものと考えていた。高校生の頃はお金がなかったこともあり、ファミレスでケーキセットを頼んだり、安いイタリアンのチェーン店で、スパゲティとサラダという夕食をとったものだ。

けれども美果は社会人として、いくらかの給料を得ている。母親のアシスタントは有能な女たちがついているから、美果のしていることは領収書を整理したり、母の出ている記事を切り抜きしたりといった、ほんの雑用程度のことなのであるが、それでも事務所の正式な社員として、きちんと給料を貰《もら》っていた。それは決して高いものではなかったけれども、自宅から通う美果は自分で金を遣うことがない。

食事をしたり、夜遊びするような友人はほとんどいないし、ブランド品の洋服や靴というものに全く興味を持たなかった。だから金は美果の年齢にしては充分に持っている。もし政志がそれを望むならば、評判のイタリアンやフレンチでご馳走《ちそう》してやるつもりだった。

けれども彼は、そんなことをしなくてもいいと言う。

「『ライス・ペーパー』で会って、夕飯を食えばそれでいいよ」

「ライス・ペーパー」というのは、国道沿いにある無国籍料理の店である。値段が安いのと深夜までやっているのとで、若いカップルでいつも賑《にぎ》わっている。美果と政志もよく利用している店だ。

けれども美果は不満である。誕生日のディナーを、あのような騒がしい店でとらなくてもいいのではないかと思う。それに「ライス・ペーパー」は決しておいしい店ではない。ヌクマムで炒《いた》めた海老《えび》は、冷凍のもどし方が悪くて、歯ごたえがぐんにゃりしている。ビーフンときたら、具がほとんど入っていない。

前から思っていたことであるが、母親の仕事を手伝ううち、ああした店がいかに雑に料理をつくるかよくわかるようになった。カウンターの中を見ると、アルバイトらしき青年たちが、おぼつかない手つきで何やら盛りつけている。

学生の頃ならまだしも、社会人となって自分のお金が稼げるならば、もうああした店はそれほど行きたくないと思う。出来ることなら誕生日は別の店でしたい。けれども政志は「ライス・ペーパー」を主張する。何も特別なことをしてくれなくていいと言うのだ。照れているのだろうか。いや、それは違うということは、政志が誕生日の前日を指定してきたことでもわかる。大学の仲間と約束をつくってしまった、というのだが、それはたぶん嘘だ。

大学というところへ行ったことがないけれども、仲間の約束というのは、それほど大変なことなのだろうか。誕生日を恋人と過ごしたいと言えば、笑って許してくれるに決まっている。

政志は自分の誕生日を、別の誰かと過ごすつもりなのではないか。そして美果とのことは、いいかげんに儀礼的に済ませておけばいいのだと考えているような気がする。

高校時代からのつきあいだったから、これから先もその延長のように二人の日があるのだと思っていた。けれども人の転機や節目というものによって、心も変わるのだと美果は初めて知った。

政志は大学生になり、自分は大学へ行かなかった。この事実がどうして愛情というものに関係するのだろうかと思うのだが、それは本当のことだ。あの頃、母親と同じくらい、いや母親以上に彼は美果を責めたものだ。

「どうしてだよ。どうして大学へ行かないんだよ。美果の学校で、そんな話、聞いたことないぞ」

確かにエスカレーター式の、お嬢さま学校といわれるところで、就職する学生は美果を除いてはひとりしかいなかった。そのひとりは欠席しがちで到底大学部へ進める成績でもなく、そうかといって外国留学も嫌なので家業を継ぐことになっていたのだ。

「だいたいさ、大学生でもない女が、どうやって毎日生きていくんだよ。お母さんの仕事手伝うぐらいなら、学校へ行った方がずっといいじゃないか」

「私はもう、学校というところがそんなに好きじゃないの」

母親に告げた時よりも、もっとわかりやすい言葉で政志に語り始めた。どこまで理解してもらえるのだろうかという無力さは同じだった。

「話題についていけない、っていうよりも、みんなの楽しそうなことが私にはわからないの。でもね、仲間はずれにされたくなくって、ずうっと楽しそうなふりをしていた。するとね、みんなは私のことを仲間だと思って、いろいろなことを話してくるのよ。今度一緒にお買物に行こうとか、コンサートに行こうとかね。男の子との打ち明け話も要求されるの。悩んだふりもしなくちゃいけない。私ね、そういうこと、子どもの頃からずうっと真面目にやってきたのよ。そんなにつらかったってわけじゃないわ。ちゃんと友だちもいたし、いじめられたこともないの。でもね、高校卒業する時に疲れて、もうこれ以上、自分に合わないことをしなくってもいいんじゃないかなって思うようになったの」

案の定、政志は美果のこの長い独白に、少しも理解を示さなかった。

「そんなの、変わってるよ」

唇が不快さのあまり、少し曲がっている。

「どこかの大学へ通っていれば、世の中の人っていうのはそれで安心するわけじゃないか、別に勉強するっていうわけでもないし、楽しくサークルやコンパやっているうちに、自分の好きな生き方を見つける。それが大学っていうところじゃないのかな」

「でもね、自分の好きなことを見つけるんだったら、何も大学へ行かなくてもいいんじゃない」

「だからさ、わかんないかなー、肩書きっていうやつだよ」

政志は苛立《いらだ》ちのあまり、左足の踵《かかと》を上下に揺らし始めた。

「何もプータローすることないじゃないか。純聖女子大の学生っていう方が、ずっとカッコよくって、オレだって友だちに自慢出来るのに」

おそらく政志の本音はそこにあるのだろう。彼の通っていた高校というのは私立の一貫校であるが、偏差値でいうとBクラスである。それもこれから人気や進学率の上がりそうなBクラスではなく、おそらく下がることになろうBクラスだ。美果の友人に言わせると、

「よっぽど好きにならない限り、何も無理してつき合うことはない学校」

ということになる。そこから優秀な生徒は、外の大学を受験するのであるが、政志はそのまま上へ進んだ。受験勉強をするのが嫌だったからと彼は言う。

無難な経済学部へ進み、今は二年生である。何はともあれ、彼は大学生という肩書きを手に入れ、同時に自由で楽しい時間も獲得したかのようだ。政志には不思議な好みがあり、それは骨董《こっとう》を見ることであった。彼の祖父という人が、趣味を持っていて、幼い孫を連れ、よく見立て会などにも行っていたらしい。小学生の政志に、面白半分にイロハを教えたという。

もう少しおじいちゃんが長生きしていたら、美術商になっていたかもしれないと冗談混じりに言うほどだ。骨董品を鑑定するという、今人気のあるバラエティ番組を一緒に見ていても、鋭いことを言うので驚いたことがある。一年生の時から、彼は「古美術研究会」というサークルをつくった。そんなものに入る学生がいるのだろうかと美果は思っていたのであるが、テレビの影響もあり、結構人が集まったという。休みの日は、皆で遠出をして骨董市を見に行ったり、専門家に話を聞きに行ったりして忙しいと、政志は楽しそうに

話す。

誕生日は彼らが祝ってくれるというのが、政志の言い分だ。

そうした話を聞いても、美果は取り残された気分になるわけでもない。ただどうして政志に、そのようなエネルギーがあるのだろうかと思う。母のユリ子は「年寄りくさい」と案ずるのであるが、美果は毎日、新しい人と出会ったり、新しい出来事に遇《あ》ったりする生活を少しもいいと思わないのだ。

たくさんの人と知り合い、その人と親交を結ぶということは、自分の中の愛情というケーキを細分化することではないだろうか。二十人とつき合えば二十個に、五十人とつき合えば五十個になる。いくら細かく割れたとしても、そのカケラは美果の心に他ならない。五十個なら五十個に美果の心は宿り、相手に向けてときすまさなくてはならないのだ。美果は昔から、人づき合いのいいとか、顔の広い、と呼ばれる友人を遠いものとして見ていた。政志にしても、知り合った高校生の頃は、ナイーブで神経質なところを見せた。時々ではあるが、彼が吐き捨てるように口にする、友人に対しての嫌悪の言葉というのは、美果には響くものがあった。

「あいつらってさ、結局は内申書をよくしてもらうことしか考えてないんだよね。うちみたいな二流の高校の内申書なんて、もともと知れてんのにな」

「ピアスしてるやつらって、自分は特別だと思ってるらしいけど、特別もあんなふうにカタまって街を歩いてるとただおかしいだけだよな」

そんな政志が、少年から青年になるにつれて、いつのまにか社交的な人間になりつつある。自分でサークルをつくり、人を集め、いろいろな企画をする、などというのは以前の彼だったら考えられないことだ。そしてよくある話であるが、広い世界に目を向け始めた政志が、自分と離れていくのを、美果は他人ごとのように見守っている。

初めてチョコレートケーキを焼いてみたのは、政志の心を繋《つな》ぎとめようとしているからではない。そんな風に彼に尽くす自分をやってみたかったからだ。

「まだ愛しているのだ」

と美果はつぶやく。するととても温かい気持ちになれた。自分の中の愛情というケーキも、丸く大きく完全な形をしていて、それをそのまま相手に贈る喜び。考えてみると、政志は初めての相手であった。

水曜日の夜だというのに、店は週末と同じくらい混み合っていた。それでも運よく、通された席は、窓際の奥まったところである。まるで今日、二人が誕生祝いのディナーをとることを知っているかのようだ。

「ワインを頼みましょうよ」

メニューの後ろの方に書かれている、ワインリストのページを開く。といっても、ここにはたいしたものはない。

「カリフォルニアワインでいいわよね……。今日は私に選ばせてね」

母親の仕事を手伝うようになってから、ワインの銘柄を少し読めるようになった。知り合いのソムリエスクールに行ってみたらとユリ子は勧めてくれるが、そこまでする気にはなれない。美果はもともとアルコールが弱く、ただグラスを持ったり、ラベルを眺めたりするのが好きなのだ。通ぶってワインの銘柄をあれこれ言う気はないけれど、年代によって酒が紫がかったり、赤味が強くなったりするのをとても面白く綺麗《きれい》だと思う。安物なら安物なりに、若くけなげな香りがする。

「おい、おい、ワインだなんて。オレたちは未成年なんだぜ」

政志がそんな冗談を口にした。確かにそうだけれども、二人とも今までビールやワインを口にしてきた。セックスを覚え始めた頃、ラブホテルの冷蔵庫に入っている缶ビールを、大切に半分ずつ分けて飲んだ。あの頃は持ち込む知恵もなく、ホテルの中の値段がとても高かったからだ。二人とも高校生で、セックスと飲酒という罪を同時に犯したわけだが、あれはなんと美味だったのだろうか。三年の月日がたち、今、政志はつまらなさそうな顔でワイングラスを手にしている。今や酒やセックスは、彼にとって日常のことなのだ。

「政志、誕生日、おめでとう」

「サンキュー」

二人はグラスを合わせた。ぶ厚い安物のグラスは思いの他大きな音を立てた。前菜のサラダや、この店の名物のベトナム風春巻きを口に運びながら、政志は饒舌《じょうぜつ》に喋《しゃべ》る。まるで何かに追われるような喋り方だ。以前の彼はこうではなかった。

政志の大学に、今年芸能人が入学してきた。その彼が最近になってめきめき売れてきて、校門の近くにカメラマンが張っているようになったこと。

先週の日曜日、父親にゴルフ場へ連れていってもらったこと。グリーンに出るのは、まだ四回めだけれども、一緒にまわった人から筋がいいと誉められた。ゴルフもはまれば面白いんだろうけれど、あれをやるやつって、例外なくおじさんっぽくなるものな。腕にマグネットリングしちゃったりしてさ……。

どうして政志はこんなにお喋りになったのだろう。黙っていると、美果を、そして自分自身を見つめなくてはならない。そのために一生懸命言葉を吐き出しているかのようだ。

やがて二人の食事が終わり、コーヒーが二人の前に運ばれた。それを合図に、政志は失礼、と言って立ち上がった。こういう時、彼は育ちのよさをほの見せる。どんな気楽なレストランだろうと、デザートの前にトイレに立つことはなかった。テーブルの上には携帯が置かれていたが、きちんと電源を切ってある。美果も政志も、食事中、携帯を鳴らす人間を軽蔑《けいべつ》する、というのは一致していた。

政志はなかなか帰ってこない。美果は退屈しのぎにその携帯を手にとった。最新のものである。電源を押した。伝言の表示が入っている。なんと五分前のものだ。どうして、そのメッセージを聞いてみようと思ったのか美果にはわからない。いつもの美果だったら考えもしなかった行為だ。ワインで酔っていたこともあるし、予感のようなものがあったのかもしれない。

けれどもひとつの賭《かけ》をした。その最新の携帯を一度でうまく扱えたら、その伝言を聞こうということだった。自分の携帯と同じように、後ろにあるボタンを押した。やはりそれが伝言の再生ボタンだった。

「政志、どうして携帯を切っているの」

女の声がした。語尾の「の」に、怒りに見せかけた甘えと媚《こ》びが込められている。

「まさか、あのうざったい女と会っているわけじゃないでしょうね。ねぇ、どうしていつまでも気を遣ってるの」

ブーッと音が入り、ここでいったん伝言は切れた。二回分入っているのでまだこの後続くはずだ。美果は受話器をずっと耳に押しあてる。テーブルを横切って、政志がこちらに近づいてくる。美果の長い髪で携帯は見えないはずだ。が、やがて彼は美果の肘《ひじ》の角度で、何をしているか気づいたらしい。すごい勢いでこちらにやってくる。けれども美果は受話器を離さない。やがて二回めの伝言が始まった。

「もし、あの女と会ってるんだったら、明日のバースデイ、何も無しだからね。会うのもやめちゃうよ。わかった？」

政志が美果のすぐ傍に来た。

「何、すんだよ」

いきなり携帯をひったくる。お前なあと、かん高い声が出た。

「お前なあ、いったい何してんだよ。人の携帯聞くなんて最低じゃんか」

美果や政志と同い齢《どし》くらいのウエイターや、隣りのテーブルの客がいっせいにこちらを見た。こういう時、まわりを気にする政志は、すぐに元どおり席に座る。そして声を潜《ひそ》めて言った。

「お前なあ、頭がおかしくなったんじゃないか。こういうことしていいと思ってんのかよ！」

声が低くなった分、怒りが濃くなっている。彼の切れ長の目は、まるで漫画のように三十度吊《つ》り上がっている。

美果は混乱した。こういう場合どうしたらいいのだろうか。このあいだちらりと見た深夜のテレビ番組では、髪を金色に染めた女たちが、浮気をした彼をこういう風に懲《こ》らしめているという話を手柄顔に話していた。そしてその女たちの恋人という男も、自分たちが受けた責めや暴力を嬉《うれ》しそうに口にするではないか。

あれほど程度の低い、下品な女たちと違うとは思うものの、自分も同じことをしてもいいのだろうかと美果は迷う。

「何言ってんのよ。信じられないようなことをしてるのは自分でしょう。この女、誰なのよ。明日誕生日一緒に過ごすって言ってるわよ」

自分にこういう風に怒鳴る権利はあるのだろうか。それよりも何よりも、自分のことは本気で、他の女とのことは浮気なのだろうか。美果は気づいた。自分はまるで自信がないのだ。だから美果は言った。

「ごめんなさい……」

「オレ、信じられないぜ。美果がさ、オレの携帯勝手に聞くなんてさ。こういうのって、プライバシー侵害だぜ。いくら親しいからって許されないことだよな」

この時彼の発した「親しい」という言葉ほど、よそよそしいものはなかった。「いくら恋人だからって」や「いくら長いつき合いだからって」ではなく「親しい」だ。美果は一瞬、自分が政志の近所のおばさんになったような気がした。

「もう出ようぜ。オレ、すっごく気分悪くなった」

美果が謝ったことで、政志はますます強気になっている。どうやら美果は最初の一声を間違えたらしい。美果は伝票を持ってレジに立った。今夜は最初からおごるつもりだったのだが、こうなってみるととてもみじめだ。

「八千七百円になります」

奥の騒ぎが聞こえるはずはないのに、レジに立った店員が、気の毒そうに美果を眺めた。

政志は外に出て立っていた。厚手のスタジアムジャンパーに手をつっ込み、少し背を丸めている。風が冷たい。国道を車が途切れなく走っていく。ヘッドライトが、政志の不機嫌な横顔を照らし出していた。

「あの女の人、誰」

すらりと質問が出た。

「サークルで一緒のコ」

政志も即答する。

「つき合ってるの」

「まあね。仕方ないだろ。毎日学校で顔を合わせてるんだからさ」

もはや政志は居直ろうとしている。美果はもはやどうしていいのかわからない。自分は彼を追及し、責めることが可能なのだろうか。そうすることは、彼をとても怒らせやしないだろうか。今までも小さな諍《いさか》いは幾つかあった。美果が怒ったこともあるし、政志が怒ったこともある。けれどもだいたいにおいて、美果が譲ったことの方が多かったはずだ。

今はいったいどうすればいいのだろう。しかしさらに質問することは許されるはずだ。

「まあちゃんはその人のこと好きなのね」

政志は黙っている。答えに窮しているわけではない。あたり前のことを口にすることに抵抗があるのだ。

「その人のことが好きでつき合っているのなら、私のことはどうなるの。もう終わりにするっていうことなの」

「だからさあ」

苛立《いらだ》ちの声をあげる政志の背景を、車のヘッドライトが切れ目なく走っていく。

「だからさ、オレもいろいろ考えている最中に、美果がああいうことするんじゃないか。まさか携帯を聞くなんて思ってもみなかったぜ」

「でも結論は出てるわけじゃない」

不意に激しい感情が押し寄せてきて、美果は叫んだ。

「明日はあの女の人と過ごすんでしょう。だったら本命は、本当の恋人はあの人っていうことじゃないの」

だからさと、政志はやや声がやわらかくなった。

「明日は、サークルの何人かと彼女とで飲み会やるはずなんだよ。本当だってば」

「でもいいわ。誕生日を私じゃなく彼女を選んだことは確かなんだもの」

政志と反比例して、次第に強気になっていく自分に気づく。心が強くなると自分のみじめさがはっきりと見えてきた。政志に他に誰かいるのではないだろうかと気づきながらも、前日のバースデイを祝ってやろうとした自分は何と愚かなんだろう。

けれども美果はまだ迷っている。ここで自分も居直ることは簡単だった。

「バカにしないでよ。だったらさっさとその彼女のところへ行きなさいよ。男だったらぐずぐずしないで。別れるなら別れるではっきり言えばいいでしょう」

けれどもそれは美果の頭の中でつくられる言葉だ。実際の美果は、そうした激しく強い言葉を発したことがない。感情がどんなに昂《たか》ぶったとしても、舌が勝手に動くという経験をしたことがなかった。美果の怒りというのは、相手を問いつめる勢いがないのだ。政志が口を開く。それは彼が久しぶりに見せる誠実というものであった。

「あのさ、オレ、美果のことを今でも好きだけど、この頃の美果、わからないところがあるんだよな。大学行かないのもそうだしさ、考えることとか言ってることがさ、なんかさ、ふつうじゃなくて、オレとはちょっと違ってきてるのかなあって思うことがあるんだよなあ」

それってどういうことと美果は尋ねたが、実はわかっていた。自分が政志のことでわからないことが幾つも出てきたように、彼も自分のことで迷い、困惑しているのだ。少年少女の頃は、会ってお茶を飲みいろんなことを話した。少したってからはそれにセックスが加わり、自分たちの世界は完璧《かんぺき》なものになったような気がした。けれどもそれはもはや終わりを告げたらしい……などということは頭でいくらでも理解出来る。しかし、本当に困ったことに、美果はまだ政志を失いたくはないのだ。彼がよくわからないし、うんざりすることは山のようにある。それでもやはり、政志がすっかりいなくなる生活は考えられないのだ。

そうした美果に、政志は自分の回答を述べる。それは大層残酷なものであることに彼は気づいていない。

「このところさ、美果と会ってもあんまり楽しくないんだよな。ほら、美果って大学行ってるわけでも、勤めてるわけでもないだろ。それにさ、何か喋《しゃべ》ることもふつうの人と違うっていうか……。もっと他のコって、ぽんぽんって反応するじゃん。こっちの言ってることがすぐに返ってくるんだけどさ、美果は違うんだよ。オレの話すことを全部自分の中に吸収してさ、しばらく黙っていることあるじゃん。そしてさ、自分の中で何か言ってんだよな。オレ、ああいう時、この女、何考えてんのかなあって思ってた。美果ってさ、ひとりで考えて、ひとりで答え出して、人の言うことなんか聞かないじゃん。オレがああしろ、こうしろ、っていっても聞かないよな。何かさ、こういうのって疲れちゃうんだよな」

政志は何かに憑《つ》かれたように喋り始める。今までたまっていたものを吐き出し、少しでも楽になろうとでもしているようにだ。彼の言っていることはほとんど理解出来ないけれども言葉がすべてネガティブなもので、それが自分に向けられていることはわかる。このまま立っていると、言葉の毒で自分は倒れそうだ。

「帰るわ」

美果は言った。反射的に右手を挙げていた。いつもなら電車で帰るのだが、今夜はそんなことが出来るはずはない。そうだねと政志も頷《うなず》いた。さようならと美果は言った。おやすみと政志は言った。これで終わりなのかどうなのかもわからない。ただ一刻も早く美果はその場を去りたかった。

タクシーの中で、美果は自分がきちんと紙包みを持っていることに気づいた。プレゼントのラルフ・ローレンのポロシャツと、箱に入れたチョコレートケーキである。最初に政志に渡していたはずなのに、彼は傍の椅子の上に忘れてきた。それをきちんと持って帰ってきた自分の律儀さに美果は驚く。けれどもそれを捨てたりする気にはならなかった。

ドアを開ける。居間で父がテレビを見ていた。灰色のカーディガンを着ているのが、いかにも寛《くつろ》いでいるという感じだ。お帰り、という言葉にいつもの疲れがなかった。

「今日は早かったのね」

「ああ、どうしても出なきゃいけないお通夜があってね。六時からだったからそのまま帰ってきた」

「夕ごはんは」

「ああ、近くのソバ屋で食べてきたからいいよ」

「圭ちゃんはまだ？　あの人、この頃すっごく遅いのよね」

家族とこうした日常の会話をかわすというのは、なんと温かい気持ちになるのだろう。さっきの店でのことが、すべて嘘のことのようだ。

「パパ、ケーキを切るわ。私、チョコレートケーキを焼いたのよ」

「ああ、ありがとう。いただくよ」

美果はチョコレートケーキを箱から出した。少しも崩れてはいなかった。包丁の先で、まずまさしという文字をはがしとった。そしてハッピー・バースデイ！という文字も次々とはがしていく。

そうしているうちに初めて涙が出た。美果はヤカンに水を入れるふりをしながら、声を出して泣いた。焼いて箱に入れて、持ち帰ってきたケーキが哀れだった。受け取ってもらえなかったケーキほど悲しいものはない。どうやら政志は、自分のことをもう愛してはいないようなのだ。

いったん声を出して泣き始めると、もう止まらなかった。熱くなった瞼《まぶた》から、涙はいくらでも出てくる。息が荒くなり、しゃくり上げると、小さな獣のような声が出た。そして美果はキッチンの床にしゃがみ込む。そこはガス台の陰になっていて薄い闇が漂っていた。いくらか気分が楽になった。けれどもあの女の声が、はっきりと甦《よみがえ》る。

「まさか、あのうざったい女と会っているわけじゃないでしょうね」

彼がもう自分を愛さなくなったのは、何とか耐えられる。どうしても耐えられないのは、他の女に、自分の悪口めいたことを言っていたことだ。いや、政志は何も言わず、あの女が勝手にさまざまな形容詞をつけたのかもしれない。

が、彼女はどうしてそんなことが出来るのだろう。自分が愛されているという自信なのか。政志は彼女に、決定的な何かを言ったに違いない。

そうだ、彼の心はもうあちらの方に行ってしまっていることは確実なのだ。それに美果は耐えられそうもなかった。やはり耐えられないのは、政志がもう自分を愛してくれなくなっていることとだ。

＊

美果は実はまだこのことを信じられない。自分の考え過ごしではないかと思おうとしている。けれども政志ははっきりと言ったではないか。他につき合っている女がいる。美果と一緒にいることはもう疲れると……。

考えることがどっと押し寄せてくると、反比例して涙がひっ込むようだ。号泣とか嗚咽《おえつ》というのは、頭がからっぽにならないと出来ないものだとつくづく思う。美果はゆっくりと立ち上がり、流しの前に立った。

以前はここで料理教室を開いていたから、流しは大きなプロ用のものだ。水切りがいいように片方をかすかに斜めにしているのは、ユリ子のアイデアである。母が留守で本当によかったと美果は思う。もし母親がいたとしたら、台所で泣くなどということは出来なかった。

そういえば昔、私のいちばん好きなところはキッチンだ、という書き出しの小説があったっけ。少しだけわかるような気がしてきた。夜のキッチンのほの暗さの中で、ステンレスがにぶく光っている。片づけられた大きな調理台はまるで手術台のようだ。けれども決して冷たいものに見えないのは、まわりの棚が木で出来ているからに違いない。

美果はやがて歩き出し、ペーパータオルでちんと鼻をかんだ。そして棚から家族用の紅茶茶碗《ぢゃわん》を取り出した。ユリ子はヘレンドが好きで、ヨーロッパにいた時に買い足し買い足しして、ディナー用のフルセットを揃えたのだ。

お湯をわかし、ミルクティーを淹《い》れた。そしてケーキの箱を取り出す。このまま捨て去るには、あまりにもケーキが可哀想だと思った。料理好きの母親の娘として育った美果は、決して食べ物を粗末に扱ったりはしない。

八分割したケーキの、いちばん大きなものと、その隣りの四番めくらいのものを皿に盛った。

居間のドアを開ける。達也がさっきと全く変わらぬ姿勢でテレビを見ていた。何かのドキュメントで、アジアの戦場の風景が映し出されていた。

「パパ、ケーキいかが」

「ああ、ありがとう」

父と娘は、ダイニングテーブルに向かい合って座った。チョコレートケーキだけでは皿が淋《さび》しかったので、生クリームを泡立てたものを添えたが、そのホイップが暖房の風にかすかに揺れている。熱いミルクティーとチョコレートケーキ、幸福な日常の象徴のようなテーブルを前にすると、美果はすっかり落ち着きを取り戻していた。

どうして台所で泣きじゃくったりしたのだろう。男の人のための涙というのは、ひとりでこっそりと部屋で流すものではないか。それを自分は、居間の隣りで盛大に流したのだ。もしかすると、腫《は》れた瞼を父親に見せたかったのかもしれない。

「どう」

「ああ、とてもおいしい」

達也はフォークで大ぶりに切り、口に入れていく。添えられたホイップクリームを塗るのも忘れない。

「こんなにおいしいケーキは、外では食べられないよ」

「お世辞でもそう言ってくれると嬉《うれ》しい。今度はチーズケーキを焼いてあげるかも」

「美果はひょっとすると、ママよりも料理の才能があるんじゃないのか」

「パパもそう思う？　私もね、ひょっとしたらそうじゃないかなあって思っていたのよ」

ぎくしゃくした会話だと自分でもわかる。けれども泣いている顔を見られたばかりだから仕方がない。

「美果が生まれた時……」

達也はフォークで、皿についたホイップを削り取るようにして口に入れていく。いつまでもケーキを食べる行為を続けようとしているかに見える。

「パパはこう決心したんだ。将来、この子を傷つけるような人間がいたら、絶対に許さないってね――。でも、それはちょっと違うと今は思うよ」

「なぜ」

「美果は誰かに傷つけられたかもしれないけれども、それ以上に喜びや嬉しさを与えられている。その喜びは、親が絶対に与えてやることの出来ない喜びなんだ。そういう年齢《とし》になったんだよ」

美果はとっさに、政志にいきなりキスをされた夜のことや、自分たち二人がベッドでからみ合うさまを思い浮かべて赤くなった。

「もちろん、犯罪のようなことがあったら、パパは絶対に許さないよ。だけど人間が、誰からも傷つけられずに生きていけるはずはないんだからね」

でも、と美果は小さく叫んだ。

「この頃私、わかったのよ。世の中って傷つけられる人間と、傷つける側の人間のふたつがあるって。私はどう考えても傷つけられる側の人間なのよ。子どもの時からそうだったわ。よくおもちゃを取り上げられたり、意地悪をされた。別に私が特別にナイーブな、いい人間だなんて言うつもりはまるでないわ。でもね、軽んじられるのは確かなの。よく、この人を怒らせたら怖いだろう、ちゃんと扱わないとよくない、って思わせる人がいるでしょう。私はそうじゃないのよ。私はそんなに鈍感な人間でもないのに、私は平気で人かららいろんなことをされるの」

携帯の中に閉じ込められていた、

「あのうざったい女」

と自分のことを呼ぶ、甘えた声の女のことを父に話すことが出来ればいいのに、嫉妬《しっと》が混じっているとはいえ、あんな風に言われる自分というのは、なんとみじめなのだろうか。そして他の女が、そう呼ぶ許《もと》のところには、政志という恋人が立っているのだ。彼の自分に対する清らかで純でないものが、ああした女の言葉をつくり上げているのだ。——けれども自分の恋に関するトラブルを、親に告げることはやはり出来ない。恋の悩みというのは、必ず性がつきまとっている。どんな風にうまく喋《しゃべ》ったとしても、親ならばすぐにそのことに気づくだろう。世の中にはあきらかに存在しているのであるが、それについて喋ることはタブーとされているものがある。子どものセックスというのは、その最たるものであろう。

　達也もユリ子も、十九歳になる娘が処女だとは毛頭思ってもいないだろうが、それをはっきり口にすることはしてはいけないことなのだ。だから美果も達也にしても、先ほどから抽象的な言いまわししか出来ない。

「自分が傷つけられる側の人間だと思うのは、とても心地よいことかもしれないけれど、やっぱり違うと思うよ」

「そうかしら」

「パパもそうだった。オレは悪いことをするような人間じゃない。人にひどいことをされたり、騙《だま》されるようなことがあっても、自分はそんなことをするわけがない、って信じてた。だけどね、銀行というところは、思いがけないことが起こるもんだ。景気のいい頃は、たくさんの人に言ったよ。お金をどんどん貸しますからビルを建てませんか、もっと設備投資をしませんかってみんなに頼んだ。本当にそれがいいと思ったんだ。だけど景気が悪くなったら、全く別のことを言わなくちゃならない。お金を返して欲しいし、返してくれないんなら担保になっているものを貰《もら》わなくちゃならない」

　ここで達也は、しばらく沈黙した。会社のことをどこまで娘に話していいか、考えあぐねているようだった。

「中小企業の社長さんから言われたよ。『佐伯の前で首を括《くく》って死んでやる』ってね。長くつき合っていたお客さんから、嘘つき呼ばわりされたこともある。せっかく息子が大学に受かったのに、行かせてやることが出来ないって泣かれた時はつらかったね。今、日本中の銀行員がそう言って責められている。だから我慢しろ、って上の人から言われてもせつなかったよ。オレのしてきたことは、いったい何だったろうって思った」

　知らなかったわと美果は応《こた》えたが半分は嘘だ。ちょっとでもテレビや雑誌を見ていれば、そんなニュースはいくらでも入ってくる。マスコミは、銀行員がいかに狡猾《こうかつ》で非情かを繰り返し伝えていた。自分の父親はそんなことをしていないだろう、と思っていたわけではない。かかわっていることは事実だろうけれども、そうたいしたことではあるまいと、美果は考えていた節がある。けれども達也は、自分も当事者だったとはっきり告げる。

「言いわけしたいことはいっぱいあるし、オレもビジネスマンのひとりだからね。世の中がそんなに甘ちゃんごっこで動いているわけはないって今でも思っている。だけどね、あれだけたくさんの人に憎まれたのはつらかったね。まあ……人というのは、いつだって傷つける側にまわるってこともあるんだ」

「でもね……」

　と美果は言いかけたが、うまく言葉を組み立てることが出来ない。

「でもね、それだったらとっても悲しいよね。人間ってある時は傷ついたり、ある時は傷つける方にまわって、ゲームみたいに役目を変えて、とっても虚《むな》しいことをしてるんじゃないかしらね」

「そんなことはないさ」

達也はじっと娘を見た。茶色がかった瞳《ひとみ》は母親譲りであるが、こちらは何のてらいもなく大きく見開くことが出来る。なんと純な娘だろうと達也は思った。幼いといってもいいほど、純粋で誠実な娘だ。この娘のために言葉を選び出していく時、いい加減なことは絶対に出来ないと思わせるものがあった。

「君は傷つける、傷つけられることについてずっと考えている人だからね。他の人のように面白半分で、傷つける側にはまわらないさ。もしそういう立場になったら、自分も傷ついてしまう。それで充分なんじゃないかな。パパは美果が、そういう人間に育ってくれただけで嬉しいよ」

「あのね」

美果はもう一度強くこちらを見つめる。目の強さとしばたたかない睫毛《まつげ》に、決意が表れていた。

「私のことを、とても変わった女だという人がいるの。大学に行かないのもおかしいし、話していることも、ぐずぐずしていて少しも面白くないんですって」

「そんなの気にしなくてもいいさ。美果の価値がわからない男となんか、つき合う必要はないさ」

達也はいつのまにか、男という言葉を使い始めていた。

違うの、と美果は再び顔を上げる。

「私が欲しいのは、そういうありきたりな慰めじゃないの。私が本当に変わっているかどうか、っていうことなのよね。私ってぐちゃぐちゃものを言って、人を疲れさす人間なのかどうかってこと」

達也は娘の目をもう一度見る。いい加減な答えをしたら、もう許さないとその目は告げていた。

「そうだなあ……君はちょっと変わっているかもしれない」

「やっぱり」

美果は肩を落とした。

「そうだよ。十九にもなって、親とこんな風に話が出来るっていうのがその証拠さ。美果はものごとをいいかげんに流さない人だ。ふつうの人、特に女の子はそうじゃない。自分の前の川に流れてきたものを、ふんふんって鼻歌まじりに選んで、どうでもいいものはそのまま手を離す。だけど美果は、どんなものもちゃんと手にとって、すごくじっと見て、そっと岸にひっぱり上げる。水を含んで重たいし、汚いものもある。それでも美果は、手を離さないんだ。だから君はすごく疲れるし、たいへんなことをしょってしまう。でも仕方ないよ、君はもうそんな風な人間なんだから」

それよりも、と達也は言った。

「チョコレートケーキをもうひと切れくれないか。これは本当においしいよ」

「そうね、そうよね、紅茶も淹《い》れ直すわ」

美果は立ち上がった。

本部の神殿を建設する計画が持ち上がったのは、今から十年以上前のことだという。けれどもその頃は、バブル時の地価高騰がまだ沈静化しておらず、教祖さまはじめ教団の幹部たちは涙を呑《の》んで諦《あきら》めた。けれどもその神殿の建設の話が再び持ち上がったのは、教祖さまが兵庫県の郊外を訪れたのがきっかけだ。それを教団の人々は、神話のように話す。教祖

国有地に隣接していて、しかも開発の手がついていない広大な森が拡がっていた。教祖さまは一歩踏み出すなり、ここは我々の土地だと確信を持ったという。よく調べてみると、ここからは遺跡も発掘されたことがあり、古代から人が住んでいたところだと学術的にも証明されているそうだ。ある不動産会社が所有していたものであるが、現在は銀行が管理しており、あちらも細かく切り売りする手間が省けるならばと、格安な値段で譲ってくれたという。

「これこそ奇跡じゃないかな。いろんな条件が重なって、まるで慈愛の塔の神殿を建ててくれって、神さまが言っているようなものだったんだ」

広瀬さんは興奮して喋り続ける。

「僕もこのあいだ行ったけれども、そりゃ素晴らしいところだ。聖なるところだということはひと目でわかったよ。近くに伊丹《いたみ》空港があるのだけれどもね、飛行機のコースからはずれていて、音ひとつしないんだよ。ここに神殿が出来たらと思うと、感動して涙が出てきたよ……」

教祖さまはなんとかやりくりして、この三千坪の土地を手に入れたのであるが、神殿の方まではとても手がまわらない。だから二年後の建設を目標に、僕たちは死にものぐるいで頑張らなくてはならないと広瀬さんは言う。

「それについて、とてもいい話があるんだ。建築家の方と相談して、『慈愛の礎《いしずえ》』というものをつくるんだよ」

建物の一部に石をはめ込むのであるが、それは小さな石が重なっているものにしたい。一口百万円を献金すれば、献金した者の名前が刻まれるというのである。

「これはすごいことなんだよ。僕の名前が永久にそこに刻まれるんだからね。僕はさっそく一口申し込むつもりだ」

「広瀬さんって、お金持ちなんですね」

少年のひとりが発した言葉に、広瀬は異常に反応した。

「おい、おい、もったいないことを言うんじゃない」

珍しく咎《とが》めるような表情になった。

「献金というのはどんなにお金がなくても、どんなことをしてもさせていただくものなんだよ。それは僕だけのためじゃない。僕の祖先のためでもあるんだ」

ゆっくりと少年たちを見わたした。広瀬はシャツにVネックのセーターを重ねている。セーターは毛玉がところどころについていて、アクリルの安物だということがひと目でわかる。けれどもそれがどうだというのだろう。広瀬は東大大学院卒のエリートサラリーマンであったのだが、この教団のためにすべてを捨てたのだ。今では慈愛の塔の専任講師として、みなから「広瀬さん」と慕われている。

広瀬は「自分は救われた」とよく口にする。あのままだったら自分は、何のために生きていくのか全くわからないままだったろう。ただ会社へ行き、パソコンの前に座るという無為な日々を送っていた。誰かのために生きようなどということは考えもしなかった。そこへいくと、今のこの豊かさはどういったらいいだろう。そりゃあ収入は減ったかもしれない。けれども今、自分は本当に幸せなんだと広瀬は繰り返し言う。

「僕はね、この幸せを少しでも多くの人に味わってもらいたいんだ。わかるよね」

圭児たちは頷《うなず》いた。

「『慈愛の礎』に参加させてもらえるなんて、こんな素晴らしいチャンスは、もう一生のうち二度と起こらないんだよ。僕たちが百万円献金させていただくことで、先祖の霊界での地位はぐっと上がるんだよ。青年グループの高橋さんは、貯金から二口を献金させていただくことに決めたんだ」

するとその夜、彼は不思議な夢を見たという。白い衣裳《いしょう》をつけた何人かの人々が現れ、手拍子をうち、足を踏み鳴らして喜びを伝えたというのだ。

「低い場所にいた高橋さんのご先祖たちが、献金によって高いところにひき上げられた。私たちのためにありがとうと、高橋さんに感謝の気持ちを伝えたわけさ。これで高橋さんも救われる。献金を申し込んでから、体の調子は最高で、とても気分がいい、っていうんだ」

　圭児にとって百万円は、自分とは全く縁のない大金である。けれどももし自分がそれを手にしていたら、何のためらいもなく献金したに違いない。

「ところで君たちの家で、この献金が出来る人はいないんだろうか」

　圭児たちは顔を見合わせた。隣りの清水功の顔に、憂うつとも不安ともいえない翳《かげ》がさす。圭児にしても同じだ。ほとんどの高校生たちは、「慈愛の塔」に入会していることを、親に内緒にしているのだった。

「君たちの伯父《おじ》さんとか伯母《おば》さん、いや、知っている人の中で、この献金に参加したいっていう人はいないんだろうか」

　少年たちは押し黙る。そのような人脈を持っている者など誰もいるはずはなかった。

「なんだ、仕方ないな。君たちは『慈愛の塔』の素晴らしさを、大人に伝えることが誰ひとり出来ないっていうのか。君たちの熱意で、ご両親を動かすことは誰も出来ないのかな」

　圭児は母の顔を思い浮かべた。ユリ子は最近ブランド品をよく身につけている。一度洗面所で、取りはずしたばかりのタグを拾ったことがある。「二十四万円」という金額に驚いた記憶がある。ジャケットの値段なのだろうか、それともワンピースなのだろうか。いずれにしても、母親が着るものを四枚我慢すれば、

「一生にもうこんなチャンスはない」

という献金に参加出来るのだ。圭児は祖先という人をほとんど知らない。父方の祖母はまだ元気にしているが、母方の祖父母は圭児が小学生の時にたて続けに亡くなってしまった。どういう人たちだったのとユリ子に尋ねたところ、

「食堂のおじさん、おばさんをしていた、どうってことのない人たちよ」

という返事が返ってきた。そうした彼らは、やはり霊界で低い位置にいるのだろうか。低い位置にいることが、どういうことなのか圭児はよくわからない。他の講師の話によると、それはとてもつらくて悲しいことなのだそうだ。現世ならばまだ救いがある。努力すれば上に行くことも可能だろう。けれども死後の世界はそうはいかない。いったん決められた霊の世界での地位は、動かすことはむずかしいのだ。これを救えるのは、子孫がどれほど徳を積むかにかかっている。

今度の「慈愛の礎」は、祖先の位置をそれこそすごい勢いで上げてやることが出来る。それなのに献金を無視するというのは、祖先に対してむごい仕打ちをすることに他ならないのだ。圭児はもう会うことのない祖父母が、白い着物を着て自分に手を振っている光景を思い浮かべた。ほとんど記憶のない自分の祖父母であるが、彼らを想像すると温かい気持ちが充《み》ちてくる。あの人たちを救いたい。あの人たちを喜ばせたい。どうしてそのことを、お父さんやお母さんは考えないんだろうかと圭児は腹さえ立ってくる。

「君たちがもし本気になれば、ご両親を説得できないことはないと思うよ」

広瀬は強い口調になる。神殿の建設が決まってから、彼は少しずつ厳しい態度を見せる

ようになった。グループごとの献金高は、グラフになって週ごとに貼り出される。広瀬の率いるグループは高校生が多く、献金ということに関しては無力に等しい。広瀬はそのことを焦っているような気がする。

「こういうやり方だってある」

広瀬の舌が、まるで油を注《さ》されたように突然なめらかになった。

「モクレンチームは、冬休みにみんなでアルバイトをするんだそうだ。そして百万円を貯める。『慈愛の礎』には『モクレンチーム』の名が刻まれるわけだが、とてもいいことだと思わないかい。君たちだって努力すれば、いろんなことが出来るはずだ。アイデアだってわいてくるんじゃないかな」

とにかくこのグループだけでも、礎をどうしてもふたつつくりたい。そのためには親を説得するか、自分たちでアルバイトを始めることだろうと広瀬は言った。

「おい、どうするんだよ」

いつものように集会場の片隅で、自動販売機のコーヒーを飲みながら清水が問うた。

「オレたちだけで、二百万なんていう金をつくれるはずがないだろう」

「コンビニを襲うしかないよな。それも一軒や二軒じゃ駄目だ」

お調子者の中川が応《こた》える。

「いっそのこと女だったらよかったのにな。女子高校生だったら、カラオケ行っておっぱい触らせるだけで金貰《もら》えるんだろ。ウリは嫌だけど、そのくらいで金を貰えるんだったらいいよな」

「よせやい。お前が女だったら、いったいどういう顔になるんだよ」

しばらく騒がしいやりとりが続いた後、ひとりがこんなことを言い出した。

「あのモクレンチームだけどさ、みんなでどっか遠くの工事現場へ行くらしいぜ。何日か合宿みたいなことをして、金を稼いでくるらしい」

「ゲ、マジかよ」

「それってタコ部屋じゃん」

みんな下品な言葉を吐いたが、内心感動したのは確かであった。そこまでして献金しようという仲間がいるのに、自分たちだけ呑気《のんき》に構えていることは出来ない。

「オレさ、うちに言ってみようかなと思ってるんだ」

と清水がぽつんと言う。彼の家は確かコンビニエンス・ストアを経営していたはずだ。コンビニというのは、それほど儲《もう》かるんだろうか。

「違うよ。おばあちゃんが死んだ時、オレにって金を残してくれたんだよ。大学に入る時の学費にするってお袋は言ってたけど、オレは大学へ行くつもりないからいいんだよ」

「ふうーん」

五人の仲間はいっせいに押し黙った。

「佐伯んちはどうなんだよ」

と中川が圭児を見た。

「お前んちは銀行員だから、金はあるだろう」

「バカいえよ」

　圭児は苦笑いしてしまう。

「親父が銀行に勤めてるからって、どうしてオレんちに金があるんだよ」

「だけどさ、貧乏じゃないわけじゃん」

　そういえば、お前のお袋ってさあーと、ひとりがあまり思い出して欲しくないことを口にする。

「この頃よくテレビにも出てるじゃん。あの佐伯ユリ子って、お前のお袋なんだろ」

「そうそう、うちのお袋も言ってた。うちのお袋ってファンなんだってさ。今度サイン貰ってくれよ」

「バカなことを言うもんじゃない」

　と圭児は怒ったふりをしたのであるが、じりじりと皆に追い詰められているような気分になった。まず親に言ってみろ、親にちゃんと話せ、と仲間は本気で口にする。

「お前んちのお袋なら、百万円出すのはわけないよな」

　そのためには入会の事実を口にしなくてはならないと圭児は抵抗した。

「それはオレたちも同じだ。なあ、約束しようよ。今夜みんないっせいに親に話そう。百万円のことを頼んでみようよ。オレたちの親はダメだろうけど、佐伯のところは成功するかもしれない。とにかく頑張ってみようよ」

グループの中でリーダー格の中川がこう言うと、みなは一瞬、黙り、そしてやがて頷《うなず》いた。

「よし、やってみるか。今夜思いきってみんな話そう」

そんなことが本当に出来るのか、圭児はまるで自信がなかった。

＊

イタリア旅行から帰ったユリ子は、一段と若く美しくなった。

向こうで買った高価なブランドの服を着こなし、髪を栗毛色に染めたユリ子は、料理研究家というよりも女優の雰囲気を漂わせ始めた。彼女たちの持っている、多大な自信を隠すためのあの鷹揚《おうよう》なしぐさを身につけつつある。そうしたしぐさは、雑誌のグラビアやテレビ出演の際に実に効果的であった。広告代理店からは、高級レトルト食品のテレビCMに出演しないかと打診されているほどである。成功者と呼ばれる人がそうするように、ユリ子は時々、密《ひそ》かに自分の過去を取り出して眺めることがある。埼玉の食堂の娘として、中の中あたりの人生を歩むはずだった自分が、いつのまにか上等のシルクカーペットの上を歩きつつあるのは確かであった。よくここまで来たものだと、ユリ子はいささか年寄りくさい嘆息を漏らす。出来ることならば、他の多くの人たちの賞賛も得たいところだ。けれどもそうすることは、自分のすべてを話さなくてはならないということである。ユリ子はそんなことはしたくなかったので、自然と寡黙になる。すると何も知らない人たちは、ユリ子のことをおっとりとした女だと言うようになった。中には謙虚な人だと誤解するむきもあった。彼らに向かって、ユリ子はいつもこう言う。

「大好きだったお料理を、仕事にすることが出来て私は本当に幸せです。これ以上は何も望んではいません」

ユリ子はこうした公式見解を家族に向けて口にすることもあり、素直な圭児だけがそれを信じた。

「これ以上は何も望んでいません」

という言葉を、圭児は自分に都合よく解釈したのである。

——そういうことを言うママは、なんてもののわかった人なんだろう——

それは彼の属している教団の教義と通じるところがあるのだ。

——ママは仕事は一生懸命やるけれども、お金や名誉なんか望んでいない。そういう人を霊級が高いっていうんじゃないかな——

教団の人たちはいつも言っているではないか。神さまが好きなのは、この世の欲望を捨て去り、純粋なものだけを追い求める人間なのだ。こういう人間にこそ、本当の幸せと安らぎがやってくる。

ユリ子は、おそらく自分のことを理解し、援助してくれるだろうと圭児は確信を持った。いずれは慈愛の塔のことを打ち明けなくてはいけないと思っていた。

時々教会に怒鳴り込んでくる親がいる。

「受験前の大切な時に、子どもをこういうところに連れ込んでどういうつもりなんだ」

このあいだも入り口のホールのところで、中年の男が講師を相手に大声を出していた。なんて可哀想なんだろうと、圭児たちはささやき合ったものだ。ああいう親を持つ子どもがではない。真実を理解できないばかりか、見ようともしない、その中年の男が可哀想なのだ。ああした馬鹿げたことをすると、彼ばかりではなく、彼の祖先たちも霊級がぐっと低くなってしまう。

「ついこのあいだのことだけれど」

青年グループの西村さんが教えてくれた。

「入会したばかりの女子大生がいたんだ。彼女はとても頭のいい人で、ここのことをすぐに理解してくれた。毎日ここに通ってたんだけど、ある日両親が来て、強引に連れて帰った。カルト教団だとか、インチキ宗教だとか、そりゃあひどいことを言ったよ。そうしたらね、一ヶ月もしないうちにお父さんに癌が見つかったんだ。もう少し時間をかけたら、両親も救えたのにって彼女は泣いたからね、僕は言ったよ、今からでも遅くはない。毎日お父さんに浄霊してあげなさいってね」

それからあの父娘はどうなったのだろうか。父親に奇跡は起こったのだろうか。いずれにしても、ユリ子があの父親のように、無知で強引なはずはなかった。

圭児はうっとりと想像する。教団のみなが渇望する「慈愛の礎《いしずえ》」。そこに「佐伯圭児」という名前がくっきりと刻まれるのだ。こうすることによって、自分の名前は永遠に残ることになる。それればかりではない。圭児の家族はあらゆる災難から逃れることが出来るのだ。

その日ユリ子は、大層機嫌がよかった。このあいだのイタリア旅行が、雑誌のグラビアに載っているのであるが、その写真が大層よく出来ているというのだ。日本から連れていった人だと、「やっぱり現地のカメラマンにしたのがよかったのよね。日本から連れていった人だと、この空気感は出ないもの」

アシスタントの女たちと話しているのを聞いた。圭児は居間のテーブルの上に置かれた、「別冊ジンジャー」というムックを開いた。そこにはイタリアの街を歩くユリ子の姿があった。パンツ姿でオリーブ畑の中にいるユリ子もいれば、深緑色のワンピースを着てレストランでワイングラスを傾けるユリ子もいた。いずれにしてもどのユリ子も美しく優雅で、さっきアシスタントの発した、

「先生って、まるで女優さんみたい。いいえ、女優さん以上だわ」

という声も、まんざら世辞ではなかったろう。

圭児はパラパラと雑誌を手に取りながめた。ユリ子は、家族にも読んでもらいたい記事が出た時は、こうして雑誌をテーブルの上に置いておく。しかし今まで圭児は、こうした雑誌を手に取ったことがない。ほとんどが女性雑誌なのだ。コンビニで立ち読みをしているわけでもない。誰も見ているはずはないと思うものの、女のモデルが色刷りでやたら載っている雑誌など、触れるのはどうしても気恥ずかしかった。

母のページだけを見て、雑誌を閉じる。その時、どうしてそんな文字に目を止めたのかわからない。裏ページの左端に、豆粒ほどの小さな文字が書かれていた。

「編集人　緑川靖夫《やすお》」

緑川という珍しい名前から、目が離せなくなった。

「ミドリカワ、ミドリカワ……」

この名前を何度か聞いたことがある。ユリ子は仕事のことをそれほど家族に話している わけではない。ただこの頃、経理や雑用を手伝わせている姉の美果との間に、事務的な会話が飛びかった。

「緑川さんから、飛行機のチケット、届いてるかしら」

「全くあの人ったら、本当に気がきかないわよね。あれじゃ編集者失格よ。緑川さんに告げ口したくなるわね」

「今月号のアンケートも、ダントツで一位だって緑川さんがおっしゃるのよ」

どうやら緑川というのは、母のユリ子と仲のいい編集者らしい。が、この雑誌の肩書きを見る限り、緑川というのは編集長のようだ。発行人というのは、出版社の社長、あるいは責任者で、編集人というのは編集長だと圭児は聞いたことがある。ずうっと長いこと、圭児はミドリカワというのは、女性の編集者だと思っていた。けれどもミドリカワは男で、しかも編集長だったのだ。同性であることと、権力者であることとの事実が、彼にかすかな反感をもたらす。

その時、居間のドアが開いてユリ子が入ってきた。今日は「仕事日」と呼んでいる、どこにも外出しない日だ。たまっていた原稿を書いたり、校正を見たり、そしてアシスタントたちとレシピの研究をしたりする。

こういう日のユリ子は全く化粧をせず、チノパンツにセーターといういでたちだ。化粧っ気のない肌は、さすがに四十代という年齢をむき出しにしている。目が大きい女の宿命である、下瞼《したまぶた》の弛《たる》みもはっきりと見える。しかしそれはユリ子を、いつになく近づきやすい存在にしていた。

圭児は隙のない服装と化粧をして、さっそうと家を出ていく母が好きで、それを目にするたびに誇らしく嬉《うれ》しい気持ちでいっぱいになったが、こうした普段着の母を見るとやはり安堵《あんど》する。美しく装った母というのは、「借りもの」という気がした。

「今日は圭ちゃんと二人ね」

ユリ子は微笑んだ。化粧っ気のない母親の笑顔は、かつては圭児がよく見知ったものであった。

「ミカちゃんも今日は外で食べてくるって。あの人が外でお食事なんて珍しいわね」

壁にかかった時計を眺める。七時十五分であった。

「圭ちゃんがうちでお夕飯ってのも珍しいのね。今日はちょうどミートパイを焼いたのよ。まあ、見てちょうだいよ。残ったステーキ肉でつくる超簡単ミートパイなのよ」

忙しくなり、試作することは少なくなったというものの、最初につくる料理は必ず一度か二度実験してみる、というのがユリ子のモットーであった。てきぱきとキッチンに立ち、冷凍を解かしたり、炒《いた》めものを始める。やがてシチュー、青菜のオイスターソース炒め、ミートパイ、レタスサラダ、といったものが食卓に並んだ。

ユリ子は常にインタビューで語っている。

「私にとって、いちばん大切な料理は、やっぱり家族のためのものですよね。だって私は本来は主婦で、そこから出発しているんですもの。どんなに忙しくても、朝食は一緒にとるようにしていますし、夕食も可能な限り自分でつくります」

この言葉に嘘はない。確かに今でもユリ子は朝食を調えてくれる。コーヒーポットは淹《い》れたてのもので満たされ、代官山の有名なベーカリーのクロワッサンが皿に盛られている。冷蔵庫の中には、ミルクもハムも入っている。いつでも、いくらでも好きなものを手にとれるやり方だ。家族一緒の朝食というのは間違っていないかもしれないが、それぞれが時間がずれるセルフサービスというやり方であった。

高校を卒業してから、美果は大層夜更かしになった。夜遅くまで自分の部屋で、音楽を聴いたり本を読んだりしている。朝早いのは達也と圭児であるが、圭児はせいぜいがコーヒーを口にする程度である。以前ユリ子は、達也につき合って朝食をとっていたのであるが、仕事やつき合いで夜が遅くなるにつれ、寝坊をすることが多くなった。

それでもユリ子はかなり努力している。いったんは朝の七時に起き、コーヒーを淹れ、パンを調える。夕食も「可能な限り」、自分でつくるようにしているのも本当だ。ただしこの「可能な限り」の日が、次第に少なくなっていくわけであるが、それでもユリ子は一生懸命やろうとしていた。今夜がそのいい例だ。

テーブルの上には、手際よくつくられたうまそうな料理が並んでいる。家族だけの時で後、ユリ子は美しい布ナプキンを添えることを忘れない。そうしたものは撮影に使われた後、編集者がプレゼントしてくれるものがほとんどだ。

母と息子は向かい合ってテーブルに座った。オーク材のテーブルはとても大きい。食べ物のシミや人の脂でいい艶《つや》が出ていた。そういえばユリ子は「家族の歴史」ということで、このテーブルを何かの雑誌に出したことがある。このうちのものは、箸《はし》置きも、テーブルクロスも、パン籠《かご》も、クッションも、

「佐伯ユリ子の趣味のいい暮らし」

ということで、ほとんどグラビアに登場している。公開されていないのは家族だけかもしれない。もっとも彼女は書いたり、撮らせたりはしないものの、圭児のことは、

「名門校に通う背の高い息子」

として、いろいろな人に話したり、紹介したりしているのだから同じことかもしれない。

シチューはとてもおいしかった。冷凍とは思えないぐらいだ。ミルクの味が野菜のソースとよくなじんでいる。圭児はあっという間にたいらげ、おかわりがあるわよとユリ子は言った。温かい空気とやさしさがはっきりとわかるほど二人を包んでいた。今ならすべてがかなえられると圭児は思った。

「ねえ、うちって金持ちかな」

「まあ、まあっていうところじゃないの」

意外にもそっけなくユリ子は答える。いつか子どもからこういう質問を受けたら、すぐ

にこう答えようと用意していたかのようだ。

「うちはサラリーマンの普通のうちよ。ただママが働いているから、その分、ちょっと余裕があるかもしれない。それだけのことよ」

ユリ子は用心深く答える。

「でもさ、ママはいっぱい働いているんだから、五十万とか、六十万のお金はあるでしょう。ううん、四十万くらいでもいいいんだけどさあ」

「ちょっと、何なの」

ユリ子はシチューをすくう手を止めた。

「圭ちゃん、パソコンはこのあいだ買ってあげたばっかりじゃないの。自動車でも欲しいの……。まさかね……」

「そんなことじゃない」

圭児は母を見つめる。化粧をしていないから目のまわりに、放射状に小皺《こじわ》が寄っているのがわかる。薄い、花火のような皺。圭児は急にいとおしい気持ちでいっぱいになった。親に対して、いとおしい感情を持つなどというのは、いったいどういうことなんだろう。この面映《おもは》ゆい、くすぐったい気持ちはどこから来るのか……。

そうだ、自分は大きなものを知ったからだ。「人類のため」「祖先のため」「未来のため」。教団で何百回と聞いた言葉が、速さと強さを持って頭の中に刻印されていく。

神さま、と圭児は思った。僕の知っていることをママにうまく伝えられますように。

「とても素晴らしいことなんだよ。一生に一度あるかないかのチャンスがめぐってきたんだよ。これをすることによって、うちも、うちのご先祖さまも救われるんだ」

「ご先祖さま」という言葉に、ユリ子は素早く反応した。顔がみるみるうちにこわばっていく。しばたたかないまま大きく開かれた目。薄く開かれていく唇。それは恐怖の表情だった。

「あなた……まさか、おかしな宗教をやっているんじゃないでしょうね」

「そんなことはしていない。ただ人類の幸福や未来について考える会に入っているだけなんだ。これは宗教なんかじゃない。宗教をはるかに超えているんだよ。科学的にも証明されたことしかしないし、だいいち教祖さまはお医者さんで科学者なんだよ」

「お黙りなさいよ」

恐怖の顔が解凍されたかと思うと、今度は憤りに彩られた。

「いい、圭ちゃんは騙《だま》されているのよ。まだ世間も知らない甘ちゃんだと思って、あの人たちの言いなりになっているのよ」

「そんなことはないよ」

圭児は叫んだ。

「誤解だよ。ママの言っていることは誤解だ。慈愛の塔のことを、そこいらのおかしな宗教と一緒にしないで欲しいよ」

「そう、圭ちゃんが行っているのは、慈愛の塔っていうのね。週刊誌で読んだことがあるわ。なんでも高校生や大学生をひきずり込むインチキ宗教だって」

「出鱈目《でたらめ》だよ。あんなことはすべて。僕たちが真実を語ろうとしているから、あいつらは怖いんだよ。だから弾圧を加えようとしているんだ」

「あいつらって、誰のことよ」

「低級霊のマスコミのやつらさ」

　低級霊という言葉に、ユリ子は再び強く反応した。信じられないものを聞いたように、唇が震え始めた。

「圭ちゃん……、あなた、まさか、そんなことを本当に信じているわけじゃないでしょう」

「本気だよ。僕は信じてるよ。ママこそ、つまらない世の中の情報に流されているだけなんだ」

「圭ちゃん、いい」

　ユリ子は口調を変えてきた。感情を押し殺した低い声。諭す、ということを必死で試みようとする声だ。

「あなたのその信じている慈愛の何とやらは、どうしてお金が必要なの。そんなに立派な、人類愛のために頑張っている宗教が、どうして信者からお金を欲しがるのかしら。ねえ、冷静になればわかることでしょう。お金、お金って要求するところに、まともなところがあるはずないでしょう」

「要求しているわけじゃない。させていただくんだ。あのね、慈愛の礎《いしずえ》っていうのがあるんだよ。これは二年後に建てられるもので……」

圭児は心を込めて、新しく出来る教会のことを話す。それは本当に奇跡なんだよ。素晴らしい森林が手つかずで残っていた。教祖さまはひと目見るなり、ここは自分たちの土地だってわかったんだ。世界的に有名な建築家がここに本部を建てる。そして慈愛の礎をつくるんだ。これはすごいことなんだよ。献金させていただいた人の名前が永久に残るんだ。ずうっと生きている限り、いや、あの世に行っても自分たちは神に守られるのだ——。

ユリ子は圭児の話を聞いていなかった。顔にはもう怯《おび》えも怒りもない。圭児のはなつ言葉は、耳に届いていないどころか、言葉の効力を全く失っていた。ユリ子はもはや、理解しようとする行為を全く放棄していた。相手にそういう態度に出られると、言葉は音でさえなくなる。空中にはなたれたとたん、力つきて消えていく。

ユリ子はやがて悲しげにつぶやいた。

「圭ちゃんの言っていること、まるっきりわからないわ……」

三日後は土曜日であった。

圭児は目白にあるホテルのロビーに立っている。あれから随分責められた。母や父からではなく、教団の人々からである。

「君のやり方はとてもまずかったね」

と、広瀬さんは言ったものだ。

「何も用意の出来ていない人にいきなり神の話をしても反発を招くだけなんだよ。君も駅の勧誘でよくわかっているだろう。世の中の人っていうのは、何も知らないし、何も知ろうとしていない人たちが大部分なんだよ。家族だからわかってくれるだろうなんて思っているのは、大きな間違いなんだ」

まずはうちのパンフレットや本を読んでもらうことから始めなくっちゃと、傍らの青年部の人も言った。

「まずは『慈愛のこころ』から読んでもらうべきじゃないかな」

それは初心者用の、イラストがたくさん描かれているものだ。文章もとてもわかりやすい。

「神さまはこの世に、釈迦、マホメット、キリストという人たちをおつかわしになりました。こういう人たちは、神の子であり、神の声を聞くことの出来る聖人というべき人たちです。

けれども二十世紀、滅亡の危機にひんした世界をご覧になって、神はもっと大きなことをしなければいけないとお考えになりました。それは単に神の子を現世にお遣わしになるのではなく、自分の一部を持つ存在を世におくることでした。それが慈愛の塔をつくった西川速男です。神は世界の中から、日本を選び、そして医師で科学者である西川をお選びになったのです。

西川が釈迦やキリストといった人たちと根本的に違うところは、単なる神の使いではなく、一部に神が宿っていることなのです。

これは一刻も早く人類を救わなくてはいけないという神の意志によるものです」

そしてやがて、本は途中から奇跡のストーリーになっていく。

「それまでの西川は、優秀な医者ではありましたが平凡な人間でした。その彼が御茶の水を歩いている途中、突然七色の雲がビルの谷間から降りてくるのを見ました。そのとたん彼は失神し、橋の上に倒れました。

西川は近くの病院に運ばれ、一週間意識不明となりました。この時担当の医師は不思議なことに気づきました。西川の呼吸と心臓音が、普通の速さとはまるで違っていることでした。この間、西川は神と対話をしていたのです。多くのことを神から学び聞き、多くの使命を与えられたのです」

この時のことは対話集となり、慈愛の塔のバイブルとなっているのであるが、

「これを君のお母さんに読ませるのは、まだ早過ぎるかもしれない」

広瀬さんは指示した。

「やっぱり『慈愛のこころ』から入った方がいいと思うんだ。これは子どもにも読めるようにすごくわかりやすく書いてあるけども、僕たちのことがいちばん理解出来るようになっている」

広瀬さんはこんな話をした。このあいだの体験発表会で、大拍手が起きた、青年部の小

川さんという人がいる。彼はそれまで、両親とろくに話もしなかったって言うんだよ。親っていうのはそういうものだと思ってたそうだ。

彼が慈愛の塔に入った時、お父さんは大反対して、毎晩すごい喧嘩《けんか》になった。だけど彼は決して諦《あきら》めなかったっていう。いちばん身近な人にわかってもらえないで、どうして布教が出来るだろうって頑張ったそうだ。

その結果どうなったかっていうとね、今は家中で慈愛の塔に入っている。小川さんのお兄さんの一家、お嫁さんも中学生の子ども二人も熱心な信者さ。彼のお父さんは個人タクシーの運転手をしているんだけれど、車の中にパンフレットを積んで、わかってもらえそうな人には話しかけてみるんだそうだ。

今じゃ慈愛の塔の活動を中心に、うち中がまとまって笑い声と話題が絶えないそうだよ。教祖さまもこの話を聞いてすごくお喜びになって、大集会の時に特別にお声をおかけになったぐらいだ。

「少しずつ始めてごらん。君のお母さんは社会的に認められている分、とても自我が強い人だと思う。だけどそういう人ほど、理解してくれた後は多くのことをしてくれる。もう一度じっくりとお母さんと話してみることだね」

けれどもそんな機会はほとんどなかった。ユリ子は圭児を避けるようになったのである。

達也に何か言ったらしく、

「今度の週末、じっくり話さないか」

と、圭児は父から言いわたされているのである。

母と二人きりになるチャンスを、圭児はじっとうかがっていたのであるが、アシスタントのひとりから、土曜日に都内のホテルでユリ子がトークショーを行なうことを聞いた。その後はユリ子のレシピによるディナーがあり、ユリ子は部屋をとってあるというのだ。深夜帰ってくるかもしれないし、もしかしたら泊まってくるかもしれない。

おそらく自分と父親とが、ゆっくりと話す時間をつくるためだろうと圭児は思った。ユリ子は父に救いを求めているらしい。昨日も出がけに達也は言った。

「パパは今日も帰りが遅いけれども、とにかく君とじっくり話したいんだよ。パパもうちにいるから週末はどこにも出かけないでくれよ」

おそらく今日の夜か、明日、圭児は達也にさまざまなことを問われることであろう。その前に何とかしなくてはいけない。圭児は手にしたデイパックの中の、二冊の本を確かめてみる。「慈愛のこころ」ともう一冊は「対話集」だ。まだ早いと言われたけれども、自分が感銘を受けた本はこれだったのだ。

ロビーのソファにどのくらいいたのだろうか。ホテルマンたちに見られているような気がして、途中コーヒーハウスに行ってカレーライスとコーヒーを頼んだ。ゆっくりとコーヒーを飲んでいると、ざわめきが起こった。中年の女性たちが移動する、あの独特のざわめきだ。

「コーヒーでいいわ。コーヒーだけでいいの」

四人のグループが隣りのテーブルに座り、口々に注文する、といっても、みんな一様にコーヒーであった。

「ああ、お腹いっぱい」

「おいしかったわねぇ。ひとり一万五千円は高いと思ったけど、デザートも二品もついたしね」

そのうちひとりが、佐伯ユリ子と口に出した。

「でも佐伯ユリ子って綺麗《きれい》よねえ。まるで女優よねえ。品があって話も面白いし」

「いいわよねえ、いいうちの奥さんで才能があるって。私、受付のところで新しい本を買ったわ」

「私はうちにあるものばかりだったわ。今日はミセス・マガジン社の主催だから、あそこの本しか置いてないのよ」

どうやらディナーパーティーが終わったらしい。圭児はフロントに近づく。母のいる部屋を教えてもらうつもりであった。

が、夜の十時過ぎだというのに、フロントには短い行列が出来ていた。白人のグループがたった今着いたらしい。騒がしくチェックインしていく。三人前に背の高い男がいた。体つきや髪型で中年の男だとわかるのに、まるで学生のような紺色のPコートを着ている。

「ミセス・マガジン社の緑川というものだけれども、佐伯先生の部屋何号室かわかるかな」

この男が緑川なのかと、圭児はとっさに列から離れた。そういえばパーティーの時に一度会ったことがある。

「一二四五号室でございます」

フロントの男がたやすく番号を教えたのは、彼がミセス・マガジン社と名乗ったからだろう。

エレベーターに一緒に乗った。近くにいると男の背の高さはさらによくわかった。陽気な猿みたいな顔をしている人だなと圭児は思う。

おそらく母に挨拶《あいさつ》をしにやってきたこの男と一緒に部屋に入っていけば、母はそう不機嫌な顔をしないのではないだろうか。仕事上で大切な人間らしい。彼の前では母は体裁を取り繕い、よく来たわね、と圭児に言うに違いない。

「はじめまして。僕は佐伯圭児です。一度お会いしたんですが、憶《おぼ》えていらっしゃいますか」

しかし名乗ろうとしたのに、きっかけがつかめないまま、エレベーターは上昇していった。十二階で停まる。男は右に行く。反射的に圭児は左を歩いた。

この時圭児は気づいていたのだ。左をしばらく行き、ドアの入り口のくぼんだところに身を隠した。

はるか右のドアが内側から開かれ、男が入っていくのが見えた。深呼吸して圭児は歩き出す。自然としのび足になっている自分に気づいて息を吞《の》んだ。

一二四五と記されたドアの前に立った。

「どうしてこんなに遅くなったのよ」

母のなじる声がした。

「最初の挨拶だって、あなたがするのが本当でしょう」

よかった、考え過ぎだった。母は仕事上のことで男を呼びつけただけだったのだ。

「仕方ないだろ。大阪出張は前から決まってたんだから。このディナーショーの方が後だったんだ」

「まるで私が、わがまま言ってるみたいじゃないの」

「そうさ、ユリ子はわがままさ」

ユリ子、ユリ子とはどういうことだ。どうして他人の男が、母を呼び捨てにするのだろうか。

ところがユリ子は怒るどころか、その後、しのび笑いがしばらく続いた。

ドア越しに聞いた母の声を、一生忘れることはないだろうと圭児は思った。

＊

「そうさ、ユリ子はわがままさ」

と、男が母の名を呼び捨てにした。が、ユリ子は咎《とが》めるどころか、ふふっと軽く笑ったのである。

「わがままな女が、どうしてこんな時間までおとなしく待っているのかしら」

という声も聞いた。

その後二人は、部屋の中を少し移動したらしい。声は急に遠ざかり、ぼそぼそとした低い音になった。ホテルの廊下に漂っている細長く巨大な沈黙にそれは吸い込まれそうになり、圭児はさらに耳をドアに近づける。

母の声、男の声がかわるがわる聞こえてくる。それはほとんど同じ分量だ。どちらかが長く喋《しゃべ》る、ということはない。そして時々低い笑い声。これは主に母がたてている。

やがて明瞭《めいりょう》に、ある言葉が聞きとれた。

「じゃあ、私、これからシャワー浴びるわ」

ああと圭児は絶望のため息をもらした。もう間違いない。母のユリ子は、今からこの部屋で男とセックスをしようとしているのだ。

恐怖にかられて、圭児はドアからぱっと身を離した。それだけは絶対に聞きたくないと思った。

十六歳の圭児は、まだ女性との経験はなかったが、その際どういうことをするかは充分に知っている。自慰をする際の頭の中では、いつもリアリティにとんだやわらかな世界が拡がっていた。その中で女が、どういう声をあげ、どういう風に体をしならせていくのか、圭児は充分に知っていた。だから母親の同じ声を聞くのを、どうして耐えられるだろうか。

圭児はエレベーターに乗った。ロビー階のボタンを押す。寒さが足先から次第に上ってきて、そして頭をじんとさせた。

——ママは浮気をしているんだ——

そんなことはテレビドラマや小説の中でだけの話だと思っていた。ユリ子はとても綺麗で華やかな女であるが、もう四十代で、しかも二人の子どもの母親なのだ。そういう女がセックスをするというだけでも信じがたいことなのに、なんと他の男としていたのである。

——ママは他の男に抱かれてるんだ——

圭児はいつのまにか両の握りこぶしを震わせている。エレベーターがロビー階に着き、母のあの声を聞くかもしれないという恐怖が遠ざかった後、彼に訪れたのは怒りである。母に対してではない。相手の男に向けられた怒りは、圭児が生まれて初めて感じる強烈なものであった。それは憤怒《ふんぬ》という言葉がふさわしく、圭児はしばらく息が出来ない。

——きっとあの男が、ママを誘惑したんだろう——

もしかすると、強姦《ごうかん》という形で始まったものかもしれない。そうだ。そうに違いない。強引に迫られなくては、どうしてやさしく賢いあの母が、不倫などという大胆なことをするだろうか。

──絶対にあの男を許さない──

圭児は人気のないロビーを大股《おおまた》で歩いた。怒りという感情を持つと、自分がとても大きな、何でも出来そうな人間になったような気がした。

週末にゆっくりと話をしようと約束したのであるが、圭児はとうとう姿を現さなかった。美果の話だと、友人のところへ泊めてもらうという電話があったという。日曜日には必ず帰るから、心配しないようにと言っていたという。

「私は仕事の後、わざわざホテルに泊まって、あなたと圭ちゃんがゆっくり話せるようにしたのに……」

ユリ子はまるで夫を非難するような口調だ。あなたがしっかりしていないから、息子にうまく逃げられたといわんばかりだ。

「きっと、あの宗教のお友だちのところへ泊まってるんだわ。もう、圭ちゃんって居直っているのかもしれない。それにしても、どうしてあなたとの約束、すっぽかしたりしたのかしら。圭ちゃんは、昔からあなたの言うことはちゃんときく子だったのに」

「そんな親の約束よりも、もっと大切なものがあるって教えるさ。それが宗教っていうもんだろ」

　そもそも、母親の君が何も気づかないっていうのはどういうことなんだと、達也は強い口調となった。

「仕事が忙しいのはわかってる。だけど息子が新興宗教に入っていたのをまるっきり気づかないっていうのは、母親としてあまりにもうかつじゃないのか」

「クラブ活動って言われればどうしようもないでしょう」

　ユリ子が反撃に出た。

「やっと念願の高校に入って、楽しくてやり甲斐《がい》のあるクラブ活動を見つけたって言われたら、そう、よかったわねっていうことになるわよね。別に家でおかしな本を読んでいたわけでもないわ。へんな電話もかかってきたことはない。うかつだって言われれば、確かにそのとおりかもしれないけれども、本当にこれといって、何も変わったことは起こらなかったのよ」

　金を出せって言われるまではねと、ユリ子はその言葉を呑《の》み込んだ。夫にそこまで重大なことになっているのかと、叱られたくなかったからである。

「あなたもよく知っているとおり、あの子は本当にやさしくてナイーブな子よ。よくいじめに遭わなかったと思うくらい。きっとそういう性格につけ込まれたんだと思うけど、まだ初歩の段階だと思うの。今のうちに説得すれば、きっとわかってくれるはずよ。あのコ、学校の帰りにちょっと寄る程度で、そうのめり込んでいるほどでもないと思うの。ほら、宗教をクラブ活動のひとつみたいにやる子って、この頃増えているんですってね。あの子もきっとそんなひとりじゃないかと思うの」

楽観的な言葉を次々と吐き出しているのは、夫に対して誤魔化《ごまか》そうとしているわけではない。思い出したくないものを、少しでも薄めようと必死なのだ。ご先祖さまのために金を出せと言った息子の表情を、ユリ子は一生忘れることはないだろうと思った。

「とにかく今週は、私も出来るだけ家にいて圭ちゃんと話をするつもりよ。だからあなたも家にいて頂戴《ちょうだい》。本当に今がすごく重要な時なのよ。あの子がそのおかしな宗教から離れるかどうかっていう瀬戸際なのよ」

そんなことが可能だろうかと達也は思った。このところ自分のところへまわってくる審査の物件に秘密裡《ひみつり》のものが増え、しかもスピードを要求されるようになった。かなりの経営難が続いている九州の老舗《しにせ》デパートの短期融資について否かどうかとせっつかれたばかりである。こんな状況で早めに帰宅出来るわけがない。しかしユリ子は、もう一度夫を凝視した。

「とにかくあの子を救えるのは、父親のあなたしかいないんだから……。わかっているでしょうね」

救う、救うとはいったいどういうことなのだろうか。ひょっとして息子は、もう救われているのではないかと、ふと達也は思った。圭児の入会した宗教がどういうところか知らないけれど、人殺しを命じるところではあるまい。うまいことを言って、せいぜい学生の小遣いを取り上げるか、タダでこき使うぐらいがオチだろう。その程度のことで、圭児に安らかで楽しい精神生活が与えられるとしたら、それはそれでよいことではないだろうか。

少なくとも、自分のように会社で毎日、不気味な恐怖に追われ、こうして妻に責められなじられる生活を続けているよりも、圭児は幸福な場所にいるに違いなかった。宗教というものは、ふつうの場所よりもほんの少し向こう側に跳ぶことではないだろうか。何人かは、ずっと遠く、もう二度と帰ってこられない場所へ行くけれども、圭児はまさかそこまではしないだろう。青春のいっとき、息子が何か大きなものに惹《ひ》かれたとしても、それはそれで仕方ないと思いあたり達也ははっとする。子どもの新興宗教入会に関して、これほど寛大な父親がいるだろうか。いつのまにか「仕方ない」という思いが芽生えているのである。自分は本当に疲れているのだと達也は思った。

圭児はさきほどから「慈愛の教え」という本を読んでいる。これは慈愛の塔の教祖の発言をまとめたものである。その中で彼は「低級霊」について、こんな風に喋っていた。

「最近の不倫ブームというのは、異常なものがあります。映画でも小説でも、テレビドラマでも、これでもか、これでもかと人々の心をかきたてるような表現が目立ちます。

そもそもこの世で尊く大切なことのひとつに、伴侶《はんりょ》と家庭を守り愛し抜くということがあります。他の人に心を動かすということは、多くの人を不幸にするということです。妻ある男の人を好きになれば、その人の奥さんと子どもを苦しめることになります。結婚している身で他の人を好きになれば、自分の夫と子どもをつらいめにあわせることになります。

わからなければいいのではないか、という言いわけは通用しません。魂は人を裏切ることを重ねているうちに、次第に低い場所へ追い込まれていきます。たとえ誰ひとり気づかないでいようとも、やがて神の裁きの場へ行くことになるのです。

では世の中に、どうしてこれほど下品で破廉恥《はれんち》なことがはびこっているのでしょう。それはいま、マスコミを支配している低級霊のしわざなのです。あのひどいものが、どうしてマスコミを狙って、はびこっていったのかわかりません。そもそもマスコミの人たちの魂の位置が、ぐっと低かったということもありましょう。いずれにしても、マスコミは低級霊の跋扈《ばっこ》するところとなったのです。これがいかに愚劣で出鱈目《でたらめ》なものかは、最近の私たちへの悪どい記事でもよくわかります……」

このあと延々とマスコミ批判が続くのであるが、そこで圭児はページを閉じた。この本を読めば、出口にたどりつくきっかけをつかめるかと思ったのであるが、そんなことはなかった。二日たつうちに、あの夜の情況は固まり、硬くなり、大きくなり、圭児を圧迫していく。

「これからシャワー浴びるわ」

という母の声が突然聞こえて、圭児は耳を塞《ふさ》ぎたい衝動にかられる。圭児は集会場で、中西を見つけて寄っていった。注意深くこう尋ねる。

「もし知っている人が、魂がすごく汚れて、いっきに落ちていくような事態に陥ったら、いったいどうしたらいいんでしょうか」

「それは取り返しのつかないぐらい、悪いことなんだろうか」

「そうだと思います」

圭児ははっきりと答えた。悲しいことだけれども、母は罪を犯したのだ。それよりももっと悪いのは相手のあの男だ。あの男が、ふつうのちゃんとした家の主婦である母を誘惑したのだから。

「もしそういう人がいたら、お勤めをさせていただくより他はないでしょう」

〝お勤め〟というのは、慈愛の塔では、布教活動や清掃活動のことを言う。これをすればするほど魂は浄化されるというので、会員たちは手を合わせ、感謝しながら行なうことになっている。

「毎日少しずつお勤めをさせていただき、自分の罪を悔いて反省する。そうすれば魂ももっと浄化されていくはずである。だけどねえ、そんなことをするよりも……」

中西さんはこれ以上明快なものはない、という風にひとり頷《うなず》いた。

「そんなことよりも、『慈愛の礎《いしずえ》』に献金させていただく。これで魂は三階級特進、っていう感じになるんだ。そのくらい『慈愛の礎』はすごいことなんだよ」

新しく創られる教会について語る時、中西はすごい早口になる。歓喜の心に言葉がついていかないという感じだ。

「僕は三口しか出来なかったけれども、もっとお金があったら、十口でも二十口でも入りたいくらいなんだ。いいかい、何度でも言うけれども、救われるのはこの世に生きている僕たちだけじゃない。ご先祖さまたちが、大喜びしてくださるんだ。なにしろあの世での位置がまるっきり上がってしまうんだからね」

先祖のことはどうでもいい、肝心なのは、母のユリ子が救われるかどうかということにかかっているのだ。それにしても一流企業を辞め、この教会の専任講師として働いている中西さんに、余裕などあるはずはなかった。その彼でさえ一口百万で三口三百万という金を用意したのかと、圭児は武者震いしたいような気分になってくる。

「じゃ、あの人たちを救えるのは、献金させていただくことなんですね」

うっかりと、〝あの人たち〟などと発言してしまったほどだ。

「そうだよ。成功したら誰かを連れておいでよ。僕がいろいろ話をしたい」

中西さんはすべてを知っているかのように、にっこりと笑った。

出版社というところへ初めて電話をかけた。そもそも圭児にとって、大人のちゃんとした会社に電話をかけるなどというのは、父親の銀行を除いて初めての経験である。

「はい、ミセス・マガジン社でございます」

つくり笑いが目の前に浮かぶような、交換手の声がした。

「あの、『ジンジャー』の緑川さんをお願いします」

「はい、失礼ですけどどちらさまでしょうか」

「佐伯っていいます」

一瞬ためらったけれども、本名を口にした。もう今さら誤魔化しても仕方ないだろう。

「今、編集部におつなぎいたしますので少々お待ちください」

しばらく待っていると、おそろしく不機嫌な男の声となった。

「もし、もし……」

「あの、僕、佐伯っていいますけど、緑川さんお願いします」

「緑川ならまだ来ていませんよ」

圭児は腕時計に目をやった。信じられない。もう午前十一時を過ぎようとしていた。

「それじゃ、何時頃いらっしゃるんでしょうか」

「わかんないなあ……」

相手が子どもの声とわかってか、男は取り繕おうともしない。

「今日は校了明けだから、来るの遅いんじゃないだろうかなあ」

「あのう、いらっしゃるのは間違いないんですよね」

「大丈夫。二時頃電話をくれたら、たぶん来てると思うけど……」

携帯のボタンを押し、圭児は深いため息を漏らした。今日すべてのことに片をつけようと思い、授業を休んで神田まで出てきたのだ。仕方なく圭児はカレーライスを食べ、その後ゆっくりと本屋をまわった。新刊書の棚に、

「インチキ宗教〝慈愛の塔〟を斬る」

「〝慈愛の塔〟の金もうけテクニック」

などという本を見つけ、すっかり嫌な気分になった。時計を見る。二時となった。再びあの甘ったるい交換手を通して、ジンジャー編集部に電話をかけた。今度は別の男の声で、すんなりと緑川編集長を出してくれた。

「もし、もし、緑川ですけど」

先ほどの電話の男よりも、はるかにまともなやわらかい声がした。

「あの、僕、佐伯って言いますけど」

「もしかすると、佐伯先生のお坊っちゃんかな」

はい、そうですと圭児は答えた。

「やっぱりそうか。佐伯さんから電話、とメモってあったから、もしかしたらって思ってね。いやあ、いつも先生にはお世話になっています」

緑川という男は、とたんに饒舌《じょうぜつ》になったが、あまりにもわざとらしいと圭児は思った。

「それで、僕にどういう用件でしょうか」

落ち着け、落ち着けと圭児は呼吸を整える。こちらはずっと優位に立っているはずだ。相手の男は薄々気づいていて、かなり怯《おび》えているではないか。子どもだからといって、なめられてはいけない。

「あの、ちょっとお話ししたいんですけれども。お時間はそんなにとらせません」

「佐伯先生のお坊っちゃんだったら、断わるわけにはいかないよね」

これまた芝居がかった笑い声だった。

「うちの会社わかりますか。交差点のところの大きなビルだけど」

「わかります」

「ビルの地下一階に『エスパー』っていう喫茶店があるから、そこで待っていてくれないかな。三十分後にどうだろう」

わかりましたと圭児は電話を切った。最後に男が口にした高圧的な言い方が気になったけれども、首尾はうまくいった。圭児は肩からかけたデイパックの重みを確かめて、なかから携帯を取り出した。

書店の雑誌売場でしばらく時間を潰《つぶ》し、指定されたとおりビルの地下へ降りていった。チェーン店でなく、細々と生き残っている喫茶店がみんなそうであるように、「エスパー」も古くさいさえない店であった。流行遅れのステンドグラスに、山小屋風の椅子とテーブルが、レトロともいえない野暮ったさだ。かなり広い店なのに、客は二テーブルに五人しかいない。ずっと奥まったところに、あのホテルで見た男が座っていた。今日はスーツではなく、黒いざっくりとしたジャケットを着ている。それはいかにも、ふしだらな遊び慣れた感じがした。男は「やあ」と手を振って手招きした。圭児は斜め前に座る。

「えーと、会ったことがあるよね」

「そうでしょうか」

「僕は憶《おぼ》えてるよ。ほら、このあいだの先生のパーティーで、僕はあれが先生のご長男だって教えられて君を見た。君の方は、僕のことをおじさんのひとりと思って、何の印象にも残らなかったかもしれないけど……」

圭児は驚く。二週間前エレベーターの中で会ったことなど、彼の意識の中になかったらしい。

やがて圭児のコーヒーが運ばれてきた。顔見知りらしいウエイターが緑川に、アメリカン・フットボールの試合について話しかける。彼は楽し気に何人かの選手について答えた。やがてウエイターの背が充分遠ざかるのを確かめてから言った。

「それで、僕に何の用事なのかな」

「お金が欲しいんです」

瞬時に答える。愚図愚図していたら、すべての勇気を失ってしまいそうだ。

「お金が欲しいっていっても、僕のためじゃありません。献金をしてもらいたいんです」

「ほう……」

彼は大げさに目を開いた。

「おかしなことを言うなあ。ねえ、今日、佐伯君と僕とは初めて会ったんだよ。それなのにどうして、僕は君からそんなことを言われなきゃいけないんだろう。どうして君に金を出さなくっちゃいけないの」

「それは……」

圭児は大きく息を吸い込み、ひと息に吐いた。相手に毒の吹き矢を射《い》ったような気がした。

「それは、あなたとうちのお母さんが、罪を犯したからです」

ほほうっと、緑川は目をしばたたかせる。男にしては大きな二重の目は、こういう演技をするとたまらなく狡猾《こうかつ》に見えた。

「おかしなことを言うなあ。そりゃ僕は仕事で、君のお母さんとよく会いますよ。仲がいいって言ってもいい。君のお母さんは綺麗《きれい》だし、話をしていてとても魅力的な人だ。だけど僕たちは、あくまでも仕事上のつき合いですよ。佐伯君がどんなきっかけで誤解したのかわからないけど、そういうのって、お母さんを侮辱することじゃないのかなあ……」

「でも、僕は見たんですよ」

男を睨《にら》みつける力と余裕がやっと出てきた。

「憶えてませんか。このあいだお母さんのトークショーがあった時、あなたはカメリアホテルへ行きましたね。僕はエレベーターで一緒になって、あなたの後を尾《つ》けました」

相手の目が細くなり、圭児の顔からその後ろにあるもっと別のものを見つめようとした。

「あの時、エレベーターに人なんか、乗っていなかったはずだ」

「そんなことありません。僕はロビーから一緒に乗り込みました」

「ちょっと待ってくれよ」

緑川はすべてを打開しようとでもするように、突然ハハハと笑い出した。体をのけぞるようにした。必死で〝豪快さ〟をつくり出そうとしているのがわかる。

「わかった、君が誤解したわけがわかったよ。あの時、確かに僕は君のお母さんの部屋を訪ねた。だけど主催者として挨拶《あいさつ》に行っただけだよ。ちょっとふつうの人にはわかりづらいかもしれないけど、マスコミの人間はそういうところがある。僕はずっと前、文芸担当だったけど、夜遅く女流作家がカンヅメになっているホテルへ行ったもんさ。明け方まで、いろいろ相談にのってやったり話をした。君のお母さんともそういうつき合いなんだよ。それを君に見られてしまったわけだね。やあ、まいった、まいったよ」

「でも僕は証拠があるんです。あの時、ドア越しに聞こえた音をテープに録《と》りました」

どうしてとっさにこんな嘘をついたのかわからない。圭児を子どもと侮って、うまく逃げようとする男の態度が、もはや我慢の限界に来ていたからだ。しかしこの言葉の効果は、圭児の想像をはるかに超えていた。

「お前、ふざけんじゃないよ」

緑川の顔が突然変化した。それまで愛敬《あいきよう》のあった猿顔がとたんに獣じみたものになり、目の形が確かに変わった。

「そんなテープなんかあるわけねえだろ。これは強請《ゆすり》っていうもんだぜ。佐伯さんの息子だっていうから、忙しいのにこうして会ってやってるんじゃねえか。それをいいことに、大の大人を脅かそうなんて、お前、おとなしそうな顔をして、いったい何を考えているんだよ」

怯《ひる》みそうになった時、圭児は声を聞いた。

「マスコミは低級霊によって操られている」

「魂を救うためには、献金をさせていただくしかないのだ」

それは一度大集会で聞いた、教祖さまの声であった。肉声を聞いたのは一度きりで、しかも別のことをお話しになったのであるが、圭児は確かに教祖さまがそうおっしゃったのを聞いたと思った。

「僕の母を救うために、あなたはそのテープを百万円で買ってくれなきゃ困ります」

「百万円たぁ、ふっかけてきたもんじゃねえか、坊主。そんなもの、ありゃしないんだろ」

「いいえ、あります」

「それはどこにあるんだ。今、ここに持ってきてるのか」

「家にあります」

二人はまるで男色家たちのように、間近で見つめ合った。どちらか緊張の糸をゆるめた方が負けるとわかっていた。自分には神がついている。絶対に負けるものかと圭児は瞼《まぶた》に力を込める。

事実、先にゆるめたのは緑川の方であった。

「じゃ、それを見せてみろ。金はそれからだ。今からお前のうちに行ってもいい。どうせお前、今日は学校をさぼってるんだろ」

「冗談でしょう。うちには母も姉もいますよ」

「そんなことはないさ。今日、佐伯先生はうちのキッチンスタジオで、アシスタントや君のお姉さんと一緒に撮影中だ。さっき電話をもらったばかりだ」

なんて卑劣な奴なんだろうかと圭児は思った。もはやこの期に及んで居直っているのである。

「じゃ、これから行きましょう」

圭児が立ち上がったのは、早く二人きりになれる場所に行き、男を深く強くなじりたいという衝動であった。もしかすると殴られるかもしれないが、それがどうだというんだろう。自分だって倒れる前に、この男の腹部に一発くらわすことぐらい出来るだろう。何かスポーツをやっているらしく、年のわりには引き締まった腹。これに拳《こぶし》をぶつけるつもりだ。

「小僧、お前は先に家に帰れ。オレはちょっとやり残したことがあるから、それを済ませてすぐに行く。二人で今、ここを出ると目立つからな」

圭児は頷《うなず》いた。先ほどからの男の言葉で、唯一納得出来たものであった。先に店を出ようとすると、レジのところでさっきのウエイターが、のんびりとスポーツ紙を読んでいるところであった。

五時過ぎにチャイムが鳴った。ドアを開けると緑川が立っていた。さっき会った時よりも何かが濃くなったような感じだ。居間ではなくダイニングテーブルの前に座らせた。

「お茶を飲みますか」

「いるわけねえだろ」

　彼は怒鳴った。

「それよりも早くテープを渡せ。金はそのテープを確かめてからだ」

「ちょっと待ってください」

　圭児はゆっくりとマイクロカセットを取り出した。緑川はためらいながら、「プレイ」のスイッチを押す。聞こえてきたのは、流行のロック歌手の声であった。

「ふざけやがって、このヤロー」

　緑川はいきなり立ち上がった。そうすると彼が相当の大男であることがよくわかった。厚い胸板が激しい怒りのために波うっている。

「お前、警察につき出してやる。汚い手を使って、よくもオレをハメようとしたな」

「でも、あんたとお母さんの声を確かに聞いたんだ」

　男の手から逃れようと、圭児は身をよじった。

「あの最中のいやらしい声を聞いたんだ。テープに録らなくたって、僕はちゃんと聞いた。それが証拠だ。だから金を出せ。そうしなきゃ、お前の腐った魂は救えないんだ」

「テメエ、ふざけんな。痛いめにあわせてやるぞ」

　男は本気だった。圭児の左手がぐいとつかまれ、体が男の方に向き直された。そして顎《あご》に花火が走り、圭児の体は床に飛んだ。何が起こったかはしばらくわからなかった。圭児は半身を起こす。生まれて初めて人に殴られた。それも母と寝た卑しい男にだ。

「お前は最低だ。地獄に堕《お》ちていくんだ……」

「うるさい。お前、なんかおかしな宗教に入ってんだってな。お前のおっかさんが嘆いてたぞ」

おっかさん、という言葉で、圭児の中でまた花火が上がった。何というういやらしい言葉だ。男と母との肉の交わりを、汗や体臭をこれほど思い出させるものはなかった。

「僕はあんたたちのことをパパに言う。そして世の中みんなに裁いてもらうんだ」

「この野郎、また殴られたいのか」

男が再び襲いかかろうとしたので、圭児はキッチンに逃れた。解剖台のようなステンレスの流しまで必死で走った。

「テメエみたいな甘ちゃんのお坊っちゃんは、一回こてんぱんにしなきゃな」

圭児は無意識にステンレスの扉を開けた。いかにもプロらしく、ピカピカに磨かれた包丁を取り出す。

「来るな。お前みたいなサイテー野郎に触れられたくなんかない」

「おい、おい、冗談じゃないよ。大人のオレがこんだけなめられたんだ。あんたのおっかさんからも、ぴしっとやってくれって頼まれたんだ」

「嘘だろ、そんなこと」

「本当さ。さっき携帯にかけたらおろおろしてた。オレにすべてを任せるってさ。もうバカな考えにとりつかれないように、オレにあんたを治して欲しいってさ」

「ウソだー」

圭児は絶叫した。そして包丁を持って男に突進して行った。男はなぜか全くよけず、圭児も包丁も受け入れた。まさか本当にかかってくるとは思ってみなかったのだろう。

男の腹は見た目よりもずっとやわらかく、包丁はずぶずぶと奥へ進んだ。そして硬いものにひっかかり止まった。男はあっと叫んだ。圭児もあっと声をあげた。男を刺したことを信じられないのは圭児の方であった。

＊

その日の午後二時過ぎ、達也の机に置かれた電話が鳴った。上の階にいる海外部の同期の倉本からであった。

「すぐにNHKをつけろ。すぐにだ」

達也ばかりではない。同時に他のデスクの電話も鳴り始めた。達也はすぐにパソコンを操作する。めったに見ることはないが、これはNHKに繋《つな》げることが出来るのだ。

藤田頭取がマイクが何本か並んだ机の前にいる。記者会見だとわかったのであるが、不思議なのは頭取の傍《そば》にいるのが副頭取でも広報部長でもなく、見たこともない白人の男だということだ。アメリカ人でないとすぐにわかる。こうした小太りの男は、アメリカのトップ銀行界にはまずいない。その時テロップが流れた。

「東西銀行、スイス・バード銀行に吸収合併」

まさか、と達也は声をあげた。東西銀行が抱えている不良債権の本当の大きさを、行員のほとんどが知らない。マスコミが言うところは、二兆円ということになっているが、その三分の二くらいではないかというのが本部の意見だ。

倒産の噂と共に、あの銀行と合併する、いや、あの銀行に吸収されるだろうという憶測も、何度流れたことだろう。先日は週刊誌に、いや、東西銀行は合併も吸収もないだろう、公的資金投入はなく、政府は〝安楽死〟をさせる方向なのだ、という記事が出たばかりである。が、海外の銀行との合併は、ごく信頼度の低い情報とされた。最近の海外の情勢からして、日本にそれほど触手を伸ばしてくるとは考えられない。それなのに、スイスの銀行と密《ひそ》かに話は進んでいたのである。しかも対等合併ではない。「吸収」であると、NHKのアナウンサーもはっきり告げている。

「部長……」

やはり同じ画面を見ていたらしい谷岡が、パソコンから顔を起こした。顔が青ざめているのがわかる。こいつの年は幾つだったろうかと、達也は突然男の年を数え始めた。

平成元年入社だから、三十五か六といったところか。六年前に結婚して、今年四歳になる娘がいるはずだ。ローンを組んで神奈川のはずれに中古マンションを買ったばかりである。彼の年ならば、再就職も何とか出来るだろうけれども、今の収入が保証されるとは限らない。ローンも大変だろうし、子どもも金がかかる時だろう。確か妻は働いていないと聞いている。

この銀行の危機は、長いことささやき続けられていたが、谷岡のようなバブル時に入社した世代は、達也から見て今ひとつ呑気《のんき》に構えているところがあった。

「腐っても東西銀行ですからね。うちみたいなところがやすやすと潰《つぶ》れるわけはないでしょう。そんなこと政府が許しませんよ」

などと無邪気に口にする男である。その谷岡が驚きのあまり声も出ない。

「部長、これってどういうことになるんでしょうか……」

「当然、経営陣は交替して、あちらの人間がやってくるだろう。我々日本人行員は、リストラに次ぐリストラっていうことじゃないのか」

「冗談じゃないですよ。こんな重大なこと、どうして我々に真っ先に言ってくれないんですかね。記者会見なんかする前に、行員に言うべきじゃないですか」

「まあ、合併っていうのは、どこも『寝耳に水』っていう感じでやるみたいだ。社員はニュースを見て、びっくりっていう感じになるみたいだな」

そうしているうちに総務部から電話がかかってきた。ニュースを見て客たちが近くの東西銀行にいっせいに電話をかけてきているらしい。預金はどうなるのか、今までのカードは使えるのかという問いらしい。どこの支店の電話回線もパンク寸前だ。そうしているうち、本社の電話がなるようになってきた。支店がつながらないのか、それとも本社の方が信用できるのかわからぬが、とにかく尋常ではない。これから回線を多くするので、達也の部でも電話を受けて対応してくれというのである。

「ちょっと待ってください」

達也は言った。

「僕たちだって今のニュースで初めてこのことを知ったんですよ。そして会社から何ひとつ聞いていない。こんな私たちが、どうしてお客さまの対応を出来るんですか」

「それはうまく言ってくださいよ」

この声は総務の誰だろう。達也にこういう口のきき方をするくらいだから、おそらく部長か次長であろうと見当をつけた。

「預金には何の心配もない。銀行の名前は変わるかもしれないけれども、カードは今までどおり使えますから、って言ってくれればいいんですよ」

「本当にそうなんですか」

達也は怒鳴った。

「本当にそうなるんですか。お客さまにそう言っていいんですか。後から会社が違うって言ったら、いったい誰が責任を取るんですか」

「そんなにカリカリしなくってもいいじゃないですか。いずれにしても、お客さまの預金に何ら問題はありません」

「どうしてそんなことがわかる」

「だってあたり前じゃないですか。うちは倒産するわけじゃない。世界四位の銀行と合併するだけなんですよ」

「合併じゃなくて、吸収だろう」

達也は思わず怒鳴った。

「いったい何が起こっているのか、どんなことが起こるのか、我々は全く聞かされていないんだ。こんな馬鹿な話はないよ。それなのに、どうしてお客さまに説明しろっていうんだ」

「だけど、電話はもうじゃんじゃんかかってきているんです。こういう会社が異常な事態に陥っているときは、行員が一丸となって乗り切るしかないでしょう。とにかくお願いしますよ」

そうだ、この声は総務の江口だとやっと思い出した。ついこのあいだニューヨーク支店から帰ってきたばかりの男である。東大卒のエリートで、当然幹部候補生として採用されたのであるが、彼はもうとうに会社に見切りをつけている。大手の総研に就職が決まっているのであるが、

「銀行が劇的な結果になるのを見届けてからの方が、後でマスコミに出やすい」

と本人は漏らしたという。まあ、酒の席での噂話であるが、最近こういう話ばかり聞かされている。

こんなとめどないことをちらっと考えている間にも、卓上の電話が鳴った。

「外線をお繋ぎします。お客さまからです」

交換の女性の声もこわばっていた。

「もし、もし、東西銀行さん」

「はい、そうでございます」

「今、ニュースを見てたんだけど、おたく大変なことになっているじゃないの。これって、倒産みたいなもんなんじゃないかしらね」

中年の女の声であるが、そう下品ではない。電話の向こうで犬がしきりに鳴いている。

「いえ、何か誤解をされていらっしゃるようですけれども、今後の発展を考えて、海外の銀行と手を結ぶというわけでして、お客さまのご預金、通常のご用事などに、何の問題もございません」

「本当にそうかしらね。私ね、親の代からずっと東西銀行さんだったんですよ」

「ありがとうございます」

「このあいだ、ある人に忠告されたの。ほら、もうじきクーリングオフってのが始まるんでしょう」

「ペイオフではございませんか」

「そう、そう、一千万円以上の預金は保証されなくなるっていうでしょう。その方はね、東西銀行なんか絶対にやめなさい。すぐに東京三菱に預金を移せって忠告してくれたんですよ。でもね、長年のおつき合いだと思って、そのままにしておいたんだけれども、突然スイスの銀行になるっていうじゃないですか。これってあまりにもひどい仕打ちじゃないの」

「本当にご迷惑、ご心配をおかけいたしました。けれども本当に、ご心配なく。すべてが今までどおりご利用いただけますから」

次にかかってきた男は、はるかにタチが悪かった。

「お前のところは、詐欺をやってんのかよ」

「詐欺とおっしゃいますと」

「預金を解約しようと思って、支店に電話してもまるっきり通じないじゃないか」

「それは申しわけございません。お客さまから問い合わせのお電話が多うございまして、少々混み合っていると思いますが、明日はすぐに正常に戻ると思いますが……」

「冗談じゃないぜ、明日になったら、預金がパーになるんじゃないのか」

「そのようなことは全くございません。お客さまには、今までどおりご利用いただけると思いますので」

「ふん、お前らのいうことなんか信用できないよ。ほら、長銀が潰れる前も、大丈夫、大丈夫って言ってたもんな。東西銀行も同じようなことするんだろ。預金の解約はすぐしたいから、本社でやってくれよ。いいだろ。もし駄目だって言うなら、すぐにマスコミに電話して、お前らのしていることを話してやるからな」

そして五時を過ぎた時、めったに流れることのない行内アナウンスがあった。八階のホールで、これから頭取が話をするというのである。時間が近づくと、エレベーターは満員のために通過ばかりで全く使われなく、その代わり、階段は身動き出来ないほどになった。何十人という男たちの足音がする。革靴独特のコッコッとした音は、いいスーツや靴をまとう銀行員たちの、誇りと焦りとを表しているかのようだ。ナチスの軍靴にも似て、それは人を恐怖へ誘《いざな》う音楽のようにも聞こえる。達也は、これほどいちどきに階段を降りる音を聞いたことはなかった。

やがてホールは、ぎっしりと人で埋まった。仕事始めの日も、創立記念日の式典も、これほど人が集まったことはない。本社だけでも二千人はいる。外出している者を除くと、千六、七百人の行員が集まってきていた。男たちのスーツに交じって、制服を脱いだ女子行員たちのピンクやブルーの服が、ひどく場違いな感じがした。そして行員たちは、椅子も与えられずにそこで十五分近く待たされた。やがて、藤田頭取が登場した。六十三歳になる彼は、なかなかの美男子で、身だしなみに凝っているためにずっと若く見える。長いことナンバー3の座に甘んじていたのであるが、経営不振の責任をとって、頭取になった上の二人は次々とやめている。今頃、東西銀行のトップになっても何もいいことはないと、さんざん言われての就任であった。

「貧乏クジをひかされたのだ」

というのが、行内の一致した意見である。今回彼は、見事にそのクジを投げ出したことになる。今までのトップが、ぎりぎりと奥歯を鳴らしながらも持ちこたえようとしたものを、彼はあっさりと投げ出したのだ。あっさりと。達也にはそう思える。このところ、個人向け住宅ローンが好調である。相変わらずの不景気であるが、東西銀行がメインバンクになっている幾つかの企業が、少しずつ息を吹き返しつつある。もう半年持ちこたえてくれたら、事態はかなり違ったものになっていたはずだと思うのは、ここにいる人間すべてが考えることだ。いずれにしても、藤田は一億五千万円だか一億二千万円だかの退職金を貰《もら》い、その後どこかの相談役ぐらいをし、悠々と暮らしていくことは間違いなかった。

藤田は軽い足取りでステージに向かって歩いていった。途中で何か気づいてか、足取りを急に重くしたが、それはいかにも芝居がかっていた。彼が週に二回ゴルフ場に行くようなスタミナの持ち主だということは、行員の誰もが知っているからである。藤田は壇上にのぼり、コホンと咳《せき》をする。これもわざとらしかったが、声がかすれているところを見ると、軽い風邪ぐらいひいているのかもしれなかった。

「皆さん、既にニュースで知っていると思いますが、わが東西銀行は今日をもってスイス・バード銀行と吸収合併されることになりました」

それは誰が聞いても、文法的におかしな言い方であった。助詞が間違っている。この場合は、

「スイス・バード銀行に」

というのが正しいであろう。けれどもそれを咎《とが》める者は誰もいなかった。罵声《ばせい》をとばす者が出始めたのは、藤田がバード銀行との契約の中で、さしさわりがないものを少しずつ喋《しゃべ》り始めた時である。

「もしかすると、皆さんの中には、新しく来る方々に正当に評価されない人が出てくるかもしれません。まことに遺憾なことですが、皆さんすべての方に、今までどおりの業務をしていただけるかどうかわからないのであります」

「はっきり言えば、リストラをしまくるっていうことだろ」

「あんたは行員を売り渡したってわけか」

元気のいい若い声が右手の方から次々とあがった。

藤田はまたコホンコホンと咳をする。これを始めると、とたんに老人くさくなるのがよくわかっているようである。

「私は最後の責任者として、スイス・バード銀行に対し、皆さんのこれからの処遇を、最大の誠意をもって行なってくださるように、会長以下幹部の皆さんにお願いするつもりであります。それが、私に課せられた非常に重要な任務だと思っております」

「口では何とでも言えるぞ」

さっきと同じ声がした。

「火事場泥棒するような奴に、何が出来るんだよ」

そうだ、そうだと達也は大声を出し、気づいた時には遅かった。まわりの顔見知りの連中が驚いたように見ている。中には振り向く者さえいた。

「いったいあんたに、何がわかるっていうんだよ。何もしなかったあんたに」

その声が自分から発せられているのだと、達也はまだ信じられない。


ドアの鍵穴《かぎあな》にキイを入れた時から、奇妙な感じがした。何といったらいいのだろうか、ドアの向こう側に拡がっている空気が、いつもと違っているのである。それは静けさのせいかもしれない。この家には絶えず音があった。それはテレビの音だったり、娘や息子の部屋から流れてくるCDの音だったりする。が、その夜、何の音もしなかった。それどころか人の気配さえしない。

「おい、留守なのか……」

確か今日は、妻は早く帰ると言っていたはずだ。撮影でアイリッシュシチューをつくるから、それを持って帰ると話していたような気がする。けれどもこの家のどこからも、シチューを温めている気配はなかった。もしかすると仕事が長びいているのかもしれない。この頃ユリ子はとても忙しいようだ。売れっ子の料理研究家として、急にインタビューやグラビア撮影が入ることが多い。そんな時は、ユリ子は娘の美果を一足先に帰し、夕食の準備をさせることがあった。いや、あれは美果が自発的にしていることに違いない。本当に気のつくやさしい娘だ。その美果も、今日は帰ってこられないようなことが起こったようだ。

けれども居間や玄関の電気はいったい誰がつけたのだろうか。名門高校に入学したものの、圭児は新興宗教に心を奪われているらしい。それもどうやらあまりよくないもののようだ。

「父親として何とかして欲しい」

とユリ子から泣きつかれているのを達也は思い出した。けれども自分の夕飯も、息子の新興宗教も、どうでもいいような気がしてきた。この世に重要なことなど、実は何ひとつ無いのではないだろうか。

その時、達也はキッチンに通じる小部屋のテーブルに、妻と娘、息子の三人が座っているのを見た。家族が三人もいるのに、人の気配がしなかったのはどういうことなのだろうか。よく見ると三人は全く会話を交わしていない。三人が三人とも、違う方向を見ているのだ。達也はファッションビルのウィンドウでよく見るマネキン人形を思い出した。あの人形もお茶を飲んだり、化粧をしたりと、てんでんばらばらの行動をしているのである。

「おい、どうした」

　達也は声をかけた。ユリ子がこちらを見る。その目にははっきりと恐怖の色があり、達也は自分が異形の者になってしまったのではないかと思ったほどだ。が、それは後で考えると、夫の帰宅によってことが現実になることがユリ子は恐ろしかったのである。

「あなた……」

　ユリ子はゆっくりと夫に告げた。

「大変なんです。圭児が人を殺しちゃったんですよ」

　えっと達也は聞き返した。音は聞こえてくるのであるが、それが胸に届く意味あるものにはならなかった。

「圭児が、人を殺したんですよ」

　じれたようにもう一度言った。

「死体がそこにありますよ。ほら」

　指さすところに目をやると、ステンレスの流しの陰に、横たわっている男の足があった。グレイのズボンの先に、黒い靴下の足が見える。なかなか悪くない取り合わせだ。上質なものであることはひと目でわかる。

しかし、これは冗談だろ、冗談に決まっているよな、と達也はつぶやく。今日はエイプリル・フールだったろうか。まさか、まるっきり季節が違う。ハローウィンというのは確か今頃だったような気がする。そのお祭りの行事として、こういう手のこんだつまらぬ冗談をするのだろうか。

そう考えながらも達也は歩き出していた。人形の顔を見ようとステンレスの流しのところまで行き、そこで男の顔を見た。生きている男の顔だ。いや正確に言えば、さっきまで生きていた人間の顔であった。

「どうして警察へ行かないんだ」

達也は一喝した。この時、彼は息子が殺したというフレーズは全く忘れていた。彼の頭の中では、死体をそのままにしている家族を叱責《しっせき》しているのである。

「すぐに警察に電話しなさい。早くこれを持っていって貰うんだよ」

「でも、圭ちゃんが殺したんですよ」

ユリ子が呆《ほう》けたように、ゆっくりと発音した。最後の〝よ〟が弱々しかった。

「うちに帰ったら、もう死んでて……、圭ちゃんがそこへ立ってたんですよ。そして自分がやったって……」

そうなのか、と達也は納得した。納得というのは、ことの順序がわかったということである。妻が帰ってきたら、死体がそこにあり、息子が立っていた。息子は自分がやったと告げた。ということは、息子がこの男を殺したということだ。話のつじつまがあう。おかしなことはない。おかしなことはない……。

「そうか」

と言ってはみたけれども、次の言葉が出てこない。達也が加わり、四人は再び沈黙の中に入る。何の音もしない。静かな住宅地は、夜になると深い海のような静けさが始まる。やがて達也の中で、「警察」という言葉が拡がっていく。それだけが確かで、大きなもののようにだ。

「警察に行かなきゃいけない」

達也がその言葉を発すると、テーブルの空気がさっと変わった。どこか別の世界に入り込んでいた三人が、いっきに世俗的な反応を見せたのである。

「すぐに電話をしなさい。ここに死体があるんだったら、電話をしないわけにはいかないだろう」

「私は嫌ですよ」

ユリ子が悲鳴をあげた。

「圭ちゃんが可哀想だわ。まだ高校生なのに、牢屋に入れられてしまうんですよ」

「仕方ないだろう」

息子は人を殺したのだと続けようとして、達也は舌がもつれ、ふがふがと最後は声が出なくなった。「息子」と「人を殺した」という言葉とが、初めて繋《つな》がったのである。

「警察なんかに行っちゃダメ」

夫とは反対にユリ子は突然勢いよく喋《しゃべ》り始めた。言葉がいくらでも溢《あふ》れ出てくるのだ。
「警察なんかへ行ったら大変なことになるわ。どんなにひどいことをされるかわかるわ。マスコミがここに押しかけてきて、あるこ
と無いこと書きたてるのよ。どんなにひどいことをされるかわかるわ。あなたは会社を辞
めなきゃいけなくなるし、ミカちゃんだって世間に出ていけなくなるのよ。あれが人殺し
をした一家だって、私たちは世間から石を投げられるのよ。そんなことになったら、もう
私は生きていけないわ。もう死ぬしかないのよ。そう、ここで四人で死にましょう。包丁
で刺し合って、皆で死ぬしかないのよ」
「やめないか。少し冷静になりなさい」
妻を何とか黙らせたいという思いで、達也は言葉を重ねる。口が勝手に動き始めた。心
と舌とがぷっつり切れている。空疎な、どこかで聞いた言葉が次々と出てくるのだ。
「とにかく警察に電話しなきゃいけない。このまま死体を放っておくわけにはいかないだ
ろう。圭児がもしそういうことをしたというんなら、警察に出頭しなきゃいけないだろう。
圭児はまだ十六歳だから、牢屋に入れられることもない。いい弁護士をつけるから、ちゃ
んと警察へ行きなさい。お父さんが付き添っていってやる。だから安心して行きなさい。
今後何が起こるかわからないけれども、みなで耐えなきゃいけない。これからは家族が一
丸になって頑張るんだ……」
「でも、私はイヤなんですよ」
ユリ子の目が、おかしな具合に吊《つ》り上がっている。マスカラがすっかり剝《は》がれて、目の

まわりが黒い。こんな滑稽《こっけい》な妻の顔を見るのは久しぶりだ。

「イヤ、絶対にイヤですよ。警察に行くぐらいなら、私は死にます。そう、みんなでここで死にましょうよ」

それもいいかもしれない、と達也は思った。この世で重要なことなど何ひとつありはしない。人を殺したら、必ず警察へ行かなくてはいけないなどと、いったい誰が決めたのだろうか。神か。その神がいるのならば、幼い息子に殺人を犯させるなどということをどうしてしたのだろうか。達也は、先ほどからいちばん怖れていたことをした。息子の方を見たのである。圭児はそこに座っている。うなだれているわけでもない。怯《おび》えているわけでもない。彼の顔からは何の表情も読み取れなかった。ユリ子にも、達也にも、今、現実のものとは別の時間が流れているのであるが、圭児のそれはもっと著しいものであるらしい。おそらく彼の時間は、この男を殺す前で止まっているのだ。

「しかし、死体をこのままにしておくわけにはいかないだろう」

「隠せばいいじゃないの」

達也は驚いて美果の顔を見た。娘が声を発しようとは想像していなかったからだ。

「この死体、隠せばいいんでしょう。死体が見つからなかったら、殺人にも何にもならないじゃないの」

「馬鹿な。そんなことが出来ると思ってるのか。死体を隠すなんて絶対に無理だ。こんな大きなもの、いったいどこに隠すっていうんだ」

「そこの冷凍庫があるわ」

ユリ子がヒステリックともいえる大きな声をあげた。

「その冷凍庫、ほら、こんなに大きいのよ。業務用の冷凍庫よ。このあいだだって、牛肉二十キロがらくらく入ったのよ」

彼女は業務用の冷凍庫に走り寄る。職業上業務用の冷凍庫が置かれていた。天井までのステンレスの扉に、木の取っ手がついたそれはいかにも頑丈そうで、死体をひとつ入れるくらいわけなさそうである。

「馬鹿な。この冷凍庫は君のアシスタントだって使うだろう」

「大丈夫よ。この頃は事務所で撮影することが多くって、めったにこのキッチンには入らない。これからは絶対にここに入れないようにすればいいのよ」

「とにかく、ここに入れて」

美果が懇願するように叫んだ。やはり死体を見ていることに耐えられなかったのだ。

「どうするかは、これからゆっくり考えるとして、とにかくこれをここに入れて頂戴《ちょうだい》よ」

その娘の「頂戴」という言葉で、達也の体が動き出した。キッチンに向かって歩き出す。

男が倒れていた。大柄な男だ。黒いコールテンのジャケットというしゃれた服装だ。下にグレイのセーターを着ている。そのセーターごと包丁がつき刺さっていた。柄のところまでしっかりとだ。あまり血が出ていない。映画やテレビのそういうシーンを見ていると、人を殺した現場は血の海になる。けれどもこの男の場合、包丁のまわりに血がにじんでいる程度だ。もしかすると、この男は眠っているだけではないだろうか。本当に死んでいると誰が確かめたのだろうか。顔を見つめる。瞼《まぶた》が閉じられている。やはりそれは生気のまるでない死んだ人間のものだった。ユリ子がしたのだろう、閉じられているのが、死者のマナーを守っているかのようだ。達也は男の手に触れる。死後硬直が始まった手は、何かをつかむかのような形のまま止まっている。おそらく包丁を手にして向かってくる息子を止めようとしたのだろう。手がまざまざと殺人現場を再現していた。達也は男の手を持つことをやめ、足の方にまわった。

男の足を持ち、自分の腰を上げた。そのまま力を入れ、ずるずると引きずる。冷凍庫の扉を開ける。二段になっている下の方は綺麗《きれい》に何もない。男の上着を脱がそうとしたが、これはうまくいかなかった。とにかくここに入れなければと力を込めた。が、冷凍庫の収納能力よりも、男の体ははるかに大きかった。

「おい、どうするんだ」

達也は家族に向かって大声をあげた。

「これじゃ、どんなことをしても入らんぞ」

「手と足を切るしかないわね」

妻の言葉はいかにも自然に、本当にそうだと達也は頷《うなず》いたのである。

「手と足を切れば、すんなりと入ると思うわ」

「が、ここで切るわけにはいかんだろう」

「一応、床は水が流れてもいいようになっているけれども、やっぱりお風呂場《ふろば》を使うんでしょうね」

「わかった。おい、圭児、手伝いなさい」

声をかけると、圭児は素直にこちらにやってきた。ためらいなく男の片方の足を持った。

「せぇーので、階段にひっぱり上げるんだ。いいな。どういうわけか血が出てこない。包丁で止まってるんだろう。だからここを動かさないように」

父と息子は力を込めて、息子が殺した男の体を曳《ひ》いていく。

「ところで」

達也は尋ねた。

「この男はいったい誰なんだ」

「この男はいったい誰なんだ」

達也は妻に問うた。この男が息子や娘ではなく、妻とつながりがある人間だということはひと目でわかる。

「知り合いの編集者ですよ」

ユリ子が静かに答えた。

「私がお世話になっている雑誌の編集長です。いろいろ親しくさせていただいてたんですけれど、それを圭児が誤解したんでしょう」

達也はすべてのことを瞬時に理解した。おそらくユリ子は、この男と不倫していたに違いない。そのことを許せなくなった息子が、この男を刺し殺したのだろう。

けれどもそんなことは、この死体を前にしたらどうでもよいことであった。達也の指は、死んだ男の腕をつかんでいた。本当に死んでいる男の腕だ。そして男を殺したのは、彼の十六歳の息子である。この事実の前に、すべてのことは無に等しかった。

＊

父と子は力を合わせて、死体を二階にあげた。この家の浴室は、廊下のつきあたり、夫婦の寝室からも、子どもたちの部屋からも近い位置にある。明るい南向きの浴室である。

シャンプーやトリートメント、ユリ子のボディスクラブの瓶が置かれた浴室に、達也は死体をどさりと置いた。男は大柄で、こうして横にすると、洗い場は占領された。

「服を脱がすんだ、手伝え」

達也が言うと、圭児が初めて怯えた目になった。後ずさりするように足を動かす。

「イヤだ、怖いよ」

「何言ってるんだ。殺すことが出来た人間が、どうして服を脱がすことぐらい出来ないんだ」

そんな皮肉ほどこの場にふさわしくないものはなかっただろう。圭児の手が動かないので、達也はかがみ込んで、まず包丁を抜くことにした。出刃包丁の柄を持つ時、一瞬ためらった。指紋がつくのではないかと思ったのである。

が、すぐにそんな心配は必要ないのだと思い直して、いっきに引き抜いた。血がどうしてあたりに流れていないのか不思議だったが、包丁がどうやら止血の役割を果たしていたらしい。包丁を抜くと、血はどくどくと流れ始めた。まるで死者が意志を持って、自分の血を外に出そうとしているかのようであった。ピンクのタイルの流し場は、たちまち赤い血がたまっていった。誰かがいっきに赤い布を敷いたようにだ。

この家を改装する時、風呂場のタイルを何色にするかで、妻とあれこれ迷ったことを思い出す。達也はブルーのタイルを主張したのであるが、ユリ子はピンクがいいと譲らなかった。ブルーのタイルだと冬、寒々しい。ピンクならば温かい感じがしていいと言うのだ。

全くこのタイルをユリ子に見せてやりたい。温かいどころではない。熱い血の色、しかもこんなに大量にだ。

「やっぱり風呂場にしてよかっただろう」

彼は息子に声をかけた。

「風呂場ならば、血がどんどん出てきても水で流せばいいんだからな」

「本当にそうだね」

息子は素直に頷いた。

「おい、そっちの方から水を流せ。溢《あふ》れないように少しずつだぞ」

あらかた血を流したところで、男の服を脱がせることにした。圭児はまだ怯《おび》えている。それは男の腕が、殺された瞬間のその形で空《くう》をつかんでいるからである。

「いいか、そっちの腕から袖《そで》を抜くんだ。いいか、うまくやれば出来る」

けれども服がぐっしょり濡《ぬ》れて貼りついているうえに、男の死後硬直が始まっていた。死後硬直というのが、これほど強固なものだとは達也は思ってもみなかった。まるで石こうで固めたように、男の腕はびくりとも動かない。

「おい、お母さんから、ハサミを借りてきなさい。洋服をジョキジョキ切るハサミだって言ってな」

やがて圭児が裁ちバサミを手に戻ってきた。かなり錆《さ》びている。無理もない。この家では料理はつくられても、洋服など長いことつくられたことはないのだ。

厚手の上着を切るのに大層苦労した。少しずつ切り裂き剝《は》がしていく。シャツまできたらかなり楽になった。ズボンを切り裂いていくと、チェックのトランクスが見えた。赤と緑の派手な柄である。圭児の視線を感じたが、真中にハサミを入れた。黒々と水に濡れた陰毛とペニスが見えた。が、これといった感慨はない。何か嫌な感情がわき出るかと思ったが、そんなことはまるでなかった。圭児に手伝わせて、尻《しり》を少し上げてパンツを剝がしていく。

男は殺された瞬間に脱糞《だつぷん》していた。かなり大量の便が、尻にこびりついていた。

「こりゃ、当分この風呂場は使えないな」

達也が言うと、本当にそうだねと圭児が答えた。シャワーで便を流す。風呂場が強い臭気で充《み》たされた。

そして男はすっかり裸になった。横たわっている男は、風呂場という背景があるためにそう不自然に見えない。へその下の裂け目さえなかったら、入浴中に変死したと主張出来たのではないだろうかと、達也は死体を眺めた。

「さて、これをどうやって切るかだ」

「そんなこと出来ないよ」

圭児の声が震えている。

「人間の体を切るなんて、どうしてそんなことが出来るんだよ！」

「でもしなくっちゃいけないんだよ」

達也は息子の顔を見た。三つの時の顔とだぶる。今にも泣き出しても、少しも不思議ではない幼さである。

「手と足を切らなくっちゃ、下の冷凍庫には入らないんだ。わかるだろ」

圭児は黙っている。達也は命を下した。

「下へ行ってお母さんを呼んできなさい。嫌だって言っても、絶対に連れてくるんだぞ。わかったな」

かなり長いこと待たされるかと思ったが、やがて廊下を歩いてくる気配がした。磨《す》りガラスのドアが開けられる。ユリ子だけでなく、美果も一緒だった。

「おい、ちょっと待てよ。嫁入り前の娘にこんなものを見せるんじゃない」

達也は怒鳴ったが、二人の女はするりと洗い場の中に入ってきた。女たちは全裸の死体に視線を落とす。恐怖ということに対して、いちばん素直なのが圭児であった。彼女たちはまだ、頭のどこかがきちんと機能していないかのようである。声ひとつあげずに、ユリ子も美果も、男の黒く濡れた繁みを見つめていた。

「おい、これをどうやって切るんだ」

達也は声を発した。「切る」という単語によって、女たちの中で何かが動き出すかと思ったが、ユリ子の手だけが敏捷《びんしょう》に動いた。

「この肉切り包丁でどうかしら。プロ用の、牛骨だって叩《たた》き切れるやつよ」

裁ちバサミとは対照的に、それは不吉なほどに隅々まで磨かれ、木の柄のところも洗われていい艶《つや》がある。

「これだったら、たいていのものが切れると思うけど」

「貸してみなさい」

達也が包丁をつかんだ時、静寂があたりをつつんだ。達也を除く三人の人間が、息を呑《の》んでことのなりゆきを見守ろうとしているのである。

手を振り上げた。本能的に膝《ひざ》の関節のところがいちばんたやすいのではないかと思ったのだがうまくいかない。骨にあたるだけで、包丁は何度もはねかえされる。

「コツがいるのよ、コツが」

ユリ子が怒鳴った。

「牛の骨を切るのと同じよ。関節のところを狙わなきゃいけないのよ」

「じゃ、お前がやってみなさい」

達也が包丁を渡すと、ユリ子は素直にかがみこんだ。そう高くなく腕を上げると、手首の動きで包丁をすとんと落とした。二度めに男の足が見事に離れた。美果と圭児の唇から、かすかなため息が漏れた。同じ要領でユリ子はもう片方の膝も切断した。

「すごいぞ……」

達也は妻の肩を軽く叩いた。ふと妻がパリの料理学校へ通っていたことを思い出した。ある日青ざめた顔で帰ってきて、かなり大きなウサギを解体したと告げたのだ。

「耳なんかもちゃんとついててね、皮も剝《は》がしていくのよ。途中で何度も気絶しそうになったわ」

その後妻は、料理研究家として働くようになり、牛も羊も、かなりの大きさに解体されたものを捌《さば》くようになった。その成果がこれである。ふつうの女だったら、このように骨を叩き切れるはずはない。そもそも、ふつうの女が、これほど大きな肉切り包丁を持っているはずはないだろう。

達也は、今ほど妻の職業を神に感謝したことはなかった。

夫に誉められたからでもないだろうが、ユリ子は、死体の腕の関節もリズミカルに切断した。

いつのまにか圭児も働き始めている。切断した腕と脚とを洗い場の隅の方に運び、血を水で丁寧に洗っていた。

「これで冷凍庫に入るかしらね」

ひと仕事終わったユリ子が立ち上がった。死体のかさが少なくなったことにより、いくらかほっとした空気が流れ始めていた。四肢を切断された男は、人形のように見える。よく死体の第一発見者が、マネキン人形のようだったと話すが確かにそのとおりだ。こうして脚と腕が失くなると、死体は本当に物体に近くなっていく。途中で美果が顔の上にタオルをのせ、作業はずっとやりやすくなった。

「その太もものところも切ったらどうなんだ」

達也は声をかける。膝から上の大腿《だいたい》部の長さが、中途半端に思えるのだ。

「そう、脚のつけ根のところをバッサリ切る。そうしたらずっと小さくなるぞ」

ユリ子が肉切り包丁をふり上げた。ガシッガシッと骨にあたる音がするが、肉はびくりともしない。

「ここはむずかしいわ」

小さな悲鳴をあげた。

「大きさが関節のところとまるで違うんですもの。こんなところ、切ったことはないわ」

ちょっと貸してみろと、達也は妻から包丁を取り上げた。確かこのあたりは骨盤があったはずだ。が、その下は単に骨がつながっていただけではなかったか。達也は遠い昔、理科の教室に飾ってあった人体の骨の模型を必死で思い出そうとした。力の限り、包丁をふり上げた。が、うまくいかない。今度は小刻みに骨を追いかけた。肉で動くから、刃を垂直にふりおろすうち、「ゴリッ」という音がした。後でわかったことであるが、靭帯《じんたい》が切れたのである。後は骨に沿って肉を剝がしていった。思っていたよりも血は出ない。

「これで冷凍庫に入るだろう」

汗をかいていた。美果がすばやくタオルを渡してくれる。いつのまにか四人の役割が決まっていた。

「これだけ小さくなれば、下の冷凍庫に入るだろう」

しかしユリ子はこう言いはなった。

「だけど内臓を処理しなくっちゃ。内臓がついたままだと、冷凍庫でも限界があるわ」

内臓を取り出す、ということになり、初めて夫婦で争いをした。

「やはりそれは抵抗があるよ。子どもの頃、飼っていた子犬が、うちの前で車にひかれた。僕に後始末をやらせるのはしのびないっていって、母親がやってくれたんだ。そんな僕に出来るはずはないだろう」

「馬鹿馬鹿しい」

今日のユリ子はどうしたことだろう、黙々と嫌な作業をこなしていくかと思うと、突然威圧的になるのだ。

「私だって、これは牛だ、これは豚なんだって言いきかせながら必死にやっているのよ。男のあなたに出来なくてどうするんですか」

「だってこの男は、君の愛人だったんだろう」

子どもたちの前でいけない、と思いながらついそのことが口に出た。が、怒っているわけではない。先ほどから見知らぬ男の死体を、切断していくという作業を続けているうち、嫉妬《しっと》や怒りといった感情は、どこをどう押してもわいてこないのである。どこかふわふわと心が漂っていて、肉体とうまく寄り添っていってくれないという感じだ。もしかしたら、自分は夢を見ているのではないか、先ほどから達也は自問自答している。夢の中ではいつも人はこんな感じになる。すべての感情が希薄になるが、ただ哀しみだけが深く胸に残って目が覚めるではないか。しかし、今のこれは現実かもしれない。なぜなら、哀しみという感情さえわいてこないからである。息子が人殺しとなったのにである。

「愛人だって、そんなこと、もうどうだっていいの」

目の前に立っているユリ子も、淡々と喋《しゃべ》っている。声に生気がなくなっているというのだろうか、強い感情が込められることはない。だから二人は争うというよりも、言葉を単に空中に放しているだけなのだ。

「これが終わったら、私はあなたと別れるつもりよ。それだったらいいでしょう。今さら愛人だ、何だなんて色々言われても困るわ。私はここまでしてるんじゃないの」

本来だったら、強い色彩に彩られるはずのこうした言葉を、ユリ子は無彩色で発しているのである。

「私は手と足を切ったのよ。だから内臓を取り出すのは、あなたがやってちょうだいよ」

「だからそんなことをしたことはないんだよ」

達也は死体を見た。薄い胸毛がある。ここを切り開けというのか。腹の中には何がある。腸、肝臓、心臓、腎臓。それらのものは牛とどう違うんだろうか。焼肉屋で出されるものと、色が違うか、形が違うか、においが違うか。それを試す勇気が自分にあるのだろうか。勇気——この言葉に達也は驚く。人間の体を切り刻むのに、そんな崇高な言葉が使われようとは思ってもみなかったのだ。

「とにかくオレは嫌だよ。もう充分だよ」

達也は妻を睨《にら》む。憎しみはわいてこないのに、つい習慣からそうしてしまった。心はそれほどでもないのに、この場合はそうするものだと誰かに命じられたように、強い言葉が次々と出てくる。

「そもそも警察へ行こうといったのに、そんなことをしたら死ぬ、って言ったのは君なんだ。だから責任をちゃんととってくれよ。君は料理する人間だ。羊だって捌くことが出来る。人間の内臓ぐらいどうっていうことはないだろう」

「いいえ、私は嫌よ。羊は羊、人間は人間なのよ。私は女だから出来ません」

「そんな勝手なことは通用しないよ。君はここまでやってくれたんだ。出来るんだよ。だからもうひと頑張りしてくれよ」

「嫌だったら嫌なのよ」

「君、この期におよんで、そんな風に居直るのはやめなさい。この死体は、ちゃんと最後まで処理しなくっちゃいけないんだ」

その時、全く意外な人物が声を発した。

「私がやってみるわ」

美果だった。美果はこの仕事を手伝うために、紺のジャージーの上下に着替えていたが、ズボンの方を膝の上までまくり上げていた。その脚が薄く朱《あけ》に染まっている。もう血で汚れてしまったから構わない、という風に美果は一歩踏み出した。

「私、出来そうな気がするの。何とかやってみるわ。だから喧嘩《けんか》しないで頂戴《ちょうだい》。これって誰かがやらなきゃいけないの。そして誰かがやらなきゃ、これが目の前から失くならないっていうんなら、私、何でもするわ」

そのとおりだと達也もユリ子も思い、二人はおし黙った。

オレはやはり、どこかタガがはずれていると達也は思った。大切な娘が今から死体の腹を切り、内臓を取り出そうとしているのだけれどもとめようとしない。やはり夢を見ているのだろうか。いや、

「誰かがやらなきゃ、これが目の前から失くならない」

という言葉の重みに圧倒されてしまったのだ。

「僕も手伝うよ」

圭児が小さな声を出した。

「後は僕とお姉ちゃんがやる。選手交替だ」

「選手交替」という言葉に、達也は思わず口元をゆるめた。

圭児と美果は死体の前に膝《ひざ》をついた。美果は包丁を喉《のど》のすぐ下に入れ、そしてゆっくりとひいていった。考えてみると、いくら新人のアシスタントといっても、美果は料理研究家の母について、大ぶりの魚をおろすぐらいのことは出来るのである。

刃が動いて、ゆっくりと一本の赤い線が生まれていく。美果は力を込めて包丁をひいていった。ぐいと下におろす時、彼女の右手がしっかりと、死体の陰毛とペニスに触れた。

「圭ちゃん、両側からひっぱるのよ」

新しい世界が拡がっていた。その幕開けのように、血がぶくぶくと噴き上がってくる。今までどこにこれほど大量の血が隠されていたのだろうかと思うほどだ。白い脂肪の層と

は別に、まるでフリンジのように、白いピラピラとした脂肪の膜があたりを覆っている。

初めて見た人間の内臓は、牛のそれとよく似ているような気もするし、全く違っているような気もする。が、いずれにしても、それは肋骨《ろっこつ》にしっかりと守られていた。達也たちは骨の間から見るだけだ。

それにしても、なんとうまく出来ているのだろうかと達也は思った。人間の上部の、やわらかい大切な内臓は、こうして半円の骨によってしっかりとガードされているのである。

「この骨は、この包丁じゃ無理だろう」

達也はユリ子を見た。

「もっとちゃんと骨を切る道具はないのか」

「料理用のチェーンソーがあるわ。あんまり使ったことがないけど」

「使ったことがなくても、今使ってくれよ。ここの骨を切らなくっちゃ、内臓をひっぱり出せないよ」

「そうね。今探してくるから待っていてね」

再び洗い場に活気が戻った。

美果が淹《い》れてくれた熱いコーヒーを皆で飲んだ。

ひと仕事終わったのである。比較的順調に進んだ作業であったが、頭部を胴体から切り離すことは誰も出来なかった。ユリ子などは、

「そんなことをしたら罰があたるわよ」

などと口走る始末だ。

結局頭部をつけたままの死体を、冷凍庫の中に押し込んだ。今度はすんなりといった。そして切り取った腕と足、取り出した内臓は、冷凍庫の上部に入れたのである。これで一応、重大な嫌なものは、美果の言うとおり、目の前から消したことになる。

誰もがぐったりとして、ものを言う者はいない。美果が気をきかさなかったら、夕方から何ひとつ口にしていないことに、誰も気づかなかったろう。

やがてユリ子が、もらいもののクッキーを運んできた。達也がまず手を出し、それにつられて次々と皆が手を伸ばした。ユリ子がもう一度皿に盛ってくる。それもたいらげた。ユリ子がもう一度皿に盛る。みな無言でそれも食べた。空腹だったからというよりも、尋常ではない食欲であった。

家族四人、すっかり冷たくなったコーヒーを前に、じっと黙りこくっている。夜が次第に明けていく、独特の静けさと冷気が部屋に漂っていた。誰もが朝が来るのを怖れていた。朝になると、あのことが現実に起こったことだということを認めなくてはならないからである。

なんとかしなくてはならないと、達也は声に出して言ってみた。

「何とかしなくてはならない」

それがうまくいったことに彼は少々驚いた。昨日の夕方から、頭と口とが別々に動いているような気がしてならなかったからである。

「ちょっとみんな、もう一度考えてくれよ。冷凍庫に入っているものをどうするつもりなんだ」


誰も声を発さない。達也はクラス委員長のように、名ざしで質問することにした。

「ユリ子、君は冷凍庫の中にあるものを、いったいどうするつもりなんだ」

「そりゃ、捨てるにきまっているじゃありませんか」

何を聞くのかといわんばかりだ。

「火曜と木曜日に、足を一本、腕を一本って捨てていくわ。他の生ゴミとうまく交ぜてね」

「でもそれって、まずいんじゃないかなあ」

こう言ったのはなんと圭児である。

「清掃車の人ってよく見てるよ。バラバラ死体を細かくして、ゴミに出してもすぐに見つかるじゃないか。やっぱりあれからバレてしまうんだよ」

「じゃー山の中に捨てるしかないわね」

美果が弟の言葉にかぶせるようにして言う。

「車でどこか遠いところへ行って、国立公園みたいなところへ埋めるしかないわよね」

「でもそれって、よほど場所を選ばないと、すぐに工事が始まって、何やかんやと掘り起こすからな」

「あのね、みんな捨て場所に困って、そこからみんなバレてしまうのよね。誰かミステリー作家の人が言ってた。死体って、殺すよりも隠す方がずっとむずかしいんだって」

二人の子どもが、まるで他人ごとのように急にいきいきと喋《しゃべ》り出すのは奇妙であった。おそらく彼らは彼らなりに、現実逃避をしようとしているに違いないと達也は考えることにした。

「山の中に捨てに行くなんて」

突然ユリ子が声をあげたので、皆がそちらの方を見た。

「そんなのはおかしいわよ。真夜中にスコップで掘って、埋めるなんて、そんな怖ろしいこと出来ないわよ。まるでものすごく悪いことをしている殺人者のようじゃないの。圭ちゃんは違うわよ。たまたまそうなっただけなのよ。だから絶対に見つからないように隠さなきゃいけないのよ」

全く支離滅裂な論理なのであるが、なぜか説得力があった。

「いい？　私は命を懸《か》けて圭ちゃんを守るわ。そのためだったらどんなこともする。絶対に冷凍庫の中のものを隠しおおしてみせるわよ。いいえ、隠すんじゃなくって、この世から失くしてみせるわよ」

ユリ子は冷凍庫の扉を開けた。そこにはビニールにくるまった緑川と、それに昨日まで彼に付属していた二本の手と、二本の脚、二本の太ももとが匿《かくま》われていた。

ビニール袋から、ユリ子は脚を取り出す。足の形から右足だとわかる。剛毛ともいえるすね毛がびっしり生えている。

しゃれ者だった緑川であるが、足の爪の手入れはあまりしていなかったらしい。黒ずんだ爪は少々伸びていた。

ユリ子はそれをステンレスのトレイの上にのせた。いくら大ぶりのトレイといっても、男の脚は半分以上はみ出してしまう。

四人はじっとそれを眺めた。気味が悪いといえば確かに気味が悪いのであるが、トレイの上にのっているせいだろうか、食材のようにも見えてしまうのである。

「ねえ、これっぽっちのものを、どうしてこの世から失くすことが出来ないのよ」

美果は達也に向かって叫んだ。

「そりゃそうだよ。これっぽっちのものっていってもね、見つかったら大変なことになるんだ。これはね、あるべきところ以外のところにあると、大変なことになってしまうんだよ」

「私だったら、これを失くすことが出来る」

ユリ子は大きく頷《うなず》いた後、トレイの上の脚にじっと目を凝らした。そして動かし、手に触れてみる。

「これを皆で食べましょうよ」

最初達也は笑った。なんと気味の悪い、面白い冗談だろうかと思ったのである。

「私は本気よ」

彼女は脚を、ひょいと持ち上げて見せた。その時、死後硬直のうえに冷凍しかかってい
る硬く白い脚は、新種の野菜のように見えた。

「これを食べればいいのよ。そうしたら証拠はなくなるのよ。なにもかもがゼロになるの。

圭ちゃんがしたことも、みーんなゼロになってしまうの」

「ユリ子……」

後ずさりしたいような気分になってくる。ついに妻は気が狂ったのだろうか。

「おい、おかしなことを言うなよ。しっかりしろ。お前、頭がおかしくなったんじゃない
のか」

「私がちゃんとしてあげるわよ」

ユリ子は緑川の脚を高く掲げる。

「私にしてあげられるのはそのことしかないわ。腕によりをかけて、ううん、命を懸けて
おいしい料理をつくるわ。だからみんなで食べるの。そして冷凍庫の中を空にするのよ」

＊

「食べる、っていったいどういうことなんだ」

やや間があって、こう尋ねたのは達也である。本当にわからないのだ、という時に人がよくするように、弱々しい小さな声であった。

「食べる、っていうからには食べるんですよ。みんなでパクパク食べるんですよ」

「そんな馬鹿な」

達也は笑おうとしたが、うまくいかず乾いた声がヒューと喉《のど》の奥から出た。

「君、冗談で言っているんだろう、こんな時に冗談はやめなさい」

「冗談じゃありませんよ。そうするしかないんだったら、食べるしかないんですよ」

ユリ子は家族を見わたした。その凜《りん》とした様子に呑《の》まれて、三人は言葉を発することをやめてしまう。

「この足や腕、どうやって隠すっていうんですか。ずうっと冷凍庫の中に入れておく、っていうわけにもいかないでしょう。だったら、皆で食べるしかないのよ。ゴミの日に小分けにして出せとか、山の中に捨てろ、って言いたいかもしれない。だけどね、それは駄目よ。だいたい、人の体をバラバラにして捨てる時、なんでバレるかっていうとね、捨てるのがまずいからなの。みんなそこから足がついてしまうのよ。食べる、なら出来るでしょう。ね、食べればいいのよ。そうすれば証拠が消えるわ。ね、ね、そうするしかないのよ」

沈黙があり、それはしばらく続いた。やがて圭児がしくしくと泣き始めた。

「そんな……食べるなんてイヤだ。人を食べるなんていうことは絶対に出来ないよ……。そんなことをするくらいだったら、僕は死んだ方がいい」

「何言ってるの。人を殺した人が」

母親とは思えない発言だった。

「人殺しをしたんだから、食べることぐらい出来るでしょう。そのくらい責任を持ちなさい。あなたが毎日していることなのよ」

この奇妙な理屈は確かに力があった。家族の中に、議論してみようという空気が生まれたのである。

「そんな、人を食べるなんていうことが出来るんだろうか」

質問したのは達也である。

「出来ますよ。牛か豚だと思えばいいんですよ。別に生のまま齧《かじ》れ、なんて言っているわけじゃないの。私が腕によりをかけてちゃんと料理してみせます。やってみるわ。みんなを救うためにやってみるわ。こうするしかないのよ。本当よ」

「でもね、私、前に本で読んだことがある。人肉を食べると、肌がてらてらしてくるんですって。戦争中、飢えのために仲間を食べた日本人兵士が、みんなすっごくおかしな色艶《いろつや》になったって……」

「そんなこと、迷信ですよ」

　ユリ子は美果を一喝した。

「人の肉しか食べないんだったら、何か出てくるかもしれない。だけどそれは、牛肉やトリ肉を食べても同じでしょう。お肉しか食べないっていうのは体に悪いんだから。でもね、私は違うわよ。たっぷり野菜を使うわ。お肉と同じぐらいお野菜を使う。それでどうしておかしなことが起きるの」

「たっぷりの野菜」という言葉は、思わぬ効果をもたらした。圭児は泣くのをやめ、達也と美果は安堵《あんど》ともいえるものが顔を彩り始めたのである。

「とにかくまずは、これからやってみましょうよ」

　ユリ子はトレイの上に置かれた、男の脚を指さした。毛深い、筋肉のよくついた脚である。が、切断され、パーツとなった今、生々しさが薄らいでいるのはあきらかであった。

ユリ子が指さした時、目をそらした者は誰もいなかったぐらいだ。

「これを私、料理してみせるわ。命を懸けておいしいものにしてみせる。もし、それで駄目というなら、他の道を考えてみましょう。どうしても食べられないっていうんなら、その時はその時よ」

「他の道ってどういうつもりなんだ」

「決まっているでしょう」

ユリ子は高らかに言った。

「食べられない時は、私たちみんなで死ぬんですよ」

絶対に夕食の時間に遅れてはいけないとユリ子は言った。

「力を合わせて、どんなことがあっても食べなくてはいけないのよ」

夜明けが来る前に圭児は目を覚ました。もう一度固く目をつぶる。

「夢をみていたんだ。もう一回寝て、ちゃんと目を覚まして、ちゃんとした朝を迎えよう」

何と嫌な夢を見ていたのだろうか。昨日家にやってきた男を殺した。緑川といって母の愛人だった男だ。ちゃんとした出版社に勤めている男だというのに、突然やくざのような口調になった。「テメェ、ふざけんな」と襲いかかってきたので、ついそんなことになってしまったのだ。警察に行くつもりだったのに、母のユリ子が必死で止めた。そうして悪夢のような時間が始まったのだ。家族で手分けして、男の体を切断した。その男の体を、料理して食べようと母が言い出した。

悪夢のような……、いや、あれは本当に悪夢だったんだ。怖い、本当に嫌な夢を見たんだ――

圭児は深呼吸し、目を固く閉じた。もう一度夢の世界に入っていこう。そして悪夢が明けていくのを待つのだ。しかし、すぐに圭児はああと絶望の声をあげる。さまざまな場面がリアリティを持っていちどきに甦《よみがえ》り、決してそれが夢でないことを認めざるを得なくなったのだ。

「死んでしまおうか」

彼は声に出して言ってみた。首を吊《つ》るのはつらそうだし、それまでの勇気がない。駅のホームから線路に飛び込むのはどうだろうか。学校へ行く途中に踏切がある。電車が近づいてきたら、遮断機の下をくぐるというのは出来るかもしれない……。

もはや眠ることが出来ず、圭児はベッドの上に身を起こした。こみ上げてくるものに耐えきれず、あーと叫んでみた。つらさのあまり、髪をかきむしる、ということを初めてしてみた。

「死ぬしかないんだ、やっぱり」

自殺する前に、遺書というものを書こう。そこで自分が人を殺したことを告白するのだ。すべて自分ひとりがやったことだと。しかし罪を隠すために、家族が協力して男を解体した。そう、解体だ……。自分にどうしてあんなことが出来たのだろうか、不思議でたまらない。正気でいたら、悪夢でなかったら、どうしてあんなことが出来たのだろうか……。肉切り包丁をふり落とした時の骨の感触。コッ、コッ、という硬さ。それは木とも鉄とも違っていた。吸い込まれそうな硬さ。母親の声が聞こえてくる。

「コツがいるのよ、コツが。関節をめがけて、垂直にふり落とさなくっちゃいけないのよ」

あれは本当にあったことなのだろうか。どうして自分は、あの場所にいることが出来たのか。何もしないうちに死ねばよかった。男を殺した時に、自分もすぐに死ねばよかったのだ。圭児はもう一度、あーと声をあげた。

その時、ノックもなしに大きくドアが開けられた。大きなスイッチの音がして、部屋に光がはなたれた。ガウンをまとったユリ子である。青いシルクのガウンは、確か誕生日のプレゼントだったはずだ。まるでハリウッド女優のようだわと、照れながらもユリ子はよく着ている。けれども光沢のある布と形ほど、この場に似つかわしくないものはなかった。

ユリ子も眠れない夜を過ごしたに違いない。蛍光灯の下で、髪は大きく乱れ、目が腫《は》れているのがわかる。

「圭ちゃん」

ユリ子は大層やさしい声を出した。

「死のうなんて思っちゃ駄目よ。絶対にいけません」

そして二歩前に出た。まるで神託を告げる女神のようにだ。

「死ぬなら、ママのつくった料理を食べてから死になさい。自分のしでかした事の、証拠を消してから死ぬのよ。今夜は絶対に早く帰ってくるのよ。七時からディナーを始めるわ。遅れることは許しません、絶対に」

母親が出ていった後、圭児は頭から布団をかぶった。肩と足先が小さく震えているのがわかる。新しい恐怖がやってきた。自分が殺人を犯した、ということの重大さが、やっとわかってきた。そして、それをきっかけに母親が全く変わったということが怖ろしかった。昨夜から、圭児をとりまく世界は完全に変わったのだ。父も、母も、姉も、別の人格を持ち、信じられないようなことを口にする。殺した男を皆で食べよう、と本気で口にするのだ。

「いったい、僕はどうしたらいいんだ」

死ぬのがやはりいちばん簡単なような気がするが、母親は絶対に許さないと言う。死ぬなら、殺した男を食べてからにしろと命じたのだ。

死んだ男の肉を食べるぐらいなら、死んだ方がずっとましだと思う。しかし母親は、食べてから死ね、と言う。

「いったい、僕はどうしたらいいんだ」

暗くあたたかい布団の中、圭児は震えながら膝《ひざ》をかかえる。ずっとこのままでいたい。年をとり、老いさらばえて死んでいくことが出来たら……しかしやがて七時を告げるオルゴールが鳴った。不思議なことに、圭児は起き上がる。体が音楽によって、勝手に動いた。記憶を消そうと、〝習慣〟が力を持ち始めたのだ。もはや圭児は何も考えていない。朝の光と共に、頭の中は白く空っぽになっている。シャツを着て、制服のジャケットを羽織った。ひき出しを開け、洗たくをした靴下を取り出す。

そして階下に降りていくと、居間は焼いたパンとコーヒーのにおいで充《み》たされていた。スーツを着た父が新聞を読んでいる。そしてキッチンで、珍しく早起きした美果が玉子を焼いている。

「おはよう、圭ちゃん」

腫れぼったい顔に、いつもより濃い化粧をしたユリ子が声をあげる。外国の巫女《みこ》のような青いガウンを着た、夜明け前の彼女はどこかに消えていた。

「さ、早くごはんを食べなさいよ」

圭児はダイニングテーブルの前に座る。冷たいミルクが置かれていた。それを飲む。とてもおいしかった。そういえば昨日の夜から、クッキーしか口にしていない。

「えらかったわね、圭ちゃん」

ユリ子はにっこりと笑った。

「いつもと同じようなことをする、っていうのは、今の私たちにいちばん大切なことなの」

傍の達也や美果にも聞かせようとしていた。

「圭ちゃんはいつもと同じように、学校へ行かなきゃいけないわ。昨日のことは忘れなさい。もう何も思い出さなくてもいいのよ。だって何もかも消えて失くなってしまうんですからね」

そしてこうつけ加えるのを忘れない。

「だって私たちは、みんな、何もかも食べてしまうんですから。いい、七時のお夕食には絶対に遅れないようにして頂戴《ちょうだい》ね」

いつものように放課後、圭児は教会へと向かった。下りの電車は空《す》いていて、最初から座ることが出来た。圭児はぼんやりと中吊りを眺める。

「未解決殺人犯の謎を追う」

男性週刊誌の広告の見出しだ。「殺人犯」という単語が浮かび上がったとたん、圭児の中に震えが起こる。朝、布団の中での震えと同じものだ。現実に戻る時の震え。

「殺人犯」。なんというまがまがしい言葉なのだろうか。そして自分もこう呼ばれる人間となっているのだ。けれどもまだ実感がない。実感というものは、いったい何なのだろうか。嫌な記憶というものは、もの凄《すご》い速さで遠ざかっていく。速さのために、自分はこうして学校へ行くことも出来たのだ。電車にも乗っている。

なぜなら、死体はもうここにないからだ。実感というものは、文字どおり感じることがなければ分刻みで薄れていくものなのだろう。人を殺した実感というのは、死体にずっと触れていなければ得ることが出来ないものなのだ。

教会に入り、窓口のところで名前を書いた今日の来訪者たちのサインを見る。まだ時間が早いからだろう、知っている名前がほとんどない。

「広瀬さん、来ていますか」

窓口にいる女に声をかけた。有名大学に通う彼女は、〝ご奉仕〟として、ほとんど毎日この窓口を引き受けているのだ。四国の出身だと聞いたことがあるが、口紅ひとつつけず、髪も流行からほど遠い形に短くカットされている。今どきこれほど身なりに構わない女子大生も珍しいだろう。彼女は大学を辞めて専従になりたがっているという噂だ。けれども教祖さまがそれをお許しにならないという。誰かが言ったことであるが、教祖さまは有名大学の学生は出来る限り卒業して欲しいとおっしゃっているそうだ。そういう人たちが増えることが、会の発展に役立つし、外への権威に通じる。

しかしそうはいっても、こう集会場に詰めてばかりいると、彼女は単位不足で卒業出来ないはずだ。

「広瀬さんは、まだ来ていないわよ」

彼女は誰に対してもそっけない。愛想《あいそ》と信仰心とは反比例すると思っているかのようだ。

「おとといから、本部に研修に行っているんじゃないかしら」

「そうですか。いつこちらの方にいらっしゃるかわかりますか」

「そうねぇ、研修は三日間だから、今日の遅くだったら来るんじゃないかしら」

集会場の隅に行き、圭児は本を開く。それは教祖と信者との対話を記したものである。

「地獄というものはあるのでしょうか」

「あります。多くの人が迷信や絵空ごとのように思っているようですが、霊界には地獄にあたるものが確かに存在しているのです」

「それはいったい、どういうものなのですか」

「低級霊の中でも最も低い、最低級霊がさまよう暗黒です。ここには希望も救いもない。

あるのは責め苦だけです。自分の犯した罪がスクリーンのように映し出され、その罪の大きさによって、さまざまな責め苦が待っているのです」

「いったい、どういう人が、最低級霊になるのでしょう」

「盗みや殺人を犯した者です。特に殺人は、他の人の魂を奪うという意味において、決定的なものになります。人の首を絞めた者は、ずっと首を絞められた状態でさまようことになり、人を刺した者は、自分の腹に刃物がささったままさまようことになるのです」

圭児はそこで本を閉じた。あたりを見わたす。集会場のあちこちで、小さな輪が出来ている。街で勧誘してきた学生を、熱心に説得している者、お互いに向かい合い、手かざしをして浄霊をしている者、ひそひそと話し合っている者、礼拝前のざわついたひとときである。もうじき支部長が、上座に座り祈りの時が始まる。百人近い人たちの祈りの声が始まる。その時、もうじき地獄に堕《お》ちていく自分は、祈りの声に耐えられるだろうか。

人類の幸福と平和を願うという祈りは、ふつうの人たちだけに許されるものではないか。「殺人犯」の自分に、そんな祈りが許されるはずはない。祈りの声はまたたくまに、自分を責める声に変わるのではないだろうか。

圭児は時計を見る。五時四十五分、今なら充分に夕食に間に合う時間だ。人の肉を食べることはもちろん嫌だが、あの家族の輪から離れたくはないと思った。あそこには、自分と同じように罪を犯した人々が待っている。たぶん自分と同じように「地獄」に堕ちる人たち。

圭児は立ち上がる。そして家に向かって歩き始めた。

「あれ、佐伯君、もう帰るの。もうすぐ礼拝が始まるわよ。その頃には広瀬さんも帰ってくるんじゃないの」

窓口の女が、驚いたように声をかけた。

テーブルの上には、凝ったセッティングがなされていた。薄緑色のテーブルウェアの上に、濃い緑のテーブルマットが敷かれ、白い花が飾られていた。クリスマスの時にしか使わないクリストフルのナイフとフォークが、きちんと並べられていた。ナイフのきらめきは、当然のことながら圭児を居心地悪くさせる。

「そういえば、あの包丁はどうなったのだろう」

おそらくユリ子が片づけてくれたに違いない。丁寧に洗い、陽に乾かし、指紋も血も何もかも消し、元のように包丁入れに立てたことであろう。人を殺すと死体が残る。けれどもその凶器は、洗いさえすれば、全く元に戻るという不思議さ。

「シャンパンでも抜きましょうよ」

ユリ子が言った。

「ヴーヴ・クリコを抜くわ。あなた、お願いね」

「馬鹿馬鹿しい」

達也が吐き捨てるように言った。

「どうして今夜、シャンパンを飲まなくっちゃいけないんだ。祝いごとがあったわけでもなし」

「別にお祝いのためにだけで、シャンパンを抜くとは限らないわ。心を奮いたたせるために飲んだっていいじゃないの。うちには貰《もら》いもののシャンパンがいくらだってあるのよ」

居間には八十本入る、業務用のワインセラーがある。美果が取りに行き、達也がヴーヴ・クリコの栓を抜いた。ユリ子がカルチェのシャンパングラスを取り出す。これも特別の時にだけ使うものだ。誰も「乾杯」などとは言わなかったが、黄金色の液と細かい泡は、テーブルの上に場違いな華やかさをつくり出した。

「あーあ、シャンパンはやっぱりおいしいわ」

ユリ子がうっとりと言う。いつのまにかマニキュアが塗られていることに圭児は気づく。昨日、

「関節を狙って、真上から振り下ろすのよ」

と、包丁を握っていた時、ユリ子の爪には何も塗られていなかったはずだ。それなのに今、ピンクのマニキュアに彩られていた。マニキュアといい、シャンパンといい、今日のユリ子は奇妙にはしゃいでいる。人間を料理するという異様な体験が、彼女を奇妙に昂《たか》ぶらせているに違いない。しかしその心の回路が、圭児にはよく理解出来なかった。

「このサラダを食べてよ」

ユリ子はキッチンから、陶器のボールを運んできた。中にレタス、クレソン、湯むきし

マトが入っている。交ざっている赤いものを見て、圭児は息を止めたが、どうやらそはスモークサーモンのようだ。

「これはいただきもののサーモンよ。ノルウェー製のものだわ。カナダのものよりも、ノルウェーの方が、ねっとり脂がのっていておいしいわよね。これをくれたのは、福岡の人なの。大きなホテルの社長さんの奥さんらしいわ。ママのファンでね、いつもおいしいものを送ってくれるの。ほら、冬になるとフグ鍋《なべ》セットを送ってくれる人もこの人よ。ありがたいわね。こんな風にやさしく気を遣ってくれる人がいるなんて」

ユリ子はとたんに饒舌《じょうぜつ》になる。喋《しゃべ》りながら立ち上がりキッチンへ向かった。そしてホウロウの鍋を持ってきた。外国製のホウロウの鍋からは、強い香辛料のにおいがした。そして父親がごくっと喉《のど》を鳴らしたのを、圭児は聞き逃さなかった。

「さあ、召し上がれ」

ユリ子はかん高い声をあげる。

「これはね、トルコ風のシチューよ。半日かけて煮込んだの。仕上げにヨーグルトを入れるんだけど、私は隠し味にちょっとお味噌《みそ》を入れてみたの。そうしたら大正解、すごくまろやかな味になったの」

喋るのをやめない。そして深皿にシチューをよそった。まず達也に。美果に。そして圭児に。いつもの順序にそのシチューは皿に盛られた。赤いニンジンと、白いジャガ芋の間に、茶色の肉塊が見える。まさか、と圭児は思う。あの男の肉を皆で食べようなどと言っていたが、もちろん冗談だろう。そんなことが出来るはずがない。人の肉をシチューにするなんて、そんなことが現実に起こるはずがないだろう。

「さあ、いただきましょうよ」

ユリ子は皆を見わたす。朝よりもさらに化粧が濃くなり、目は太いアイラインがほどこされていた。彼女は右手にスプーンを持った。そして「さあ」とうながす。

「とてもおいしいシチューなのよ。トルコ料理を思いたったのは、我ながら頭がいいわね。ヨーグルトを入れたシチューっていうのは、とってもおいしいし、肉のくさみを消してくれるのよ」

圭児はスプーンのへりを使って、肉塊を割ってみる。なんのへんてつもない肉に見える。たぶん牛肉だろう。和牛のランプかすね肉だ。ユリ子はきっとその肉を鍋の中に入れたのだ。

「おいしいわ」

ユリ子はスプーンを口の中に入れ、唇で閉じているところだった。

「熱いうちに早く食べて頂戴。シチューは熱々が身上なのよ。冷めたシチューなんて、価値が半分に下がってしまうわ」

美果もスプーンを口に運ぼうとしていた。そして達也もだ。圭児もつられてスプーンを口の中に入れる。赤いニンジンではなく、茶色の肉塊が入ったスプーンをだ。これは人の肉でも何でもない。母がよく買う、麻布のスーパーの牛肉なのだ。

舌の上にのせる。嚙《か》む。肉汁を喉の奥で味わう。牛肉よりもぱさついて、硬く、肉汁があまりない。今日に限って、母は安い牛肉を買ったのだろう。

「こんな風に、四人揃ってお食事するなんて久しぶりね」

ユリ子が微笑む。彼女はもう三さじのシチューを口に入れていた。

「いつも圭ちゃんが遅いか、パパが遅い。二人揃っている時は、ミカちゃんが帰ってこない。日曜日は誰かが出かけている。私も人のこと言えないけれど。こんな風に四人でお食事をするなんて、二年ぶりのことじゃないかしら」

本当にそうだ。

「ねえ、黙々とお食事しているのはおかしいわよ。何かお話をしましょうよ。楽しい話を切れ目なくするのよ……まずはパパから」

「僕に、楽しい話なんか何もないよ」

「いいじゃないの。なんでもいいから話してよ」

「じゃ、つまらない話をしよう。昨日のことだけれどね、合併にむけて頭取が我々を呼んで説明しようとしたんだ。その時、どういうわけか、僕は野次ったらしいんだな。らしい、っていうのはあまり記憶にないんだ。だけどまわりの連中にとって、とても意外なことだったらしい。今日、銀行へ行ったら、なんかみんな遠まきにして見ているんだ。いつものように昼飯に誘ったら、うまく逃げられてしまった。どうやら僕と、野次る、っていうのはとても似合わなかったらしいな」

「そう、やっぱりつまらない話よね。じゃ、次はミカちゃんの番よ」

「私だって、何も楽しい話なんかないわ」

美果はシチューから視線をはずそうとしない。それが自分に与えられた義務であるかのように、先ほどからスプーンを規則正しく動かしている。

「私なんか、うちと仕事場の往復ですもの。話すような面白いことは何もないわ。そのくらいママも知っているでしょう」

「あの男の子はどうしたの。あなたのボーイフレンドの背の高い男の子」

「さあ、わからないわ。私、フラれたのよ。私ってどうも、うざったらしいっていうことになるみたい。あのね、このあいだ彼の、携帯のメッセージ、ちょっと聞いちゃったの。そうしたら女の人の声で、あのうざったい女と一緒じゃないでしょうねって……。こんなドラマみたいなことが起こるんだって、なんだか笑っちゃったの」

「ふうーん、ミカちゃんの話も面白くないわね」

「でも、今日は、ちょっと面白いことがあったわよ」

美果はスプーンを動かす手を止めずに言った。

「ママがね、切断した足の爪が怖いっていったのよ。他のことは我慢出来ると思うけど、爪だけは堪忍してって言ったのよ。確かに爪は気持ち悪かったわ。あの緑川さんっていう人、爪が伸びてたのよ。ちょっと垢《あか》がたまって黒ずんでた。どうしてこんなに不潔な人、ママが好きになったんだろうって思った。でもね、私はママのために、爪ごと指を切ってあげたのよ。一本、一本ね。不思議なもので、爪が無くなったら、ママは怖くなくなったんですって。それで二人で皮を剝《は》がしていったんだけど、私、結構頑張ったなあって思った……」

「やめないか」

達也が怒鳴った。

「どうしてそんな気持ちの悪い話をするんだ」

「だって本当のことなのよ。ママと私が、どんなに一生懸命頑張ったか、ちょっとわかってくれてもいいと思ったの。だってパパと圭ちゃんは食べるだけでしょう」

スプーンを投げ出して、いや、シチューを皿ごと床に叩《たた》きつけることが出来たらと圭児は思う。そして、

「お前たちは気が狂っているんだよ」

と言うことが出来たら。けれども体が縛られたようになり、指は忠実に先ほどからスプーンを握ったままなのだ。

「みんな圭ちゃんのためなのよ」

母の口癖の言葉が聞こえてきそうだ。そうだ、自分は人を殺したのだ。母と姉は自分を罪人にしないために、男の脚の指を切断し、シチューをつくってくれたのだ。そして父親はそのシチューを食べてくれている。どうして自分だけが、それを投げ出すことが出来るだろう。

「そんなに喧嘩《けんか》をしちゃ駄目よ。ね、だって、このシチュー、案外おいしかったでしょう」

ユリ子がにっこり微笑む。

「鍋にもほとんど残っていないわ。みんな、本当に頑張って食べたわね。明日はおいしいハンバーグをつくろうと思うわ。あさってはいよいよ内臓料理よ。みんな絶対に早く帰ってくるのよ。ディナーにひとりでも欠けては駄目。みなで協力して、残さずに食べましょうね」

そう、おいしいデザートもあるのよと、ユリ子はおごそかに言った。

＊

「内臓料理は、やっぱり韓国よね」

ユリ子が言った。

「韓国料理っていうと、やたら辛いみたいだけど、あそこは辛みがとても深いのよ。甘みさえ感じる時があるわ。あれはね、やっぱり唐辛子が違うの。韓国の唐辛子じゃなくっちゃ、あの辛さは出ないと思って、今日麻布の韓国食品店に出かけてみたのよ。さあ、召し上がれ」

厚手の白磁の皿は、確かユリ子が香港で買ってきたものだ。煮物に使うこともあれば、シチュー皿に使うこともある。

「この大きさがとってもいいんです。お料理やその日の気分によって、自由な使い方が出来ますもの」

確か先々月号の女性雑誌に、そんな記事が載っていたと美果は思い出す。

その連載は「午後のお気に入り」というタイトルで、ユリ子の身のまわりの品々を毎月紹介しているのだ。デンマーク製の花器の時もあったし、手織のテーブルセンターの時もあった。どの品々も持っている者の趣味のよさを披露することになっている。

けれどもユリ子のこうした品物は、最近スタイリストが探し出してくれることが多い。

評判がよいため連載が長びき、ユリ子の持ち物が不足してしまったからである。驚いたことに、その中には季節に合わせた雛《ひな》人形があった。どこかの古道具屋から見つけてきたものらしく、かなり古いものである。明治の終わり頃ではないかと、持ってきたスタイリストは言った。それにユリ子と編集者は、こんなキャプションをつけたものである。

「祖母から母、私へと伝わった大切なお雛さま。桃の節句の日は、このお雛さまと娘のために、ちらし鮨《ずし》をつくるのが、私の欠かせない行事です」

その時美果は、母のことを軽蔑《けいべつ》する、というよりも悲しくなった。ここまできても、この人はいったいどんな人生を手に入れたいのだろうかとしみじみ思ったものだ。

まあ、そんなことはどうでもいい。その連載の中には、確かにユリ子の持ち物が幾つかあったのだから。この白磁の皿もそのひとつだ。そして実際にこの皿を母はよく利用している。濁った白が、緑の漬け物にも赤いトマトシチューにもよく似合った。

そして今、皿の中には赤い色の煮込みが、ほかほかと湯気を立てている。散らしたわけ葱《ぎ》と、きつめのにんにくのにおいがいかにもうまそうだ。

たいていの人ならば、この皿を見たらすぐにスプーンを動かそうとするだろう。美果はしたくない。この中に入っているものが人間の肉だと知っているからである。

男の腹から腸を出す作業は、美果だけでなくユリ子も手伝った。パリの料理学校で、羊の内臓料理をつくったことがあるから、こんなことぐらいなんでもないとユリ子は言った。

「内臓はすっごく足が速いのよ。やっぱり栄養がここに集中しているからよね」

羊や牛のそれについて話すようであった。その後の仕事ぶりも凄《すご》かった。ユリ子はひとりで腸の中の汚物をしごき出し、煮込み料理をつくったのである。

最初はにんにくのにおいがあまりにも強烈なのでなかなかわかりづらいが、やがてゴマ油のにおいがぷんと立ってくる。ユリ子が愛用している、鹿児島から取り寄せた極上品だ。すべて人の肉のにおいを消すための工夫である。

あの雑誌を読んで、ユリ子の素敵な暮らしに憧《あこが》れる女たちは、まさか同じ白磁の器に人の肉が盛られるなどとは想像したこともないだろう。

私だってそうだ、と美果はひとりごちた。こうして咀嚼《そしゃく》しているものが、人間の肉だなんてどうして信じられるだろうか。あの日起こったことと、そして一連の出来ごとは、すべて嘘だったのだと美果は思うことにしている。

こうして自分が口にしているものは、豚の内臓なのだ。そうだそうに間違いない。確かに韓国製の唐辛子は、舌を刺すようなものではなく豊かに拡がっていく辛さである。それににんにくとゴマ油のにおいとが重なって食欲をそそる……。

食欲をそそる……、食欲をそそる……。いや、そそりはしないけれども、みなが黙々と食べ続けている、午後七時からのディナーに、遅刻するものは誰もいなかった。あれほど多忙を極めていた父も、おかしな宗教に入り、夜遅くでなければ帰ってこなかった弟も、あれほど外食の予定がぎっしりだった母も、みんな夕飯の席についている。

そして静かに椅子に座る。ゆっくりと箸《はし》をとる。あるいはナイフやフォーク、スプーンをとる。こうして夕食をとることは今や一家四人にとって、このうえない重要な義務であり、儀式であった。

「こうしなきゃ、圭ちゃんを守れないって、みんなわかっているからだわ」

昨日のことを思い出す。ユリ子のところへ刑事がやってきたのだ。

テレビドラマで見ていると、刑事というのはたいていスーツにトレンチコートを着ている。けれどもその刑事は、ネクタイなしのグレイのジャケット姿で、ひとのよさそうな初老の男であった。定年退職した元教員という風情である。けれども髪が薄いだけで、本当はもっと若いのかもしれない。

「いやあ、佐伯ユリ子先生におめにかかるっていったら、うちの女房が興奮しましてね。女房は先生の大ファンだっていうんですよ」

「おそれいります」

ユリ子は、冷ややかにとられないほどの丁寧さで答えた。男にお茶を運んだついでに、美果も傍の椅子に座った。父親の達也が、二人で対応した方がいいだろうと言ったからである。

行方不明の緑川をめぐって、いずれ警察がやってくるだろう。その時、どういう風に口裏を合わせ、どういう答えを言うかということで、一家は毎晩話しあったものだ。どんな小さなミスも許されない、と達也は言ったものだ。

ああいった連中は、ほんのちょっとした綻《ほころ》びから、いろんなものを見つけていくものなんだ。とにかく彼らを納得させなきゃいけないよ。そうかといって、完璧《かんぺき》過ぎるのもよくない。とにかく自然に、平凡に、ということが大切なんだ。

「私は男だから知りませんでしたが、佐伯先生は大変な人気だそうですね。うちの女房のようながさつな女でさえ、先生の料理本は二冊持っているぐらいですよ」

まるで「刑事コロンボ」のようだと美果は思った。あの男も、「うちのカミさんが、うちのカミさんが」を連発していたものだ。そうやって家庭的な優しい男を演出しながら、相手を油断させていくのである。

「いやあ、いい茶碗《ちゃわん》ですな。これは何ていうんですか」

ヘレンドのコーヒー茶碗を、大げさに誉めるさままでそっくりだ。けれども美果が焼いたフルーツケーキに、男はいっさい手をつけなかった。どうやら刑事というのは、お茶を飲んでもいいが、菓子には手をつけないものらしい。

「そんなにたいしたもんじゃありません。ヘレンドといいます」

「ふうーん、へー、ヘレンドねえ。私らの知っているのはノリタケぐらいですから」

男は茶碗を持ち上げ、糸底《いとぞこ》の方までしげしげと眺めた。これも演出なのだろうか、そうだったらとても真に迫っている。男はこの茶碗のことに、心から興味を持っているように目を凝らしていた。

「先生、いろいろお忙しそうですなあ。最近はテレビにもお出になっているんですねえ」

「ええ、料理番組はたまに出させていただきますけど」

「ああいうのは大変なんでしょうな。もし失敗したらどうするんですか。つくったものがもしこげちゃったり、うまく膨らまなかったりしたら」

「そうですね。たいていアシスタントが横にいて前もってやっておいてくれますし、それにプロですからね」

「なるほどねえ……。やっぱりいろいろご苦労あるんですな……。えーと、緑川さんとは、昔からのおつき合いなんですよね」

「ところで」とか「さて」という前置きなしに、男は突然本筋に入った。美果は母の肩が内側にこわばったのを見た。

「緑川さんが、先週から行方不明になっているのをご存じですか」

「ええ、聞いてます」

「何かお心あたりは」

「さあ、私には全く見当がつきません。仕事もうまくいってるし、ご家庭も円満なようにみえましたけど」

「家出なさるような理由はないっていうことですね」

「ええ、私にはそう思われましたけど」

「ところで先生」

男は茶碗を置いた。突然これに対する興味を失くしたかのようにだ。

「先生にはお坊っちゃんがいらっしゃいますよね。確か高校一年生の……」

「はい、圭児と申します」

　母の肩が、さらにきゅっと固くなった。この件について、一家は充分話し合い、充分に対策を練っている。大丈夫、頑張ってと、美果は自分の荒くなった息を整えた。

「えーと、どちらの学校へ行ってらっしゃるんでしたっけ」

「明光学院へ通っております」

「明光、そりゃ、すごい」

男の関心はいっきに茶碗から圭児へと移ったかのようだ。

「明光っていえば、名門中の名門で、東大へ何人も進むんですよね。息子さんは頭がいいんですなあ」

「さあ、やっと入ったばかりで、三年後はどうなりますことやら」

「いやあ、たいしたもんだ。たいしたもんだ。ところで、会社の人の話によると、緑川さんがいなくなった午前中に、佐伯という若い男の人から電話があったっていうんですよ。それからその後、地下の喫茶店で、緑川さんは若い男の子と会っているんですよね」

「あの、その若い男の子というのは、圭児に間違いないと思います」

「そうですか。そりゃまたどうして、先生のお坊っちゃんが緑川さんと会ったりしたんですかね」

「それはこういうことですわ」

ユリ子は背中を誰かに叩《たた》かれたように、快活に喋《しゃべ》り出す。嫌だわあ、刑事さん、こういうことなんですよ。もっと早く聞いてくれればよかったのに。このそらぞらしい明るさ。そう「刑事コロンボ」の真犯人の口調とそっくり同じではないか。

「息子は実は作家志望でして、こっそりといろんなものを書いておりました。あの日は、作家になるにはどうしたらいいのかと緑川さんにご相談にあがったようです。私も最初に聞いてびっくりしました。が、どうも息子は本気だったみたいで、前から面識のあった緑川さんのところへお願いにいったみたいです」

このストーリーを考えついたのは達也だ。圭児のことはとうに調べがついているだろう。緑川と会って、いちばん不自然でない形といえば、圭児がものを書いているということだ。前から知っている編集者のところへ行き、どうしても作家になりたいと少年が訴える。これだったら、わかりやすいシチュエーションではないだろうかと達也は言った。

「ほう、息子さんが作家志望」

けれども、世の中にこれほど意外なことはないという風に男は目を見開いた。

「ええ、私も最初にそれを聞いた時はびっくりしました。そんなそぶりを少しも見せたことはないし、小説を書きたいなんて聞いたこともありませんでしたから」

「それで、息子さんは緑川さんを訪ねていったわけですね」

「そういうことでしょうね」

「なるほど。えーと、じゃ、あの日喫茶店で緑川さんとお茶を飲んでいたのも、圭児さんということになるわけですね」

「本人からそう聞いています」

「実はその時ですね、店員が見てるんですが、緑川さんと息子さんとが、激しく争っていたそうなんですよ。とにかくどちらも睨《にら》み合っていて、何ごとかと思ったって言ってます」

「あ、そのことも息子から聞いています」

ユリ子が急に早口になった。達也からレクチャーされたことを、とにかく大急ぎで口にしなければと焦っているように美果には思えた。

「息子は学校も面白くないし、中退して作家修業をしたい、なんて緑川さんに言っていたようです。緑川さんは、そんなことは馬鹿げている、とにかく今は学業第一にしろと、息子を叱ってくださったみたいです。争っている、と思われたのはそういうことじゃないでしょうか」

男は大きく頷《うなず》いた。そして顔を元に戻したとたんこう言う。

「息子さんにお話を聞かせてもらえませんか」

「わかりました。息子にそう言っておきます」

もうこれで話を打ち切ってくれ、という時の癖で、ユリ子は語尾に力を込めた。男は少し困惑したようにユリ子を見る。しばらく沈黙があった。

「あの、先生」

「はい、何でしょうか」

「ちょっと、お嬢さんのいないところでお話ししたいんですが……」

「娘は私の秘書もしておりますし、何でも知っています。聞きたいことがあるのなら、どうぞここでおっしゃってください」

美果に達也は言ったものだ。ユリ子をひとりにしてはいけない。刑事にどういうことを喋ったか、傍にいてきちんと記憶しておくように。後でまた話を組み立てる時に、細部はとても重要なことになるのだと達也は力を込めて言った。

しかしユリ子が必要以上に毅然《きぜん》としているのは、刑事がこれからする質問がどういうものか、予想がついているからだ。それは美果にしても同じであった。しかし、今はそのことは許せる。許さなければならない。なぜなら、もはや二人は共犯者なのだから。

「よろしいんですか」

男の目に彩りが走る。好奇と軽蔑《けいべつ》が混じった視線。それがユリ子と美果にかわるがわる注がれた。

「緑川さんと先生とは、ごく親しいおつき合いだったとお聞きしているのですが」

きっとこの質問をされるだろうと、達也は断言した。単なる噂です、とか、失礼ね、などというのは何の得にもならない。警察は確信を持っているはずなのだから。

すべて打ち明けることはないけれども、少し譲ることが大切だ。正直さというエサを、ほんの少しだけ警察に与える。そして信用させるのだ。

「もういろいろ、お聞きになっているのでしょう」

ユリ子は不貞腐《ふてくさ》れたような声を出した。もはや、演技しているという感じではない。

「確かに私と緑川さんとは、おつき合いしていたことがあります。私がデビューしたての頃で、右も左もわからない頃、緑川さんに助けていただいて、持ってはいけない感情を持ちました。それはあちらも同じだったと思います。けれども私ももういい年になりましたし、家庭がいちばん大切です。もうこの三年ぐらい、緑川さんとはそういう関係はなくて、単に仕事上のおつき合いです」

「それは、もう男と女の関係じゃないっていうことですね」

「そうです……」

ユリ子は何かに屈服したように、力無く答えた。

「息子さんは、そのことを知っていたんですか」

「そのことと言うのは……」

「お母さんと緑川さんが別れた、っていうことじゃなくて、以前、お母さんと緑川さんがつき合っていたということです」

「知っているはずはありません。息子は娘と違ってずっと子どもですから、私のしたことを理解してくれるはずもありませんし、その必要もありません。仕事場にも連れて行きませんし、全く何も知りません」

「じゃ、息子さんは、お母さんの恋人だったということを知らずに、緑川さんのところへ行って、将来のことを相談したっていうことなんですね」

「そういうことになります……」

　ユリ子は苦悩の表情になる。自分の過去を悔い、息子の心を案じている親の顔だ。けれども実際の母の苦悩が、どれだけのものか美果は知っている。まるでケタが違う。おそらく今日本でいちばん悩み、苦しんでいるのは母だ。殺人者の母というのは、めったにいるものではない。


「圭児は殺人を犯したのだ。あの緑川という男を殺したのだ」

　自分が今、そんなことを叫んだらどんなことになるだろうか。

　美果は誘惑と戦う。いや、誘惑とは呼べないほど、力の弱い誘い。自分がすべてを告白したら、いったいどんなことになるのだろうかと、あの時ちらりと思った。刑事はさっそく圭児をどこかへ連れ去るだろう。両親や自分も同じめに遭うかもしれない。

　しかしそうなれば、この皿の中のものを食べることはなかった。ほぼ毎日のようにつくられる、緑川の肉を使った料理。罪人となれば、この食事という務めから逃れられるのだ。

　美果は隣りの席の、圭児をちらりと見る。弟は一定のリズムでスプーンを動かしている。その表情からは何も読み取ることは出来なかったけれども、圭児はここにいる。そしてあれを食べている。テレビの大喰い大会の出場者のように、口の両端から食べ物をこぼれ垂らすこともない。圭児は逃げようとしなかった。圭児ばかりではない。この家の者は、誰も逃げようとはしていなかった。

一家四人、心を合わせて料理をたいらげていく。この食卓には、不思議な静寂があった。いくらユリ子が、何か楽しいことを喋《しゃべ》ろうと提案しても、結局はみんな黙り込んでしまう。心を込めて、美果もスプーンを動かす。

「誰も逃げてはいない」

そう考えると、美果の心は温かいもので充《み》たされる。それを幸福と呼ぶには、あまりにも不謹慎だということぐらい美果にもわかった。

便所の鏡から、圭児は離れることが出来ない。この頃はいつもそうだ。鏡の前に立つたび、まるで年頃の女の子のようにつくづくと見入ってしまう。時間をかけて、自分の顔を点検した。

眉《まゆ》が濃くなったような気がする。目頭のあたりが、少々赤くないだろうか。それよりも気になるのは、鼻の下に小さな吹き出ものが出来たことだ。これはニキビだろうか。それにしては小さくて痛い。悪質な湿疹《しっしん》かもしれない。口にしたあの男の肉が、体の中で発酵し、毒素を噴き出させているのではないだろうか。

次に圭児は、拳《こぶし》を丸くし息を吹きかける。そして小さなドームの中に鼻をつっ込み呼吸してみる。

嫌なにおいがしているのではないだろうか。自分でも気づかないうちに、吐く息が今までとは違っているのではないだろうか。

昨夜のメニューは、北京ダック風ステーキであった。薄くそぎ落とした肉に、甘い味噌だれをつけ、ネギを添えて春餅《シュンピン》で巻いて食べる。

「圭ちゃんは、北京ダックが大好きだものね」

ユリ子は言った。

「華陽飯店の北京ダックとはいかないけれども、なかなかの味でしょう。あそこの味噌だれを研究してみたんだけど、ママのはもうちょっと辛めのお味噌を使うことにしてみたのよ」

あれから二十日、あの肉を食べることはもう特別のことでも何でもない。毎日のように食卓に登場するようになった。ある日はすき焼きだったし、ある日はチンジャオロースであった。どれも香辛料や調味料をたっぷりつかってある。

これは人間の肉なんかじゃないんだ。箸《はし》を持つ前に、圭児は自分に暗示をかける。これは牛肉なんだ。ちょっと変わった外国産の牛肉。だからためらうことは何もないんだよ。それに何より、自分と一緒に箸を動かしてくれる家族のことを考えなくてはならない。みんな自分を救おうとしてくれている。本当に自分のことを愛し、大切に思っているから、誰ひとりとして食事をエスケープしない。箸を途中で置く者もいない。そのことを考えると、圭児は涙が出そうになる。これほどまでに家族が、自分のことを考えてくれているとは思ってもみなかった。

けれども家族が誰も逃げないように、圭児もまた逃げることが出来ない。今、家族は同じ鎖で繋《つな》がれている。犯罪という太く大きな鎖だ。それをつけているからこそ、家族は安定し、同じ場所にたたずんでいるのである。

今日、ユリ子から告げられた。明日刑事がやってくると。圭児本人から話を聞きたがっているというのだ。

「安心していいわよ」

ユリ子は言った。

「みんなで話し合ったとおりのことを言えばいいの。それに見るからにのろそうな人よ。きっとたいした役に立たないで、上司に言われてうちにやってきたっていう感じ。あんまりやる気がないみたい。圭ちゃんは普通にしていればいいのよ」

そうは言っても刑事は刑事だ。自分の動揺や焦りを、表情から読み取っていくかもしれない。こちらを挑発するようなことも得意だろう。ユリ子がつき添ってくれるというけれども、圭児は不安でたまらない。

その時ドアが開いて、二人の少年が入ってきた。今日の〝ご奉仕〟当番で、便所の掃除をするのだ。ここの便器はどれも真っ白でくすみひとつない。言われたとおり、みんな素手で便器を磨き立てるのだ。

彼らが入ってきたのを汐《しお》に、圭児はようやく鏡の前から離れた。礼拝が始まるにはまだ間があって、広間に人々が集まり始めた。圭児は小さなグループの中に、広瀬の顔を見つけた。

広瀬は今や「時の人」になっている。京都での研修中、広瀬は特別に選ばれて教祖さまと同じテーブルで食事をしたのだ。その際教祖さまは広瀬のことをねぎらい、

「とてもよくやってくれているようだね。これからは君のような若い人が中心になって、どんどんみなを引っぱっていってくれよ」

とお話しになったという。教祖さまは東大卒業者に特に目をかけられ、彼らだけの「イチョウ赤信会《せきしんかい》」というものをつくらせたぐらいだ。けれども広瀬のような例は初めてだとみなは言う。やはり一流企業を辞めてまで、ここの専任講師になったことを認めていらっしゃるからに違いない。

広瀬は学生風の若い男二人と何やら話し込んでいる。若い男たちは街で勧誘を受けここにやってきたのだ。

「あなたたちの迷う気持ちもわかりますよ」

広瀬の声がした。

「本当にこいつらの話を信じていいんだろうか。いろいろなことが、非科学的過ぎるって思っているんでしょう。でもね、科学って何なんでしょうね。目で見えるものしか信じない。目に見えないものは絶対に信じない、っていうのが科学なんでしょうか。でも仕方ない。僕たちはそういう教育をずっと受けてきたんですから、気持ちはわかりますよ」

広瀬の声はよく通る。教養と信念を持つ人独特の明るい透きとおる声。圭児は広瀬のこの声が大好きだ。

「じゃ、とりあえず礼拝を一緒にしましょうよ。あなたたちがここにやってきたのは、ご縁があったからですよ。それがどんなにすごいご縁かということは、今日の礼拝できっとわかるはずですよ。あなたたちだったら、きっと感じるものがあるはずですよ」

やがて広瀬は、圭児を見つけて立ち上がった。ニコニコ笑いながらこちらにやってくる。

「佐伯君、久しぶりだね。君、この頃ちょっと寄っても、すぐ帰るそうじゃないか。なかなか会えなくって、どうしてたんだろうかって心配してたんだ」

「すいません。うちで夕飯を食べなくっちゃいけなかったもんですから」

「へえー、そりゃどういう心境の変化なんだい。佐伯君がそんなにうちが好きだったとは知らなかったよ」

二人は集会場の隅のソファに座った。礼拝は正座して行なわれるが、足の弱い老人のためにソファが用意されている。これはイベントが近づいた時など、若者のための仮眠用のベッドにもなった。

「広瀬さん、地獄の話をしてください」

「地獄か。うん、僕もこの頃の暗いニュースを見たり聞いたりするたびに、地獄のことを考えるね。どんなことをしても、最低級霊にだけはなりたくないと思うね」

「最低級霊というのは、どういう人たちがなるんでしょうか」

「まず殺人者がなるね。教祖さまはこのあいだお祈りの最中、地獄でヒットラーがもがき苦しんでいるのをはっきりとご覧になったそうだ」

「ヒットラーは人を殺したからですか」

「そうだよ。殺人者はまず最低級霊になるね」

「あの……、殺人者が救われるっていうことはないんでしょうか」

「そんなことはあり得ないね」

きっぱりと言った。

「教祖さまもおっしゃっている。ほとんどの霊は善行によって改善されることがある。だが、自分が善を積み重ねることによって、霊級を上げていくことが可能だけど殺人だけはどんなことをしても駄目だ。霊は最低のところへ落ちて、もう上がることは出来ないんだよ」

「広瀬さん……」

目の前の男の顔は静かだった。信頼に値する静かさだった。

もう駄目だ。耐えられない。鎖を自分で切って、ひとりで逃げ出すのだ。

「広瀬さん、助けてください。僕も最低級霊になりました」

「何だって」

＊

「広瀬さん、僕は人殺しをしたんです」

圭児は言った。人殺しという言葉は魔法の小石だった。いったん喉《のど》から吐き出されると、いくらでも、いくらでも言葉が続けて出てくる。

「相手は緑川といって、出版社に勤めている人です。僕のお母さんの愛人でした。どうしてあんなことになったのか、今でもよくわかりません。ふざけやがって、このヤローって言って、あの男が殴りかかってきたんです。僕はとっさに包丁をつかみました。いや、とっさじゃなかったかもしれない。この包丁で相手を脅かしてやろうって、ちゃんと計算していました。でも気づいた時には、相手のお腹を刺してました。まさか本当に死ぬとは思いませんでした。でも、見ているうちに、もう生き返らないってわかりました。生き返りそうだったら、ちゃんと救急車を呼んだかもしれません。でも、すぐに、あの男は死んじゃったんです。だから仕方なかったんです」

「嘘だろ……」

かすれた声だった。

「佐伯君、君、ちょっと悪い冗談を言っているんだろう。だって君みたいな、ちゃんとした男の子が、人を殺すはずがないじゃないか」

「人を殺すつもりはなかったんです。でも、死んじゃったんですよ」

広瀬の少し虹彩《こうさい》が茶色がかった目が、怯《おび》えのためにしばたたかれる。怯えというのは、嫌悪よりも強い、相手に対しての拒絶だ。圭児は目に見えない大きな力で、どーんと向こうにつきとばされたような気がした。

「君、も、もしもそれが本当だったとしたら、おうちの人は知っているのか」

「もちろん知っています」

「それで、警察に連絡しなかったのか。親なら当然、自首するように言うだろう」

「そんなことをするぐらいだったら、みんなで死のう、ってお母さんは言いました。僕が逮捕されて、人からいろんなことを言われるぐらいなら、お母さんは本当に死んだ方がいいと思っているみたいです」

「そんな母親なんか、いないと思うよ」

広瀬は首を横に振った。そのことを指摘することによって、すべてのことを否定しようとしているかのようだ。

「君のお母さんは、有名な人だし、ちゃんと知性も分別もある人だろう。そんな、もし、子どもが本当に人殺しをしたら、知らん顔するわけがないじゃないか」

「いえ、警察に行くな、って言ったのはお母さんです。そしてどんなことをしても、僕を庇《かば》うって言ってくれました。お母さんだけじゃありません。お父さんも姉も、みんなで協力して、僕を庇ってくれようとしているんです」

「でも、現に死体があるわけだろう、そ、その本当に佐伯君が人殺しをしたらばの話だけれど」

「それは……」

圭児は初めて口ごもった。口に出すことのおぞましさよりも、目の前の相手が信じてくれるかどうかの不安からだ。

「それは、皆で食べました。皆で少しずつ、毎日、証拠を消すために食べ続けています。もう少しで失くなる、ってお母さんは言っています。この一ヶ月半っていうもの、僕たちは毎晩、肉料理を食べ続けてます。シチューに、トルコ料理のなんとか、韓国料理も多かったな」

は、は、は、と、広瀬は笑い出した。その笑い声の大きさに、傍を行く女の子が咎《とが》めるような目を向ける。もうじき礼拝の始まる教会の中で、こんな大声で笑うとは不謹慎だと言いたげだ。

「佐伯君が、こんなユーモアの持ち主だとは思わなかったよ」

快活さを装う人がそうするように、広瀬もいつまでも唇を大きく笑いの形のままにしている。

「今のことで、君の話が全部ジョークだってよくわかったよ。そういえば、君のお母さんは料理研究家だったよね。さぞかしおいしい人肉料理を食べさせてくれただろうね」

「いえ、本当の話ですよ」

圭児は広瀬の目を見つめる。

「僕も自分でこんなことが出来るとは思ってみませんでした。でも家族みんなで食べればなんとか食べられます。お母さんはいつも言うんです。さあ、もの凄《すご》くおいしくつくったから召し上がれ。これを食べるか、それとも死ぬかのどっちかなのよって。これを食べられなくなったら、家族みんなで死にましょうって」

「僕はそんなことを信じないよ」

怯えは濃くなり、重なり合って恐怖へと姿を変えていた。広瀬のこんな顔を初めて見た。わずか三十分前、彼は入会しようかどうしようかと迷っている青年に、こんなことを言っていたではないか。

「目に見えることとしか信じない人がいたとしたら、それはとても不幸なことですよね。僕たちはこの生きている場所が、本当にちっぽけな仮のものだって知っているから、どんなことだって怖くありません。どんな奇跡や現象も素直に信じられるんですよ」

教会のざわめきが静まりつつあった。先生と呼ばれるグループリーダーの女性が、祭壇にろうそくを点《つ》け始めたのだ。

「とにかくお祈りしよう」

広瀬は言った。

「後で君の話をもっと詳しく聞くよ。あの、もうひとり加えてもいいかな。も、もし、佐伯君の言うことが本当だとしたら、僕ひとりじゃとても処理しきれないからね、ね、ね」

祭壇に向かって歩く広瀬の背に向かって、圭児は問うた。

「僕はやっぱり最低級霊になるんでしょうか。それとも救われるんでしょうか」

「そんなことわからないよ」

小さな声で広瀬は答えた。


達也はいちばん近くのコンビニで、サンドウィッチをひとつ買った。サンドウィッチは、OL仕様とでも言うのだろうか、小さなサイズで中は野菜がほとんどで、薄いハムが一枚だけ入っている。けれども今の達也にはこれで充分だった。

このところ空腹というものをほとんど感じない。たっぷりの夕食をとるせいだろう。肉料理に対する贖罪《しょくざい》からか、ユリ子は他の料理も必ず用意する。昨夜のハンガリー風シチューの他には、アスパラガスと絹さやのサラダがついた。アンチョビソースと新鮮な野菜がよく似合っていた。それにかき玉汁。肉料理のにおいを消そうとしているのか、ショウガの味がした。

あの夕食を口にするのはもはや苦痛ではない。最初の頃は、吐き気と闘うためにどれだけ苦しい思いをしただろう。けれども、

「今吐いたら、すべてが終わる」

という心に励まされた。家族のうち、誰かひとりが吐いたら、張りつめていた糸がぷっつり切れるのだ。

ユリ子はおそらくヒステリー状態になるに違いなかった。食べる者の数十倍も苦労して、調理している身になってくれと、わめくだろう。美果は泣き出すはずだし、心配なのは圭児だ。父親にならってすべてを吐いた後、僕ひとりで死ぬから、もうこんなことはやめよう、などと言うことは充分予想出来た。

だから達也は歯を喰いしばって食べた。心の中で何度もつぶやいたものだ。

「ああ、なんてうまい牛肉だろう」

「ああ、なんてうまいトリ肉だろう」

「ああ、なんてうまい豚肉だろう」

そして会得したことは、なにもそんなに無理をすることはない。無心で食べればいいのだ、ということだ。

本当の牛肉を食べる時、誰も、

「ああ、なんてうまい牛肉なんだろう」

と、いちいち自分に言いきかせたりはしない。ただ、うまい、まずいという感想を持つだけだ。あの時の心境にならなければと達也は思った。

そして今、あの食卓に向かうことは、そう苦痛ではなくなっている。あれ以来、七時の夕食に遅れるものはいない。みんな揃って食卓につく。誰かが必ず愉快な話をする。それはテレビで見たちょっとしたことだったり、読んだ雑誌の記事だったりする。外で出会った愉快な出来ごとの話はしない。なぜならば、みんなあの日以来、外部とは可能な限りつき合いをしていないからだ。

それは犯罪が露見するのを怖れて、というだけではない。家族だけで充《み》たされていることにもある。

サンドウィッチを持って、達也は自分の席に座った。どこの席へ行って食べようか、もうあそこは空《す》いているかしら、などと話していた三人のOLが、達也の姿を見るなりピタッと話をやめた。その横でそそくさと席を立つ部下の姿を見た。

このところ昼食に達也を誘う者は誰もいない。彼がサンドウィッチや調理パンを買ってくることを知っているせいもあるだろうし、合併を伝える社長の話の最中、突然野次った達也に対する不可思議さもあるだろう。

それよりも自分が遠ざけられるのは、食べている人肉のせいではないだろうかと達也は思う。自分では気づかないけれども、自分の体からは腐臭のようなものがし始めているのかもしれない。もうしているものは仕方ないだろう。

サンドウィッチを食べながら、パソコンを動かし始めた。何通か社内メールが入っていた。同期の大竹という男からだ。

「ずうっと連絡くれないけど、忙しいのかな。いや、そんなに忙しくないっていう噂があるけど、とにかく連絡をくれ。いろいろ話したいことがある」

スイスの銀行との吸収合併を発表したとたん、達也の勤める銀行は、二千人のリストラを断行すると発表したのだ。それも中高年だけとは限らない。若手からも早期退職者を募ると日経には書いてあった。それにしても、こうした大切な情報を、日経から知る自分たちはいったい何だろうと達也は思う。

いま若手から「面接」が始まっている。担当者に呼ばれ、今後の考え方を聞かれるのだ。まだこの銀行に勤める意思があるのか。早期退職にOKしさえすれば、通常の退職金よりもずっと多くのものを貰《もら》える。君の若さとキャリアを持っていれば、きっと他のところからも声がかかるだろう。やりづらい外資系の会社に残るよりも、自分が本当にやってみたいことにトライするのも、素晴らしいことじゃないだろうか……。

などと担当者は若い連中に言っているらしい。けれども俺のような、部長までいった中年には何と言うつもりなのだろうか。

次のメールを開いた。

「おととい君を社内で見つけたら、雰囲気が変わっていたのに驚いたよ。無理もないさ、今度のことは、まともな神経の持ち主だったら、とても耐えられることじゃないもんな」

まさか、あのことを知っているわけではあるまい。

「ま、このメールで会社の悪口を言うわけにもいかないから、とにかく飲もう。会って話そう。このあいだから、これと同じメールを送ってるのに返事がないけれど、いったいどうしたんだい」

もうここでメールを開く気が失せて、達也はサンドウィッチを食べ始める。セルフサービスのコーヒーがあるのだが、取りに行くのがめんどうくさくなった。ゆっくりと咀嚼《そしゃく》していく。サンドウィッチは安物のマーガリンの湿気が強過ぎた。レタスも気味悪いほど水っぽい。

けれどもこのまずさを、しみじみと懐かしいもののように達也は味わっている。毎晩食する、時間をかけてプロの料理研究家である妻がつくる人肉料理。不味《まず》いけれども野菜とハムでつくられたサンドウィッチと、うまいけれども人肉でつくった料理と、人はどちらを選ぶだろうか。すべての人間が前者を選ぶに違いない。あたり前の話だ。

けれども両者の間に、どれほどの差があるだろうかと達也は思う。人の肉とハムがどれほど違うものだろうか、などと思い始めているのは、自分の感覚が相当麻痺《まひ》していることで、これは達也にとって実に歓迎すべきことだ。このところ夕食が、日いち日と苦痛でなくなっていくのである。

「もう少しよ」

と妻のユリ子がはずんだ声を出したものだ。

「みんなが毎晩、一生懸命食べてくれたおかげで、あれがもう少しになってきたのよ。明日は久しぶりに、魚すきにでもしてみようかしら」

その時、反対を唱えたのは達也であった。

「そういう気の緩みがいちばんいけないと思うよ。いま、毎晩肉を食べている習慣が出来ているんだから、それを崩すことはないじゃないか」

子どもたちもそれに同意して、おとなしくハンガリー風シチューをすすり始めたのである。もう少しであれが失くなるというのは本当だろう。親子四人で、この一ヶ月半せっせと食べ続けた。けれどもあれが失くなったからといっても、元に戻るわけはない。自分の体にしみついたにおいは、もう一生消えることはないだろう。

ほら、いまも若いOLが、自分から目をそらした。彼女は毎年バレンタインには、「義理チョコじゃありませんよ」と笑いながら、必ずブランドもののチョコをくれたものだ。二週間に一度くらいは、女性も交じえて昼食に出かけることもあったが、流行《はや》りの店や人気の店を教えてくれたのも彼女だ。今、同じ人間が、あわてて達也から目をそらした。もしかするとにおい以上のものが自分から発せられているのかもしれない。けれどももうそんなことはどうでもよかった。ほとぼりが冷めたら、自分はこの銀行を辞めるつもりでいる。

「今、辞めたりしたら、圭児のことで疑われてしまうでしょう。ふつうどおりに振るまうことが大切だって言ったのはあなたじゃないの」

という妻の言葉に押しきられてここまでやってきたけれども、自分は早晩ここを辞めることになるだろう。

ディスプレイを見つめながら、達也はサンドウィッチの最後のひと口を呑《の》み込んだ。そうなのだ。最近の昼食は、夜のコンディションを整えるために食しているのである。

竜田揚げはたっぷりの量があった。そしてキュウリと夏柑《なつかん》のサラダ。季節が少しずつ変わろうとしていた。

グレープフルーツのゼリーを配りながら、ユリ子がおごそかに言った。

「今日で、あれが終わったわ」

ああ、とため息をついたのは美果だった。

「嘘みたいだわ。信じられないわ。食べ始めた時、あれは永遠に続くかと思った。いくら食べても食べても、失くなるような気がしなかったけど」

「みんなのおかげよ」

ユリ子がにっこりと笑う。これほど毎日、こってりとした肉料理を食べ続けてきたというのに、ユリ子は少し痩《や》せた。もしかしたら過度のストレスのせいかもしれない。そぎ落とされた頰のせいで、ユリ子はかなり老けて見えるようになった。けれども今日の祝いのせいか、口紅が赤い。その華やかさのせいで、ユリ子はますます若さから遠のいていった。

「そんなことないわよ。ママ、すっごく頑張ったもん。私だったら、こんなこと、絶対に出来ないと思うわ。あれを毎日料理するなんてさ」

「ミカちゃんだって、本当にすごかったわ。骨を毎日粉砕機にかけてくれたし、爪や毛をすこしずつ、授業の廃棄物に混ぜて捨ててくれたのもミカちゃんよ」

「そんな話はやめなさい」

達也が言った。

「今まで我慢していたものを、今、いっぺんに吐きそうだよ」

ごめんなさいと、ユリ子は素直に謝った。

「でもね、問題がひとつあるの」

「問題」という言葉に、ユリ子以外の三人はびくりと肩を震わせた。

「頭部が残っているの」

「トウブ?」

思わず問い返し、圭児はすぐに後悔することになる。

「そうよ、頭部なの。あの頭が一個、ごろりと残っているわけ」

沈黙があった。皆の頭の中に、あまりにもくっきりとした映像がつくり出される。三人の中で、いちばんじっくりと彼と向き合ったのは圭児だ。圭児はいつかテレビのドキュメンタリー番組で見た、オランウータンの生首を思い出した。確か食用にされるという彼らは、本当に薄気味悪い表情をしていた。死んだ緑川の猿顔がくっきり甦《よみがえ》る。

「私ね、あれを料理し始めた時から、いちばんネックになるのが、この頭部だと思ってたの。どんなことしたって食べるわけにはいかないわ。何よりもあれが何なのかわかってしまう。脚やお腹の肉なら、とっさに誤魔化《ごまか》すことが出来るかもしれない。でもね、人間の頭を見せられて、これは牛だなんて言えないわよね」

「割ったりすることは出来ないのか」

と達也は言い、

「自分でやってみたら」

というユリ子の怒声にあった。

「冷凍庫のいちばん奥にある、人間の生首をどうやって料理するっていうのよ。私、触るのだって嫌なのよ」

「生きている時は、好きで撫《な》でまわしたもんだろうに」

「そういう言い方はやめてくださる」

ユリ子は達也を睨《にら》んだ。アイラインがいっそう濃くなっているから、大層きつい表情になった。

「この期に及んで、私のことをとやかく言うのはやめて頂戴《ちょうだい》。私たち、もう一心同体なのよ。仕方なくだけど、とにかく一心同体なのよ」

「じゃ、捨てるしかないだろう」

達也は謝罪することなく続ける。

「どこかに捨てるしかないだろう」

「何言ってるのよ。死体をそこらへんに捨てるから、すぐに犯人がつかまるんだ、って言ってたのはあなたじゃないの。そのへんのポリバケツに、人間の生首がゴロリと出てきたら、ワイドショーはさぞかし大喜びでしょうけど、私はまっぴらよ」

あの時以来初めて、二人はいがみ合った。確かに糸は、ぷっつりと断たれたようなのである。

＊

夕食の場は、いつのまにかディスカッションへと変わっていた。先ほどまでのとげとげしい空気は薄れ、いつのまにか、なごやかな、といっていいほどの温かさがあたりを支配していた。

「デザートのお代わりがあるわ。コーヒーをもう一杯淹《い》れるけど、もっといかが」

ユリ子の声も明るさを取り戻している。それは、

「今日であれが終わった」

という言葉を、皆がやっと理解し始めたからである。ユリ子はうきうきとした調子で続ける。

「私ね、法律の本、っていってもシロウト相手の入門書みたいなものだけど、いろいろ読んで調べたのよ。あのね、日本の裁判所っていうところは、証拠が無ければ何も出来ないところなのよ。いくら自白したって駄目なの。そんなもん、いくらでも覆《かく》せばいいの。とにかく証拠がなければ、その犯罪はしなかったのと同じなのよ。それなのにどう？　私たちに証拠はあるかしら。何もないわよね。うふふ、もう何もないのよ！」

最後の声はかん高くなり、ヒステリックな、という表現がつけられてもいいぐらいだ。

「そんなに簡単に言うもんじゃない」

達也がたしなめた。

「最後にいちばん肝心なものが残っているじゃないか。それをどうするか、っていうことにすべてががかかっているんだ」

「本に書いてあったけど、被害者の身元がわかるのは頭部からなの。歯型なんかですぐにわかってしまうからよ」

「食べる、っていうのはむずかしいの？」

圭児はおそるおそる尋ねた。今まで自分に意見を言う資格などないと思い、黙々と食べることに専念してきた。けれども今夜でその呪縛も終わると母は言ったのだ。そのとたん、自分にもさまざまな行事に参加してもいいと思う活力が生まれたのは不思議だった。

「頭もさ、料理次第で食べられるんじゃないのかな」

「馬鹿ね、そんなことが出来るわけないじゃないの」

美果が弟をジロリと見たが、そう陰湿な感じではなかった。彼女もユリ子の、

「今夜で終わり」

という言葉にはしゃいでいるのだ。

「圭ちゃんは、冷凍してあるあれを見ていないからよ、髪だってちゃんと残ってて、すっごく怖いわよ。他のところは手伝えたけど、あれは触るのもイヤ、っていう感じよね」

「でも、猿の脳味噌《みそ》食べる、とかいう料理があるじゃん」

「やめてよ。あんた、何言ってんのよ――」

美果が悲鳴をあげた。

「そんなこと言うんだったら、圭ちゃんが料理しなさいよ。頭っていうのは、他のところとはまるで違うの。脚や腕だったら、牛肉だって思い込むことが出来るわ。だけどね、頭はそうじゃないの。頭には目も鼻も口もあるわ。冷凍してるから腐ってもいない。そのまの形であるの。あれを料理して、食べる、なんていうことが出来るはずはないじゃないの」

「美果ちゃんの言うとおりよ。あれを料理するなんてことは、まず不可能ね」

「だったら捨てるしかないな」

達也がおごそかに言った。

「山奥か海へ行って、捨てるしかないだろう」

「それがね、また問題なのよ」

皆のカップに、コーヒーを注ぎながら、ユリ子はひとり頷《うなず》く。

「頭部っていうのは目立つし、そこですべてが露見するから、簡単に捨てられないのよ。どこかに埋めた人首が、工事で発見されたっていうのは、よく聞く話じゃないの」

「だったら国立公園はどうかな」

と圭児。

「ああいうところは、永遠にそのままなんでしょう。工事が入ったり、掘り返されることもない」

「だけどね……」

ユリ子は顔をしかめた。

「これも本に書いてあったんだけど、埋める、っていうのも問題よね。だって、だってよ、もしも……自供っていうものがあったとするじゃない。いや、私たちの場合は、証拠がまるでないんだから、警察が来るなんてことは絶対にあり得ないんだけれども、万が一、警察へ行って自供っていうものがあったりする。するとね、どこそこへ埋めましたって、人間はついに言ってしまうものらしいの。そうなると、日本の警察っていうのはすごいものらしいわよ。松林のあのへん、って言っただけで、人海戦術で土掘り起こして、ちゃんと証拠を発見しちゃうらしいもの」

その後、ユリ子自身も含めて、沈黙があった。四人が四人、具体的なシーンをそれぞれ頭に浮かべたからだ。中でもいちばん強いイメージを持ったのは圭児である。

「僕は監獄というところへ入るんだろうか」

一度だけ会った刑事のことを思い出す。退職した先生みたいな男の人だから、何も心配することはない。ママの言ったとおりに答えておけばいいのよ。でも決して目をそらしちゃダメ。テレビドラマを見たことがあるでしょう、刑事っていう人はね、相手をじーっと見て、へんに目をそらしたり、瞬きしたりする人のことを疑うのよ。

母からさんざんレクチャーを受けていたせいか、自分はうまくやりおおせたと思う。

「ああ、そうですか。そこで君は緑川さんと別れたわけですね」

「ええ、あちらも僕にあまりいい印象を持たなかったみたいなんで、そこでお別れしました。そしてもう二度と会わないだろうなあって思いました」

話はそこで終わりだった。あれ以上何が起こるというんだろうか。あの刑事の目の中に映っていたのは、いくらか頭のよさげな平凡な高校生、それだけだったと思う。それ以上の強いものを、自分は何も与えていなかったはずだ。

けれども、けれども、万が一ということがある。自分は警察へ連れて行かれ、取り調べを受けることがないと誰が言えるだろうか。母のユリ子は、

「そんなこと、あるわけないでしょう。そんなことがないように、みんなで頑張ってあれを食べ続けたのよ。つらい思いをして、皆であれを消したのよ。そんなことは絶対にあり得ないわ」

と言うだろう。けれども万が一、ということがある。自分は容疑者として、警察へ連行されるかもしれない。テレビドラマで見るとおり、取り調べ室というのは本当に暗くて狭いんだろうか。いや、十六歳の自分に大人と同じことが起こるはずはない。

が、取り調べというのは、少年でもきついものだと聞いたことがある。暴力はふるわないまでも、ねちねちと心をいたぶっていくらしい。相手はその道のプロばかりなのだ。人の心を操作することなどたやすいことだろう。

もしかすると、自分は自供というものをしてしまうかもしれない。

「刑事さん！」

寝不足の腫《は》れぼったい顔で、こう言うんだろうか。

「国立公園の、道路傍のところに、確かにあれを埋めました……」

って。嫌だ。それはやっぱり嫌だ。そんなことをしたら最後、自分のしたことは現実になってしまう。母は言ったものだ。わからないことはしていないことと同じだと。それなのに自供をし、あれが見つかれば自分がしたことは、やはりしたことになってしまうではないか。そんなのは嫌だ。絶対に嫌だ。

「海っていうのはどうだろうか」

圭児は叫んだ。

「海だったらいいじゃないか。底に沈んでしまえば誰にもわからないよね」

「そのことも考えたんだけれどもね……」

ユリ子は哀し気に顔をしかめた。本当に哀し気にだ。

「これまた本で読んだんだけど、死体っていうのは、よく漁の網にひっかかるものらしいの。それで大騒ぎになってしまうのね」

またしばらく皆は黙り込み、先ほどまでの楽し気な雰囲気が消えかかると思われた時、突然達也が発言した。

「だったら崖《がけ》はどうだろう」

「崖ですって」

ユリ子が意外なことを聞くような声をあげる。

「そうだ崖だよ。そこに投げ入れれば捜し出すことは出来ない」

「そんなの無茶よ。崖の下は谷底になってて、川が流れてるわ。そういうところで釣りをしている人がいるでしょう。そういう人がよく発見するって、本には書いてあるわ」

「そういう崖じゃない。なんていうのかな、地震で岩壁が割れたような崖だ。奥深くて底なし沼のようで、ずうっと地球の奥まで続いているような崖だ」

「『インディ・ジョーンズ』に出てきたみたいなやつね、そこに落ちたら最後、死んじゃうようなやつ」

と美果。

「そうだ、そういう崖がこの場合、いちばん的確じゃないだろうか。そこにあれを落とせばすべて終わるんだ」

「でもあなた、そんなところ日本にあるんですか」

「インターネットで探せばいい。東京から出来るだけ近くて、とにかく深いところを探せばいいんだ。オレたちはピクニックのふりをしてそこへ行く。そして弁当を食べた後で、その中にあれを投げ込めばいい。そうしたらすべてが終わるんだ。後に残された仕事はただひとつ。このことを忘れること」

「そうよね、いいことを言ってくださったわ！」

ユリ子はうっとりとした表情で夫を眺めるが、達也を見ていないことは誰の目にもあきらかだった。ユリ子は夫の肩ごしに、そのピクニックに行く野山と深い崖と、そこにある解放を見つめているに違いなかった。

「私、お弁当をつくるわ。もう最高の、これ以上出来ないほどのランチボックスをつくるわ。そこでパーティーをしましょう。私たちのしたことが、すべて終わったお祝いよ。シャンパンを抜いて乾杯をするの。ああ、なんて素晴らしいんでしょう……」

なんとユリ子は涙ぐんでいるのである。美果はそっと母の腕をとった。この腕がどれほど過酷なことをしたか、いちばんよく知っているのは手伝った美果だ。内臓を開き、骨を叩《たた》き割り、骨を少しずつ粉砕した。いくらプロ仕様の機械があっても、それはどれほどつらくおぞましいことだったろうか。

「ママ、私も手伝うわ。おいしい、おいしいランチボックスをつくりましょう」

「ありがとう、ミカちゃん」

二人はしっかりと手を取り合った。

達也はインターネットを駆使して、さまざまな情報を集めた。けれどもこれぞというところは見つからなかった。岩壁に深い裂け目があるという崖はあることはあるのだが、そういうところは立入り禁止区域になっており近づくことが出来ない。

「これはどうだ」

金曜の夜、達也はプリントしたものを皆に配った。

「一泊してもいいかと思って、東北の方まで探したけれど、案外近いところにあった。埼玉県のT遺跡だ」

　ここは縄文時代の複合遺跡であるが、その近くに「奇岩」と呼ばれる石灰岩の崖がそびえ立っている。ところどころ深い裂け目があるが、ロープが張られた遊歩道があり絶好のピクニックコースだと観光案内には書いてある。

「本当にぴったりのところね」

　夏休みのバカンスの場所が、やっと決まったかのようにユリ子が言った。

「さっそくあさって出かけることにしよう。高速を使えば二時間あれば行くだろう」

「そういえば、四人で出かけるなんて七年ぶりじゃないかしら」

「そんなことはないだろう、このあいだ伊豆《いず》へ一泊したのは、三年前のことだったろ」

「いいえ、あれが七年前よ。あなた、仕事、仕事で、とてもじゃないけど家族旅行なんて無理だったのよ」

　それは母のユリ子にしても同じだったのではないかと、美果は傍で聞いている。七年前といえば、ちょうどユリ子が忙しくなってきた頃である。エリート銀行員の夫を持ち、海外生活の長い美貌《びぼう》の料理研究家ということで、ユリ子は脚光を浴びた。最初は小さな料理の囲み記事から始まったのに、やがて女性誌はこぞってグラビアでユリ子の写真を使うようになったのだ。その時から撮影、打ち合わせと毎日ユリ子は出かけるようになった。それだけではない。編集者や他の有名人たちと会食したり、パーティーといった機会も増えていった。

当時、母の心は家族ではなく、完全にあちらを向いていたと思う。これは美果の推理だけれども、緑川とつき合い始めたのもその頃ではないかと思う。母は急に美しくなり洗練された。娘から見ていても眩《まぶ》しいほどにだ。母は家族よりもはるかに強い快楽を手に入れたのだった。

その母がこの二ヶ月というもの、全く夜は外出せず、家族の夕食だけをつくり続けた。それがどれほど大変なことだったか、美果にはよくわかる。ほとんどの予定をキャンセルしたり動かしたりしたから、母のアシスタントたちは右往左往していたものだ。

が、それももうじき終わるのだろうか。あさってピクニックへ行き、すべてのことを済ませたら、また元の生活が始まるのだろうか。

不倫相手はもう死んでしまっているが、母はまた新たな男性を見つけるのか。父親にしても、毎日信じられないほど早い帰宅だった。おそらく職場で、多くのものを放棄したに違いない。その父も、すべてが終わればまた銀行の中枢に戻っていくのか。

そして弟の圭児も、名門高校の高校生として、再びふつうに生きていくのだろうか。

そんなことはあり得ない、と美果は思った。うまく言えないけれども、もはやすべてのものは壊れてしまったのだ。心からそう思う。この二ヶ月間、自分たち家族は崩壊を喰《く》い止めようと必死になってきた。信じられないようなことを毎日続けたのもそのためだ。けれども、自分たち家族はとっくに終わってしまっていたのではないだろうか。

美果は静かにその場を離れ、階段を上がった。そして自分の部屋に入り、音をさせないようにドアを閉めた。

　電話の番号を押した。留守番電話がまわっていた。しばらく迷っていたけれども携帯の方にかけた。コールが二回もしないうちに、

「もし、もし」

　政志の声がした。彼の声を聞くのは何ヶ月ぶりだろうか。ここで躊躇《ちゅうちょ》したらもう次の言葉が続かなくなる。美果は早口になった。

「私よ。元気してたかしら」

「おお、久しぶりじゃん」

　とまどいながらも、闊達《かったつ》さを装い、そして用心している声だ。どうして今頃電話をかけてきたのだと、その明る過ぎる声は語っていた。

「どう、元気してた」

「まあ、まあっていうとこ。いろんなことがあったの」

「ふうーん」

　早く切れよと、そのあいづちは言っている。

「あのさ、私、もしかするとかなり遠いところへ行くかもしれない」

「留学でもするのか」

「うーん、それとも違うんだけど遠いところへ行くかも」

「ふうーん」

美果は、この〝ふうーん〟と言う時の政志の唇の形を思い出した。が、あの時の形とはあきらかに発音が違っている。今はそんなことどうでもいい、それよりも早く電話を切ってくれという思いが漏れているに過ぎない。

「でも、元気でやってくれよな」

この〝でも〟ってどういう意味だろうか。遠くへ行ったとしても、ということではなさそうだ。オレたちはとっくに別れてるわけだけども、それでも元気でやってくれ、という〝でも〟なのだ。

「うん、たぶん元気でやると思う」

そう答えた後で、美果はちょっとつけ加えた。

「あのさ、信じられないようなことがいろいろあってさー、話せないけど、それで遠くに行くことになるかもしれないけど、ま、元気でやるよ」

「そうだよなー、元気がいちばん。また気がむいたら電話してくれよ」

ああ、本当に恋は終わったのだと美果は思った。気がむいた時にしか、電話をかけるのが許されないのだ。そもそも恋に気がむく、むかない、などという基準は存在しない。電話をかけずにはいられない、それが恋というものだけれども、政志は条件をつけてきたわけである。

さようならと美果は言って電話を切った。これでもう気が済んだ。ひとこと話をしたいと思っていた相手と、とにかく会話を交わすことが出来た。母のユリ子は、あさってですべてが終わると言っているけれども、美果は別のことを考えている。それはもう政志たちの住んでいる、ふつうの世界には戻れないのではないかという予感なのである。けれどもそれほど悲しくはない。もうふつうの世界には帰れないかもしれないが、自分たち一家四人の向こうには、温かく濃密な空間が待っている。あさって、自分たちはそれに向かって出かけるのだ。あれを入れたランチボックスを持って。

そして同じ頃、圭児の携帯が鳴った。明光学院では携帯は禁止されていたが、百パーセントの生徒が持っていた。授業中に鳴らさない限り、教師も大目に見てくれているのが現状だ。

「もし、もし、佐伯君？」

広瀬の声だ。いつもより百倍ぐらいやさしく、ゆっくりとした声だ。さらにやさしい声にしようとするあまり時々声がひっくり返る。

「佐伯君、今、何をしているの」

「夕食を済ませて、自分の部屋に戻ったところです」

「そう……」

受話器の向こうに、何人かの人間の息づかいが聞こえる。どうやら広瀬以外に何人かの人間がいるらしい。

「あのさ、佐伯君、君が四日前に話したことなんだけどね」

ここで広瀬は、コホンと咳《せき》をした。

「あれって嘘だよね、まさか本当のことじゃないだろう。僕はあれから、ずっとあのことについて考えたんだけど、やっぱり君が嘘をついているとしか思えないんだ」

「いいえ、嘘じゃありません」

　圭児は言った。

「僕が言ったことは、すべて本当のことです」

　沈黙があった。一人だけの沈黙ではない。数人の沈黙。

「あのさ、佐伯君、君は警察へ行くつもりはないの。そうさ、警察だよ。君がまっ先にしなきゃいけないのは警察へ行くことだろう。いいかい、君がもし、本当に君が話していたとおりのことをしていたとしたら大変なことになるんだよ。悪いことは言わないから、すぐに警察へ行きなさい。いや、絶対に行かなきゃいけないんだ」

「そんなことはわかっています。でも、僕の家族は誰ひとり行くつもりはありません。証拠を全部消しているんだから、行く必要はないと思っています。そのために僕たちは毎日頑張って、毎晩ひどいものを食べていたんですから」

「君たちは狂ってるよ」

　うめくように広瀬は言った。〝狂ってる〟という形容は妙に新鮮に聞こえ、確かにあたっていると思った。

「いい、佐伯君、聞いてくれよ。君も君の家族もちょっとおかしい。そういう人に、うちの教えを知る資格はないと僕は思うんだ」

「それって、どういうことですか」

「君はね、もともとうちに来る資格はなかったと思うんだ。だからね、うちにはいっさい来なかったっていうことにして欲しいんだ」

「言ってる意味がよくわからないんですけども」

「だからね、君は最初からうちの会に入っていなかったことにして欲しいんだ」

　このあたりから広瀬の口調は変わってきた。

「もし君のしたことが世間に知れたら、うちの会の名前が出てとても迷惑すると思う。佐伯君は結局僕の言うことを聞いてくれなかったじゃないか。まず警察へ行ってくれ、っていう僕の願いを君は無視したよね。会の教えは、僕がやってきたことは、君に何の影響も与えていなかったっていうことだよ。そういう君が、うちの会にいた、なんて言うのはおかしいんじゃないか。それに君が在籍していたのは、たった六ヶ月だからね、最初からいなかった、っていうこととそう変わりないんじゃないか」

「ちょっと待ってくださいよ。じゃ、僕は除名っていうことなんですか」

「除名じゃない。最初からいなかった、っていうことにして欲しいんだ」

「広瀬さん、それはないんじゃないですか。広瀬さんは、いつも僕に言ってたじゃないですか。教祖さまは僕たちのお父さんで、どんな罪ある子も見捨てない。きちんと浄霊さえしていればきっと救われるって。あれは嘘だったんですか」

　広瀬はそれには答えない。その代わり、受話器の向こう側で小さなざわめきが起こった。

「もし、もし、佐伯君、今、教祖さまに代わる」

「え、何ですって」

「教祖さまが直接君にお話ししてくださるんだ。いいかい、これはすごいことなんだからね」

しばらく間があり、もし、もしという中年の男の声がした。ビデオではよく見ていたが、初めて聞く教祖さまの声はややかん高く、早口といってもいいくらいだった。

「もし、もし、佐伯君かね」

「はい、そうです」

「悪いことは言わないから、すぐに警察へ行きなさい。それから、うちの会の名前は今後いっさい口にしないように。もし聞かれたら、うちの方も否定する。だから君も、決してうちの名前を出さないようにね。よろしく頼むよ。それから必ず警察に行きなさい。こんなこと、いつまでも隠しおおせるはずはないんだからね。わかったね、すぐだよ。君がもし行かないんだったら、こっちにも考えがあるからね。いい？　わかった？」

天気予報は晴れと言っていたけれども、朝の十時を過ぎると、急に雲が多くなってきた。

「降らなきゃいいけど」

ユリ子はしきりに雨を気にする。

「何だか嫌な天気ね。空の半分が灰色になっているなんて」

「でもこの方がいいんじゃないの。人が少なくなって」

後ろの席に座っていた美果が言った。今日の彼女は、水色のコットンのジャンパーにチノパンツといった軽快さだ。隣りの圭児は、ジージャンに黒いパンツを合わせている。

やがて車は、

「ようこそT遺跡へ」

と書かれた大きな看板の下をくぐった。看板の大きさのわりには、さびれた印象である。観光客も少なく、小さな土産物屋が二軒あるだけだ。新しい立看板があり、

「T遺跡ピクニックコース」

とあった。近寄っていったユリ子はしげしげと眺めている。

「右の方から登っていくらしいわ。さ、みんな荷物を持って」

あれを入れたプラスチック製のランチボックスは達也が手にした。四人は坂道を上がっていく。サクラの並木道だ。二十分も歩かないうちに、草が急に消えた。あたりは岩になっている。

遠くに電信柱が見えなかったら、そこは古代の広場であった。恐竜が踏み荒らした後のように、ところどころ裂け目がある。「危険」という立看板とロープが目ざわりであるが、あれを投げ込むのに何の不便もないだろう。

何組かのグループが、やってきてはあたりを見ていくが、さほどの景色でもないと見えてすぐに帰っていく。

「さあ、お昼にしましょうよ」

ユリ子が言った。ビニールマットを手にしている。圭児と美果に手伝わせて、てきぱきと場所をつくった。

「ここで弁当を食べる人なんていないぞ。大丈夫かな」

達也は不安気だ。

「いいんですよ。ここで食べて、最後にあれをさりげなく落としていけばいいんです」

弁当を広げた。黒塗りのお重の中は、さながら紅葉弁当だ。小さなおにぎりに、ローストビーフで野菜を巻いたもの、鶏《とり》のから揚げ、栗の含め煮、だし巻き卵、鶏のつくね煮といったものが詰め込まれていた。よくも朝の短い時間で、これだけのものがつくれたと、ユリ子の家族たちは素直に感心した。

ユリ子は持ってきた白ワインの栓を抜く。グラスも用意されていた。ちょうどそこへ、若者四人のグループがやってきたが、よくこんなところで弁当を食べるな、という表情でこちらを眺めている。

親子四人は、眩《まぶ》しい弁当を黙々と食べる。いつもより濃いめの味つけが、新米のおにぎりとよく合った。

「ママの料理って最高だよ」

突然圭児が叫んだ。

「本当にすごいよ。ママって、この二ヶ月家族を守るためだけに、ひたすら料理をつくり続けてくれたんだからね」

「圭ちゃんたら……」

　ユリ子の目から涙が流れた。やがて昼食は終わった。四人はポットに入れてきたコーヒーを飲む。皆の好きな深くローストしたブラジルだ。

「さあ、これで終わりだわ。あれを投げ込みさえすればね」

　ユリ子はにっこりと微笑んだ。

「でもこの二ヶ月、楽しいことだってあったのよ。レシピだっていっぱい憶《おぼ》えたし、とにかくおいしいものをつくろう、っていう気持ちはますます強くなったの」

　四人は立ち上がった。岩の上で皆の影の縁がごつごつしている。

　ユリ子は女教師のように微笑んだ。

「みんな、よく食べてくれたわよね、すごく頑張ってくれて、みんな、ありがとう」

　ユリ子の手の中に、大きな青いランチボックスがあった。仕切りをとりはらったこの中にあれが入っている。目を閉じた、ごわごわした髪を持っている男の首。それだけは食べることは出来なかった。けれども案ずることはない。もうじきこれも消えるのだから。圭児が殺した男の肉体、すべてが消える。

　ママ、ごめんなさい。圭児がそう叫ぼうとしたとたん、黒い影が前を横切った。岩の前で記念撮影をしていた別のグループのうちのひとり、若い女が突然身をおどらせてきたのだ。彼女はランチボックスを持つユリ子の右手を高く掲げた。まるでユリ子に名乗りをさせるようにだ。

「佐伯ユリ子、もうやめなさい」

女は叫び、ユリ子の手首に銀色の何かが光る。岩の上には、さっき食べた鶏の骨がひとつ落ちている。

本作は、二〇〇二年十一月に小社より単行本として刊行されました。

本作品はフィクションであり、実在のいかなる組織・個人ともいっさい関わりのないことを附記いたします。

（編集部）

聖《せい》家《か》族《ぞく》のランチ

林《はやし》 真《ま》理《り》子《こ》

平成17年 11月25日　初版発行
平成29年 5月10日　再版発行

発行者●郡司 聡

発行●株式会社KADOKAWA
〒102-8177　東京都千代田区富士見2-13-3
電話 03-3238-8521（カスタマーサポート）
http://www.kadokawa.co.jp/

角川文庫 14012

印刷所●株式会社暁印刷　製本所●株式会社ビルディング・ブックセンター

表紙画●和田三造

◎落丁・乱丁本は、送料小社負担にて、お取り替えいたします。KADOKAWA読者係までご連絡ください。（古書店で購入したものについては、お取り替えできません）
電話 049-259-1100（9:00 ～ 17:00/土日、祝日、年末年始を除く）
〒 354-0041　埼玉県入間郡三芳町藤久保 550-1

ISBN978-4-04-157942-8　C0193

角川文庫発刊に際して

角川源義

第二次世界大戦の敗北は、軍事力の敗北であった以上に、私たちの若い文化力の敗退であった。私たちの文化が戦争に対して如何に無力であり、単なるあだ花に過ぎなかったかを、私たちは身を以て体験し痛感した。西洋近代文化の摂取にとって、明治以後八十年の歳月は決して短かすぎたとは言えない。にもかかわらず、近代文化の伝統を確立し、自由な批判と柔軟な良識に富む文化層として自らを形成することに私たちは失敗して来た。そしてこれは、各層への文化の普及滲透を任務とする出版人の責任でもあった。

一九四五年以来、私たちは再び振出しに戻り、第一歩から踏み出すことを余儀なくされた。これは大きな不幸ではあるが、反面、これまでの混沌・未熟・歪曲の中にあった我が国の文化に秩序と確たる基礎を齎らすためには絶好の機会でもある。角川書店は、このような祖国の文化的危機にあたり、微力をも顧みず再建の礎石たるべき抱負と決意とをもって出発したが、ここに創立以来の念願を果すべく角川文庫を発刊する。これまで刊行されたあらゆる全集叢書文庫類の長所と短所とを検討し、古今東西の不朽の典籍を、良心的編集のもとに、廉価に、そして書架にふさわしい美本として、多くのひとびとに提供しようとする。しかし私たちは徒らに百科全書的な知識のジレッタントを作ることを目的とせず、あくまで祖国の文化に秩序と再建への道を示し、この文庫を角川書店の栄ある事業として、今後永久に継続発展せしめ、学芸と教養との殿堂として大成せんことを期したい。多くの読書子の愛情ある忠言と支持とによって、この希望と抱負とを完遂せしめられんことを願う。

一九四九年五月三日

角川文庫ベストセラー

ルンルンを買って おうちに帰ろう　林　真理子

モテたいやせたい結婚したい。いつの時代にも変わらない女の欲、そしてヒガミ、ネタミ、ソネミ。口には出せない女の本音を代弁し、読み始めたら止まらないと大絶賛を浴びた、抱腹絶倒のデビューエッセイ集。

葡萄が目にしみる　林　真理子

葡萄づくりの町。地方の進学校。自転車の車輪を軋ませて、乃里子は青春の門をくぐる。淡い想いと葛藤、目にしみる四季の移ろいを背景に、素朴で多感な少女の軌跡を鮮やかに描き上げた感動の長編。

食べるたびに、哀しくって…　林　真理子

色あざやかな駄菓子への憧れ。初恋の巻き寿司。心を砕いた高校時代のお弁当。学生食堂のカツ丼。移り変わる時代相を織りこんで、食べ物が点在する心象風景をリリカルに描いた、青春グラフィティ。

次に行く国、次にする恋　林　真理子

買物めあてのパリで弾みの恋。迷っていた結婚に決着をつけたNY。留学先のロンドンで苦い失恋。恋愛の似合う世界の都市で生まれた危うい恋など、心わきたつ様々な恋愛。贅沢なオリジナル文庫。

イミテーション・ゴールド　林　真理子

レーサーを目指す恋人のためになんとしても一千万円を工面したい福美。株、ネズミ講、とその手段はエスカレート、「体」をも商品にしてしまう。若さ、金、権力——。「現代」の仕組みを映し出した恋愛長編。

角川文庫ベストセラー

美女入門　PART1～3　林　真理子

お金と手間と努力さえ惜しまなければ、誰にでも必ず奇跡は起きる！　センスを磨き、腕を磨き、体も磨き、自ら「美貌」を手にした著者によるスペシャル美女エッセイ！

美女のトーキョー偏差値　林　真理子

メイクと自己愛、自暴自棄なお買物、トロフィー・ワイフ、求愛の力関係……「美女入門」から7年を経てますます磨きがかかる、マリコ、華麗なる東京セレブの日々。長く険しい美人道は続く。

RURIKO　林　真理子

昭和19年、4歳で満州の黒幕・甘粕正彦を魅了した信子。天性の美貌をもつ女性は、「浅丘ルリ子」として銀幕に華々しくデビュー。昭和30年代、裕次郎、旭、ひばりら大スターたちのめくるめく恋と青春物語！

男と女のことは、何があっても不思議はない　林　真理子

「女のさようならは、命がけで言う。それは新しい自分を発見するための意地である」。恋愛、別れ、仕事ファッション、ダイエット。林真理子作品に刻まれた宝石のような言葉を厳選、フレーズセレクション。

入れたり出したり　酒井順子

食事、排泄、生死からセックスまで、人生は入れるか出すか。この世界の現象を二つに極めれば、人類が抱える屈託ない欲望が見えてくる。世の常、人の常をゆるゆると解き明かした分類エッセイ。

角川文庫ベストセラー

角川文庫ベストセラー

しいちゃん日記　群　ようこ

ネコと接して、親馬鹿ならぬネコ馬鹿になることを、「ネコにやられた」という——女王様ネコ「しい」と御歳18歳の老ネコ「ビー」がいる幸せ。天下のネコ馬鹿が贈る、愛と涙がいっぱいの傑作エッセイ。

財布のつぶやき　群　ようこ

家のローンを払い終えるのはずっと先。毎年の税金問題も悩みの種。節約を決意しては挫折の繰り返し。〝おひとりさまの老後〟に不安がよぎるけど、本当の幸せって何だろう。暮らしのヒントが詰まったエッセイ。

三人暮らし　群　ようこ

しあわせな暮らしを求めて、同居することになった女3人。一人暮らしは寂しい、家族がいると厄介。そんな女たちが一軒家を借り、暮らし始めた。さまざまな事情を抱えた女たちが築く、3人の日常を綴る。

欲と収納　群　ようこ

欲に流されれば、物あふれる。とかく収納はままならない。母の大量の着物、捨てられないテーブルの脚に、すぐ落下するスポンジ入れ。家の中には「収まらない」ものばかり。整理整頓エッセイ。

しっぽちゃん　群　ようこ

拾った猫を飼い始め、会社や同僚に対する感情に変化が訪れた33歳ＯＬ。実家で、雑種を飼い始めた出戻り女性。爬虫類や虫が大好きな息子をもつ母。——しっぽを持つ生き物との日常を描いた短編小説集。

角川文庫ベストセラー

無印良女《むじるしりょうひん》　群ようこ

自分は絶対に正しいと信じている母。学校から帰宅しても体操着を着ている、高校の同級生。群さんの周りには、なぜだか奇妙で極端で、可笑しな人たちが集っている。鋭い観察眼と巧みな筆致、爆笑エッセイ集。

作家ソノミの甘くない生活　群ようこ

元気すぎる母にふりまわされながら、一人暮らしを続ける作家のソノミ。だが自分もいつまで家賃が払えるか心配になったり、おなじ本を3冊も買ってしまったり。老いの実感を、爽やかに綴った物語。

みんないってしまう　山本文緒

恋人が出て行く、母が亡くなる。永久に続くかと思ったものは、みんな過去になった。物事はどんどん流れていく――数々の喪失を越え、人が本当の自分と出会う瞬間を鮮やかにすくいとった珠玉の短篇集。

紙婚式　山本文緒

一緒に暮らして十年、こぎれいなマンションに住み、互いの生活に干渉せず、家計も別々。傍目には羨ましがられる夫婦関係は、夫の何気ない一言で砕けた。結婚のなかで手探りしあう男女の機微を描いた短篇集。

恋愛中毒　山本文緒

世界の一部にすぎないはずの恋が私のすべてをしばりつけるのはどうしてなんだろう。もう他人を愛さないと決めた水無月の心に、小説家創路は強引に踏み込んで――吉川英治文学新人賞受賞、恋愛小説の最高傑作。

角川文庫ベストセラー

ファースト・プライオリティー　山本文緒

31歳、31通りの人生。変わりばえのない日々の中で、自分にとって一番大事なものを意識する一瞬。恋だけでも家庭だけでも、仕事だけでもない、はじめて気付くゆずれないことの大きさ。珠玉の掌編小説集。

なぎさ　山本文緒

故郷を飛び出し、静かに暮らす同窓生夫婦。夫は毎日妻の弁当を食べ、出社せず釣り三昧。行動を共にする後輩は、勤め先がブラック企業だと気づいていた。家事だけが取り柄の妻は、妹に誘われカフェを始めるが

カウントダウン　山本文緒

岡花小春16歳。梅太郎とコンビでお笑いコンテストに挑戦したけれど、高飛車な美少女にけなされ散々な結果に。彼女は大手芸能プロ社長の娘だった！　お笑いの世界を目指す高校生の奮闘を描く青春小説！

結婚願望　山本文緒

せっぱ詰まってはいない。今すぐ誰かと結婚したいとは思わない。でも、人は人を好きになると「結婚したい」と願う。心の奥底に巣くう「結婚」をまっすぐに見つめたビタースウィートなエッセイ集。

帝国の娘（上）（下）　須賀しのぶ

猟師の娘カリエは、突然、見知らぬ男にさらわれ、幽閉された。なんと、彼女を病弱な皇子の影武者に仕立て上げるのだと言う。王位継承をめぐる陰謀の渦中でカリエは……!?　伝説の大河ロマン、待望の復刊！

角川文庫ベストセラー

芙蓉千里　須賀しのぶ

明治40年、売れっ子女郎めざして自ら「買われ」、海を越えてハルビンにやってきた少女フミ。身の軽さと機転を買われ、女郎ならぬ芸妓として育てられたフミは、あっという間に満州の名物女に——!!

北の舞姫　芙蓉千里Ⅱ　須賀しのぶ

売れっ子女郎目指し自ら人買いに「買われた」あげく芸妓となったフミ。初恋のひと山村と別れ、パトロンの黒谷と穏やかな愛を育んでいたフミだったが、舞うことへの迷いが、彼女を地獄に突き落とす——!

暁の兄弟　芙蓉千里Ⅲ　須賀しのぶ

舞姫としての名声を捨てたフミは、初恋の人・建明を追いかけて満州の荒野にたどりつく。馬賊の頭領である建明や、彼の弟分・炎林との微妙な関係に揺れながらも、新しい人生を歩みはじめるフミだったが……。

永遠の曠野　芙蓉千里Ⅳ　須賀しのぶ

大陸を取り巻く戦況が深刻になる中、愛する男とその仲間たちとともに、馬賊として生きる覚悟を決めたフミ。……そして運命の日、一発の弾丸が彼女の人生を決定的に変える……。慟哭と感動の完結巻!

ミュージック・ブレス・ユー!!　津村記久子

「音楽について考えることは将来について考えることよりずっと大事」な高校3年生のアザミ。進路は何一つ決まらない「ぐだぐだ」の日常を支えるのはパンクロックだった!　野間文芸新人賞受賞の話題作!

角川文庫ベストセラー

苦手図鑑　北大路公子

居酒屋の店内で迷子になり、電話でカジュアルに300万の借金を申し込まれ、ゴミ分別の複雑さに途方に暮れる。キミコさん（趣味・昼酒）の「苦手」に溢れた日常を無駄に繊細な筆致で描くエッセイ集。

散りしかたみに　近藤史恵

歌舞伎座での公演中、芝居とは無関係の部分で必ず桜の花びらが散る。誰が、何のために、どうやってこの花びらを降らせているのか？　一枚の花びらから、梨園の中で隠されてきた哀しい事実が明らかになる――。

桜姫　近藤史恵

十五年前、大物歌舞伎役者の跡取り息子として将来を期待されていた少年・市村音也が幼くして死亡した。音也の妹の笙子は、自分が兄を殺したのではないかという誰にも言えない疑問を抱いて成長したが……。

ダークルーム　近藤史恵

立ちはだかる現実に絶望し、窮地に立たされた人間たちが取った異常な行動とは。日常に潜む狂気と、明かされる驚愕の真相。ベストセラー『サクリファイス』の著者が厳選して贈る、8つのミステリ集。

さいごの毛布　近藤史恵

年老いた犬を飼い主の代わりに看取る老犬ホームに勤めることになった智美。なにやら事情がありそうなオーナーと同僚、ホームの存続を脅かす事件の数々――愛犬の終の棲家の平穏を守ることはできるのか？